U0041095

紅樓夢・失去的大觀園

康來新・編撰

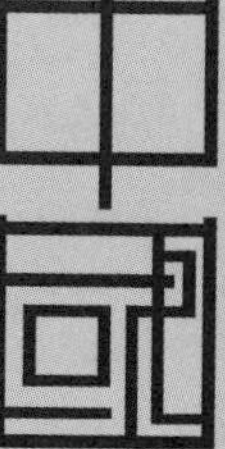

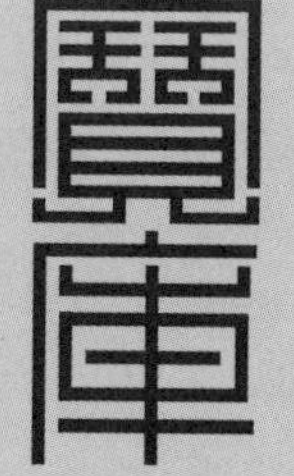

13

出版的話

時報文化出版的《中國歷代經典寶庫》已經陪大家走過三十多個年頭。無論是早期的紅底燙金精裝「典藏版」，還是50開大的「袖珍版」口袋書，或是25開的平裝「普及版」，都深得各層級讀者的喜愛，多年來不斷再版、複印、流傳。寶庫裡的典籍，也在時代的巨變洪流之中，擎著明燈，屹立不搖，引領莘莘學子走進經典殿堂。

這套經典寶庫能夠誕生，必須感謝許多幕後英雄。尤其是推手之一的高信疆先生，他秉持為中華文化傳承，為古代經典賦予新時代精神的使命，邀請五、六十位專家學者共同完成這套鉅作。二〇〇九年，高先生不幸辭世，今日重讀他的論述，仍讓人深深感受到他對中華文化的熱愛，以及他殷殷切切，不殫編務繁瑣而規劃的宏偉藍圖。他特別強調：

中國文化的基調，是傾向於人間的；是關心人生，參與人生，反映人生的。我們

的聖賢才智，歷代著述，大多圍繞著一個主題：治亂興廢與世道人心。無論是春秋戰國的諸子哲學，漢魏各家的傳經事業，韓柳歐蘇的道德文章，程朱陸王的心性義理；無論是貴族屈原的憂患獨歎，樵夫惠能的頓悟眾生；無論是先民傳唱的詩歌、戲曲，村里講談的平話、小說……等等種種，隨時都洋溢著那樣強烈的平民性格、鄉土芬芳，以及它那無所不備的人倫大愛；一種對平凡事物的尊敬，對社會家國的情懷，對蒼生萬有的期待，激盪交融，相互輝耀，繽紛燦爛的造成了中國。平易近人、博大久遠的中國。

可是，生為這一個文化傳承者的現代中國人，對於這樣一個親民愛人、胸懷天下的文明，這樣一個塑造了我們、呵護了我們幾千年的文化母體，可有多少認識？多少理解？又有多少接觸的機會，把握的可能呢？

參與這套書的編撰者多達五、六十位專家學者，大家當年都是滿懷理想與抱負的有志之士，他們努力將經典活潑化、趣味化、生活化、平民化，為的就是讓更多的青年能夠了解繽紛燦爛的中國文化。過去三十多年的歲月裡，大多數的參與者都還在文化界或學術領域發光發熱，許多學者更是當今獨當一面的俊彥。

三十年後，《中國歷代經典寶庫》也進入數位化的時代。我們重新掃描原著，針對時代需求與讀者喜好進行大幅度修訂與編排。在張水金先生的協助之下，我們就原來的六十多冊書種，精挑出最具代表性的四十種，並增編《大學中庸》和《易經》，使寶庫的體系更加完整。這四十二種經典涵蓋經史子集，並以文學與經史兩大類別和朝代為經緯編綴而成，進一步貫穿我國歷史文化發展的脈絡。在出版順序上，首先推出文學類的典籍，依序有詩詞、奇幻、小說、傳奇、戲曲等。這類文學作品相對簡單，有趣易讀，適合做為一般讀者（特別是青少年）的入門書；接著推出四書五經、諸子百家、史書、佛學等等，引導讀者進入經典殿堂。

在體例上也力求統整，尤其針對詩詞類做全新的整編。古詩詞裡有許多古代用語，需用現代語言翻譯，我們特別將原詩詞和語譯排列成上下欄，便於迅速掌握全詩的意旨；並在生難字詞旁邊加上國語注音，讓讀者在朗讀中體會古詩詞之美。目前全世界風行華語學習，為了讓經典寶庫躍上國際舞台，我們更在國語注音下面加入漢語拼音，希望有華語處，就有經典寶庫的蹤影。

《中國歷代經典寶庫》從一個構想開始，已然開花、結果。在傳承的同時，我們也順應時代潮流做了修訂與創新，讓現代與傳統永遠相互輝映。

時報出版編輯部

【導讀】

真性真情讀《紅樓》

康來新

改寫《紅樓夢》的困難，不單純是作品本身的問題，這部爭論不下的書，屢屢牽引出作品外圍的問題，就像原書的作者是誰？

深黯的膚色，胖胖的身材，頂著一顆聰明的大頭顱，所到之處，便釀出溫暖的一陣春風。呵呵談笑，痛快飲酒，說起故事來，尤其娓娓動聽。怎麼只要有他在，日光月陰便如飛而去，從來也不會感覺任何的無聊？

當我們展讀《紅樓夢》，在第一回中，可以知悉這部書的寫作緣起，乃是經由「曹雪芹于悼紅軒中，披閱十載，增刪五次，纂成目錄，分出章回」，於是兩百多年來，大多數讀者便因此採信這位「曹雪芹」就是這部書的作者。朋友們喊他「芹圃」、「雪芹」、「芹

溪」、「芹溪居士」或者「夢阮」。呵，這麼多字呀號的，把人都攪和不清了。紅學們爬梳清理後，知雪芹被家族命名為「霑」，曹霑，字雪芹。

原來曹雪芹的家族是滿化的漢人，屬正白旗包衣。包衣是旗主的奴隸和世僕，屬內務府統領，往往是皇帝的親臣、近臣，經常掌握特種財務機構，如鹽務、鈔關、織造、海關等等職權，算是極為權勢的一項肥差呢！

曹雪芹的曾祖曹璽似因與康熙特殊的關係，開始榮顯起來，奉派為江寧織造，以後雪芹的祖父曹寅也繼任這個職位，並曾擔任康熙皇帝南巡時的接駕工作。也就是在曹寅時代，這個家族達到中天的輝煌燦爛，物質的繁華不必說，更重要的是詩書文學傳統的建立——與詩文名家來往唱和，購買、蒐藏、印刷大量的書籍，成立家族的戲班……這種種就成為小小雪芹成年後寫作的不懈泉源了；然而，這世上沒有百日紅的花朵，更沒有不變的好時日可以長享，等到雍正皇帝繼位，因為種種政治的牽連糾葛，曹家敗落了，光景相當慘澹。到了一七一五年，康熙皇帝特令曹寅過繼的兒子曹頫（許多人相信這曹頫便是雪芹的父親）承祧襲職，算是救了這一家人，曹家對此浩蕩宏恩，十分感戴，所以推斷：彼時出生的曹雪芹，正因家人為紀念皇恩，而被命名為「霑」了。

是的，雪芹愛酒，「夢阮」別號，該是起於「夢阮籍」吧！而阮籍，竹林七賢裡的人

物，正是逍遙竹林，寄情詩酒的風流名士呀！雪芹嗜酒，但對於詩作似乎要矜持許多，朋友說他的詩清新不俗，卻不輕易下筆。他自己呢，每每要這樣開玩笑——「若有人欲快睹我書不難，惟日以南酒燒鴨享我，我即為之作書。」（燒鴨？那豈不是史湘雲的寵物之一嗎？）

曹雪芹的高傲也是出了名的，但是這份高傲是向上不向下的。他一身傲骨，不阿附權貴；卻又是一副出奇溫熱的情腸，幫助好友度過生計艱難的關口。為教于景廉紮糊風箏的技巧，特別編述《風箏譜》，不過誠心期望天下傷殘無告之人，可以藉此一技，謀得生活的能力。又像周濟已瀕絕境的白媼，接養家中。有一位董顯邦，就正因初次晤面，遂深深感動於雪芹的義行，以後才會為曹氏的《廢藝齋集稿》，寫下一篇至誠的序文。

如果在二十世紀七〇年代所發現的《廢藝齋集稿》，確實是品可信的曹氏真跡，那麼雪芹真真可謂是多才多藝的一位少有讀書人了，他的才藝不僅止於書齋裡的詩畫創作和鑑賞（雪芹擅繪石頭，並能鑑別字畫），最為難得的是，出身如此高門府第的雪芹，竟然嫻習民間的手工藝，像風箏的紮、糊、繪、放；編織；脫胎雕塑；織補；印染技術；另外，像是：金石印章的選製、刀法；園林的布置；烹飪的技巧，這套手工藝教材的編寫，原是為了盲人傷殘者而特殊設計的。對於廣大的生民，雪芹是如何懷抱一顆真摯而熱烈的愛心呵！

因此之故，曹雪芹筆下的人物也是「呼之欲出」的真切，我們感覺他們毫髮的纖細、血脈的流動，也感覺他們精神的苦悶與舒暢。對於人情與人性，曹雪芹乃是真誠體會與深刻洞察的自然流露，這裡邊沒有蓄意的掩飾，沒有嚴苛的譴責，只是無比誠實的了解與同情。

關於續作者的問題，這又是文學史上的一大公案。為方便計，在此就簡單說出較流行的一種看法——後四十回乃是高鶚所續，而高鶚呢？高鶚字蘭墅，是內務府鑲黃旗包衣，乾隆六十年的進士；另外有「雲士」之稱，可能是號吧！又別號「紅樓外史」，他的著述包括了：《唐陸魯望詩稿選鈔》、《蘭墅硯香詞》、《蘭墅文存》、《蘭墅十藝》、《月小山房遺稿》等等。至於生卒年，限於資料，無法明察，大約可以推知，比曹雪芹要晚三十年左右。

本書主要內容就分為「正編」、「續編」，將《紅樓夢》做適度的改寫，希望讓現代人能領受這本名著的精髓，進一步回頭去咀嚼原著。

最讓我們感心動容的，莫過於《紅樓夢》的寫作，確乎是秉持了「修辭立其誠」這個最簡樸也是最高貴的真理。身為讀者，所能回報於原書作者的，不是也唯有誠心一顆嗎？

「在遙遠的地方一切虔誠，終當相遇。」就讓我們在虔誠的靈裡，在終極的關懷裡，深深溝通，好好相遇吧！

紅樓夢◆失去的大觀園　目次

正編

在神仙的國度

在人間的大地

一、在神仙的國度

青埂峰下

青埂峰下有塊石頭。

石頭好像並不快樂，悠悠歎息的聲音，風一樣地飄過峰谷之間，連那片青蒼翠綠，也像含著欲滴的悲哀。

青埂從地面升起，峰頂高高舉著臂膀，一直伸入縹緲虛無的雲間。白天，偶爾一些

心高膽大的鳥兒，撲撲展翅飛來，繞著峰頂兜轉幾圈，又「忒兒」地一聲，驚飛而去。入夜，淡藍的星子，眨著好奇的眼睛，悄悄打量這片寂寂的無人之境。青埂峰，正介乎天、地之間，而石頭，石頭既然在青埂之峰，這麼一來，它向上嘛，可以仰望天空；向下呢，可以俯視大地；左盼右顧，青山翠谷，四圍環擁。天，像一口巨大的圓蓋，從上方籠罩下來，特別有一種無所不包的恢弘器宇。地呢？四四方方，阡陌縱橫，屋舍儼然，活脫就是棋盤的樣子，那上面的布局尤其莫測高深，每一個微動都像是無比的神機妙算。再說青埂峰吧，這峰永遠是一襲不變的綠袍，也不理會天上的星辰，如何從古往運行到今來，更無睹於人間的季節，如何從春夏流轉到秋冬，青埂峰依然是青埂峰，始終固執那頑強的綠意。

天圓地方，山色長青，這豈不是神工的奇妙，神意的美好嗎？

然而，石頭所以悶悶，始終快樂不起來，就正是因為天圓地方，山色長青呵！

在石頭想來：第一，它絕對應該歸屬於湛湛青天的，這是一個最最基本的肯定。第二，如果它不能上天，那麼，最起碼，它也應該可以下地，紅塵走個一遭。

可是，真實的光景又如何呢？石頭渴望登天，而那無所不包的廣闊天空，卻偏偏遺棄了它。石頭痴想下地，然而漫漫時日，苦苦等待，總得不到機緣，容它插足地上奧祕的棋

局。石頭只能滯留在青埂峰，年年、月月、日日，沒人管、沒人理、沒人愛，獨個忍受一成不變的單調綠色。就這麼一個無聊的所在，連鳥兒也不願稍作逗留，而星子，更要迷惑難解的青埂峰。

「唉——」

長長一聲歎息。石頭習慣性望向長天。天圓融澄明，蔚藍無邊，石頭越發刺心，「有家歸不得」的憾恨，又在隱隱作痛。

「天上是我的家，家卻不要我了。三萬六千五百個兄弟，個個趁心快意，上天補天。只有我，我是多出的一個，一點兒用也沒有。」

「這是不公平的呵！這是拿我開玩笑呵！既然當初那麼苦苦費心鍛鍊了我，那麼，說什麼也應該用我，要我！呵，神呀！這難道真是出於祢的意旨嗎？」

一腔的疑惑、悲怨，卻得不到任何一個微聲的答覆。蒼穹無言，依然以一片毫無瑕疵的美麗，靜靜俯視，俯視枯枯守候在青埂峰的石頭。

這樣圓融完好的天空，石頭何嘗不喜歡呢？但它更喜歡自己也是那完滿的一部分呵！它感覺有什麼東西在心裡蠢蠢欲動著，好像冰解雪融，剎那，那疑怨又化做最初的溫熱。它想起完滿以前的破裂與殘缺。在久遠之初，那時天裂了一個大窟窿，像一個最最難看的傷口，任誰見了，也要掩面難過的——尤其是女媧。

本來天地就是女媧一手創建起來的，祂是宇宙間最古老、最有能力的母親。當女媧發現這般悽慘的景象，一顆母親的心，著實如刀割，鮮血汩汩流出。低下頭，握緊手，祂決定不惜一切的心血努力，來重新彌補天工的殘破，祂要自己的孩子回復最初的健康完好。

女媧獨自走向遼遠。在大荒山上，祂採集纍纍堆積的巨石。這麼脆弱的天，必得以最最頑強的石頭來整合！女媧仰起頭，細細盤算裂口的大小，彎下腰，又小小心心檢視每塊石頭的質地、紋路、色澤。在無稽崖邊，女媧築起工地，祂讓清澈溫柔的流水洗滌、沖刷每一塊巨石，又從太陽紅橙黃綠藍靛紫的光線裡，引取火種，燃起熊熊烈燄，再讓石頭一塊一塊在其中燒煉。

頑強是山崖的巨石，溫柔是溪間的流水，熱烈是爐裡的燄火。頑強、溫柔又熱烈，女媧正懷抱著這樣一份母親的心意呀！光陰一寸一寸地移走，水裡去、火裡來，再從山崖送上天際，巨大的創口，逐漸在意志與柔情裡癒合起來。這其中，每一個盤算，都是配合宇宙偉大的律動。石頭，直著算去，有十二丈那麼高，正合一年十二個月份的數目。橫著繞一遭，足足二十四方丈大小，因為從立春到大寒，十二個月裡恰好有二十四節氣。在細心地估量下，女媧以為這深深的創痕，大約需要萬年的天數，也就是三萬六千五百塊的石

頭，才能整合治好，一方面，出於謹慎；另一方面，出於一點私心吧！而對那些齊整、巨大、上好的石頭，女媧竟有些不忍全數割捨它們上天呢！於是，祂一共準備了三萬六千五百零一塊。這該是一種母性的矛盾吧！一方面巴不得孩子個個成材，直上青雲；一方面又戀戀不捨，希望能夠長伴膝下。通常，那最小的么兒，就是在這種呵護依戀的情形下，被留在身畔。

青埂峰下的石頭，可以算是女媧最小的么兒了。因為水去火來，鍛鍊最久，不僅通解神靈，並且出奇地溫柔熱烈，但畢竟又是石頭頑強的本性未改，那份固執，直追女媧的母心。

所以，石頭會固執相信——自己絕對應該上天補天。它眼睜睜看見眾弟兄們，陸續登上天際，它早晚日夜，盼呀盼，那分渴切，熱烈如火燄。面對天所受的破碎殘傷，石頭關懷的溫柔之情，恐怕要勝過它的任何一個兄弟，甚至女媧自己。然而它所有的溫柔熱烈，所有的關懷期盼，到頭來竟是一場全然的落空，不過淪為青埂峰下一聲悠悠的歎息罷了。

「唉——」

原來神明也不見得多高明嘛！就是因為女媧念頭的一個閃失，苦苦累害了無辜。第一，祂畢竟估計錯了，天的傷痕只要三萬六千五百塊石頭來補。第二，祂自憐的私心不可恕，

否則，怎麼會平白多出了這一塊？第三，石頭就石頭，偏偏揀選鍛鍊，又付出全部的心血精神，以致石頭通靈，有了覺知，於是，要承受那不該承受的痛苦。第四，錯誤既已造成，女媧竟不能想出妥善的安排，加以彌補。天破補天，但對這第三萬六千五百零一塊石頭呢？女媧卻一走了之，一任它在青埂峰下自怨自歎。

暮色濃了。天上，星子冉冉醒轉；地下，人間的炊煙、燈火紛紛密織起來。在明暗、光影、動靜的交合之處，石頭感覺有什麼東西漸行漸近。會是什麼風雲在醞釀呢？是不是將有什麼要來襲捲這青埂峰的平靜呢？

來吧！呵，請一定要來呵！

請來青埂峰吧！這樣寂寞無人，真真是足以致死的窒息呵！

煙塵迷濛中，地面的燈火微微搖晃。笑語對話，形體影像，隱隱進行著，一如越來越貼近的夜色。是燈火之處來的使者嗎？那聲音像是一種神祕的呼喊，那影像閃著新生的希望。

石頭便像孩子一樣，狂喜起來。

三生石畔

邁開步子，神瑛侍者轉身離開了赤霞宮，他不能抑止自己去尋向那一片淒美的強烈渴望。

紅色的雲霞，潮水一般推湧著一輪火球，太陽就要落山了，猶如一個赫赫英雄的死亡，華美而悲壯。神瑛侍者就這麼一逕向著斜日沉沉地西方走去，是朝香客虔誠無比的聖山行呢。但他的心，卻因為越來越高漲的渴望，以致微微疼痛起來。

他總是蠢蠢渴望著什麼，然後又每每悵悵落空。長久以來，這樣起、落、升、跌的往復循環，好像已經成為自己最親密的一個習慣了。

第一個渴望，幾乎在悠悠醒轉的一剎那間就孳生了，那時神瑛侍者甚至沒有一個正式的命名稱呼，只是以龐大沉默的頑石姿態，在遼遠的荒山，等待登天的使命。

渴望登天，登上天去，和自己親愛的石兄石弟們，在偉大女神的護持下，送上破裂的天空。而天，因為眾石補綴，前行後繼，井然有序，於是又重建起原有的圓滿美麗。

而這個渴望畢竟是落空了。

然後是青埂峰渺渺茫茫、不著邊際的歲月，在獨自嗟歎裡，頑石全然不解，究竟自己在天地宇宙間具有怎樣的意義？煩怨痛苦之際的一個黃昏，夜色漸濃，星月初升，突然從人間燈火處逐漸傳來身影與笑語。

神瑛侍者繼續前行，火燒之天猶留有最後的餘燼。步履疾馳間，他又溫習起當時的情懷了——微微的不安，以及更大的刺激，新奇與亢奮。一個一個名字，一樁一樁故事，人間的名字，人間的故事，娓娓從夜空的對話中傳來，遠處的燈火撲撲打閃。多麼有趣的一個去處啊！廟堂之上，有輝煌的遷陞；江湖之遠，有飄蓬的流浪。人間的庭園，風景無限；人間的女兒，千情百態；春天楊柳抽芽，冬天雪花紛飛；出嫁迎娶的喧嚷鑼鼓，嬰兒降世的嘹亮哭聲……

「我一定要離開這個青埂峰！我要去向燈火煙塵的人間！」

又是一個迫切渴望的誕生，頑石認定兩個來者必能救自己脫離這死寂之境。來者既然可以自如地從人間來，又自如地去到青埂峰，想來應是法力無邊！

茫茫大士、渺渺真人，一僧一道，果真是法力無邊，最起碼，他們確確實實帶給頑石嶄新的改變，以及另一個等待實現的承諾。

是女媧水去火來的鍛鍊，使得頑石通解了神靈，從渾沌變為清醒靈敏，具備了各種的覺知。而渺渺真人、茫茫大士呢？當頑石突然打斷他們對話，苦苦央求下凡人間的意願時，兩位竟然應允了頑石的懇求，雖然他們再三警戒：人間的快樂無比短暫，瞬息即逝，像彩霞霎時的流失，像琉璃在彈指間的粉碎。但，誰管他這許多呢？只要能夠脫離這毫無變化，毫無寄託的單調青埂峰，誰還想到以後會怎樣呢？

而最大的奇妙，是真人、道士兩雙手的指點比劃，兩張口的喃喃念語。本來頑石雖然具有相當的靈心，但卻無改於石頭龐大的蠢質；突然之間，重新再造一般，頑石的形體也變化自如起來，縮小縮小再縮小，直到盈盈一握，不及巴掌之大；而且鮮明瑩解，分明一塊美玉。還不止於此呢？他們在美玉上雕刻了字跡，於是成為一件「質美而文」的好東西。就打這一刻起，無論心性或形象，青埂峰的頑石真可以稱之為通靈寶玉了。心性的意願固然可以無邊飛馳，而外形可大可小，變化自如，更是來去隨意了。僧、道應允過，有一天時候到了，會輪到美玉托生為人，好好一遊，只是，去到人間之時，不知究竟是何時？

這以後，它就開始四處徜徉，也更加了解起天上神仙國度的一個大概。

對於神仙的國度，通靈的寶玉一無留戀，它只是一心期待時候到了，總會輪到自己

投胎為人的。在漫無目的閒逛中，通靈寶玉闖入了赤霞宮，赤霞宮的主人警幻仙姑十分友善，有心使它成為宮裡的一員。如果不是人間的吸引力這麼無法抗拒，留在仙姑的宮裡也未始不是一條出路，它已擺脫了單純物質的無知無覺、蠢然不動，可說是修煉有時的仙物了，這仙物逐漸幻化人形，終有一天也是真仙的模樣，但是它的心志並不在於此！

可笑的是，所要的得不到，不想的卻偏偏來，通靈的寶玉逐漸幻化為人形，而警幻仙姑更是以「神瑛侍者」封之。赤霞宮不是不好，比起冷清的青埂峰要好多了，至少還可以看見警幻仙姑，偶爾渺渺真人、茫茫大士也會造訪，神瑛侍者就知道——又是一次投胎轉世的任務達成了，然而幾度來回仙凡，卻總不見輪到自己的時刻。

為什麼總是在渴望之中，總是在期待之中呢？這次，會不會又重蹈上次的錯誤呢？一顆心惶惶懸在半空。

心雖惶惶，眼光卻每每被日落深處的淒美給吸引了，神瑛侍者決心去探索那淒美的終點。

水流潺潺，水光浮著最後的夕暉，神瑛侍者一陣溫柔的牽扯。這就是傳說中神祕的靈河吧！

他緩緩跪下，用雙手掬起清涼，讓水順著眼睫流下，水珠迷濛和手指的隙縫間，彷彿有什麼在擺動著，那是什麼，在那岸邊的石上？難道，也有另一顆孤獨的靈魂，在淒美的終極苦苦等待什麼嗎？

他涉水狂奔而去，再度跪下，用雙手小心地護持著，他甚至不忍夜風吹拂這柔弱的小小生命。

一株絕美的草！葉脈彷彿流著鮮碧的血，紅光凝聚，在逐漸黯澹的夜色裡，反而是一種奇異的神采。神瑛侍者感覺那絳（ㄐㄧㄤˋ jiàng，深紅色）色的草，正以所有的氣力在迸放著生命的意願，溫柔的牽扯，微微的疼痛，但是一顆半懸的心突然有著落實的安定。這樣荏弱又貞定的一株美麗植物呵！他的手順著葉尖，又撫向草所寄生的石頭，太陽的餘熱未散，一陣溫熱傳來，是無比熟稔的感覺，他匍匐著，用頰貼著石，讓葉尖輕輕撩撥眼睫，幾乎要流下淚來。

水靜靜地流，英雄瞑目，夜色越來越濃。這樣的寂寂無人之境！青埂峰的孤絕，那種熟悉的痛苦又襲捲而至，這次他不是憐惜自己，他是憐惜起河邊石上的這株孤草，因為自己太懂得被棄於天地之外的感覺。

「就讓我來照顧妳吧！」

赤霞宮少了一個影子，靈河岸卻多了一位殷勤的訪客。神瑛侍者總是採集最新鮮的露

珠，小小心心去滋潤那絳色的草，這一切都那樣自然，好像天生就是如此，天意原是這樣安排。他原本有一腔的熱愛，卻無處可以投注，一直到這西方的靈河岸，他才像是將這熱愛找到了歸屬。

這石就是三生石，一旦來到這石邊，什麼都無法抗拒，無法改變了，注定如此，從前生、今生，一直到來生。

靈河流域的露水，在太陽、月亮最溫柔的光亮下孕育而成，經由一顆真誠愛心的仔細灌溉，這仙境的草本是通靈解意的，隨歲月逐漸修煉，也和通靈寶玉的幻化人形一樣，終於化為女體，從絳珠仙草升格為絳珠仙子了。就像神瑛侍者一樣，成為警幻仙姑屬下的一員。

如果不是神瑛侍者，自己可能繼續孳長下去嗎？

絳珠仙草每每這樣自問。

神魂化做女體，四處徜徉，渴了就啜飲鹹澀愁滋味的海水，餓了就摘食一枚祕密情懷的青果，她最愛徘徊離魂天外，一邊悠悠懷想神瑛侍者的款款深情，一邊又苦苦尋思，如何來回報這樣的一份真情。

前世已矣，今生虧欠，虧欠如此深厚的雨露灌溉的殷殷情意，那麼只有等待來生了。

絳珠仙子開始渴望投胎下世，只有下世為人──「下世為人，用我一生一世的眼淚，來報答你三生石畔雨露的恩情，好不？你願意嗎？用我自身醞釀的露珠，來回報你這輩子對我的呵護。我們，我們且待來生吧！」

纖麗的女體，渡過靈河，又悄然降臨三生石畔，翕（ㄒㄧˋ xì）然（和順的樣子）與那株絳珠仙草合而為一，葉尖微微垂著，優美無比的弧度，像含淚少女低垂的頸項。

那邊，神瑛侍者正渡水而來。

二、在人間的大地

遠客

船隻緩緩駛入港口，就要停泊岸邊。船行水間，一路悠悠晃晃。船上，林家女兒黛玉，正微微搗著一顆怦怦跳動的心，準備登岸。

奶娘王嬤嬤，還有從小跟在身邊長大的小丫頭雪雁，都在一旁伺候著，就這麼兩個熟人，其實也未必真的相熟熱絡，黛玉就一直不容易和旁人打成一片。一個弟弟，才三歲

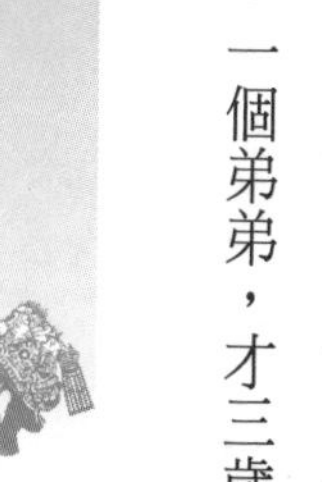

就死了，她身子又單薄怯弱，受點風寒，就要躺好些日子。長這麼大，陽光綠地，笑語喧譁，好像離她無比的遙遠，經年累月的，就是永遠揮散不去藥草熬煉的濃郁氣息。母親當然疼惜這個嬌嬌獨生女，而父親更是喜她清靈秀氣，聰明伶俐，小小年紀就為她請了賈老師來家中任教。從筆畫到方塊，由簡單而繁複，她進入了詩書的世界，心境才突然開展起來，只恨自己體力太差，每每不能久坐案前。但她多麼喜愛在那個世界裡無邊地馳想遨遊啊，她誦讀吟哦，感覺每一個字在撥弄心弦的震顫怦然。她也喜歡被母親輕輕攬起，讓一雙溫暖柔軟的手撫過她瘦伶伶的背脊，雖然母親並不常如此。

只有在母親的懷抱裡，只有在詩書的吟哦中，她才能模糊感覺到一種幸福與安適。而學會做對子和簡單的文章後，她的神魂更像生出了一對翅膀，高飛奮舉，是一種冒險激盪的快樂，尤其老師父母的再三驚歎，在那一瞬間，病痛孱弱不能再恐嚇她了，她會覺得自己甚至比一般孩子都要壯大結實呢！

然而母親的懷抱已然冰涼了，母親已是地底之人了，黛玉用絹子稍稍拭去微泛的淚水。在病榻前，小小孩兒是怎樣竭力盡心啊！她捧著藥，半跪著，將濃濃的汁液送入母親的口中，她心裡再三祈求，願母親長命百歲。但是豐澤肌膚一寸一寸消逝，那一雙軟綿綿的掌心轉為枯瘠乾瘦，眼眸深處的神采一天黯似一天。病痛對她並不陌生，她就是從病痛

裡長大的。死也不陌生，死亡的陰影時常壓著她稚小的心靈，然而死後的去處卻令她恐懼害怕，並且她知道母親一死，就撇下孤伶伶的她了。她不能接受這樣的事實——失去一個所愛的人。

母親去了，畢竟留不住的。黛玉陷在一種空茫荒涼之中，世上所有溫暖的東西都和她絕了緣，她的身子更加虛弱，躺在床上，連書也不能看，更別說舉筆案前。

父親的神情似乎更蕭索了。父親把黛玉喚去，手裡執著書信，告訴她，外祖母要她過去。外祖母的家！是母親最愛訴說的床頭故事呢！那些姊妹兄弟，種種脾氣行徑，每每被母親津津有味地講著。外祖母的家，慈祥風趣的外祖母，額前還有一個小坑，是小時候頑皮跌倒留下的。外祖母的家！大表姊元春最是性情端好，才德出眾，早被選入宮中。外祖母的家，有一個淘氣的表兄，出生時嘴裡竟然啣了一塊斑斕美玉呢……

外祖母的家！黛玉環顧自己的家，偌大的屋室，父親一個人坐著，鬢髮泛著蘆花的斑白。清涼的空氣，似乎隱隱飄來她屋裡人參的淡淡甜香。

雙膝落下，淚水一逕流了下來，她寧可一輩子守著父親，守著這幢屋子，她不要去那麼遠的地方，她害怕去見那麼多的人。外祖母家繁華熱鬧，而她，只是幽幽孤岸的一朵開向自己的花，她害怕去面對太多的聲音、顏色和光亮呀！

父親搖搖頭，告訴她，自己已經將近半百，不會再為她娶一位母親的。

「去吧！孩子！外祖母最疼的就是妳母親了，怎麼會不寶貝妳呢！傻孩子！那兒多好玩呀！念書、遊戲、起居，多少有人照顧著，也省了妳老爸爸操心，嗯！乖！聽話！妳母親在地下也一定寬心安慰了。」

父親請賈老師一路護送，也順便讓老師見見同宗的舅舅，並介紹到京城就任一個新的好差事，黛玉揮淚離開了家園，江水悠悠流著，薄霧冉冉升起。一陣寒凜撲向她，那邊王嬤嬤已嚷著當心著涼了。

她跨著細緻的步履，雙腳雖已落地，卻還是舟行的悠悠晃晃，見到岸上守候多時的車馬人轎，心裡更加忐忑不安。在另一艘船上的賈老師，因為還有其他事情要辦，和來人囑咐了幾句，就自行離開了。

這是賈府的來人，而她是林家的小姐，母親提起外祖母家的驕傲自得，她一直不能忘，黛玉開始擔心自己有什麼舉止不宜，落在別人眼裡，招人笑話的地方，不能丟母親的臉，不能丟林家的臉呵！

她小小心心坐在轎裡，畢竟又忍不住好奇和新鮮，開始悄悄打量起這大都會來。人來人往，車行馬駛，街衢市招，和她平日所見，大大不同，確實是繽紛而繁華的一座城。轎子行行轉轉，突然一對石獅迎來，威風凜凜，所鎮守的三間朱漆大門，更是軒昂巍峨，晶亮的獸頭門環，灼灼生光，連門前列坐之人也是華服麗冠呢。

黛玉心裡有數，讀著正門所懸的匾，正是「敕造（ㄔˋ ㄗㄠˋ chì zào，奉皇命而造）寧國府」，果然和她所想不差，這是外祖長兄的寓所。正想著，西行的轎子已到了另一對石獅的門庭院宇，好個「榮國府」呀！外祖母家到了。

這也是母親的家呢！黛玉稍稍感覺一分親切，竟然要認真想像稚齡時母親指點石獅的模樣，才忍不住想笑，鼻子倒先一陣酸楚。此時她已是無母的孩子，而父親又年邁，她一個人孤伶伶來投奔外祖母，一個可憐的女孩！

她巍巍走下轎，兩旁已有僕婦來攙扶牽引。

小小黛玉跨出了第一個邁入賈府的步履，抬頭是美麗的垂花門，兩旁長長的走廊環抱而來，向前看去，穿堂正中，一個紫檀架大理石的屏風——那後面該是怎樣深邃富麗的一個所在呵！鸚鵡畫眉在廊簷下啁啾著，那些高大的棟梁，正以精緻的雕刻與圖繪靜靜凝視。簾幕低垂，紅衫綠衣，影影綽綽，向她奔來：

「林姑娘到了！」

聲浪掠過耳際，然後有一張臉進入了眼簾。黛玉未及細看，只覺鬢髮如銀，便知這必

是外祖母了。正要矮下身子，那張慈顏已經貼向自己，霎時就濡濕了彼此的雙頰，嘴裡喃喃著「心肝寶貝」。黛玉被擁入老人家的懷中。心情翻騰如海，淚水奔湧如泉。許多含淚的目光，將這一老一小給團團圍住了。有人上來，輕輕分開祖孫倆，又悄悄遞上絹子。

恭敬地長拜，又致意請安。黛玉算是正式拜見了外祖母，外祖母又替她一一引介——大舅母邢夫人、二舅母王夫人、珠大嫂子李紈。並吩咐她的表姊妹們也一起出來，既然遠客光臨，今天的課就不必上了。

和黛玉平輩的賈府四個女兒——元、迎、探、惜四春，其中元春大姊，現在宮中。黛玉對探春的印象最深——修眉俊眼，轉盼之間，流露逼人的光彩，身材則是高䠷修長。迎春呢，柔白圓潤，文文靜靜，一副好好脾氣的模樣。最小的惜春，五官好像還沒定型，也說不出一個確切的樣子。三姊妹所穿所戴，都是一樣的裙襖和釵環。

話題先繞著黛玉母親轉，又惹得賈母傷心起來。勸住以後，大家遂開始打量起遠來的黛玉。

一看就知是個極聰明的孩子，一種說不出的絕佳氣質，然而袖袂衣裳似乎都不能掩飾這孩子的瘦怯荏弱，讓人不自覺就憐惜起來。便問起她的身體與醫治情況。

可憐的孩子，先天的體質就差，才會吃飯，藥丸、丹方就未曾斷過。

「醫生看了許多，藥也吃了許多，身體一直好不起來。母親說，三歲時，來了一個癩頭和尚，嚷著要化我出家呢！父母哪裡肯？和尚就說我的病，怕是一輩子也好不了了，除非，除非不許見哭聲，不能見父母以外的親人，這樣子才能平安長大。他說話瘋瘋傻傻的，沒人理他。現在我一直吃的是『人參養榮丸』。」

小小年紀，卻款款道來，又清新又分明，讓賈母不得不更疼愛這楚楚可人的外孫女兒，便吩咐說家裡配藥的，記得以後多為林姑娘配一料才好。

正閒閒談著，清脆的一陣笑語從後院方向傳來——

「來晚了！沒能親迎遠客！」

屋裡一片靜默，個個屏息以待。黛玉越發疑惑了：這樣放肆談笑而來的，會是母親故事裡的哪一號人物呢？

先是一陣好聞的脂粉香。在簇擁的一群人中，獨獨先看見她，不只是因為她的服飾特別華麗別致，也是因為她耀眼的美麗，好像一團春光移入了室內，鮮明亮麗都組合到一塊了。但在明媚的笑容之中，可以隱隱感覺的是一種風威雨勢的凜凜，這是一個美麗又危險的人物。

「呃，妳不認得她，她可是我們這裡鼎鼎有名的一個潑辣貨呢！聽人說過南京的『辣

子』吧！妳呀，只管喊她『鳳辣子』就得了！」

賈母笑開了臉，向黛玉忙不迭地打趣著來人，黛玉倒是為難起來，不知究竟要怎樣稱呼才好。

「這是璉二嫂子！」探春替黛玉解了圍。

黛玉立刻想起母親說過：大舅賈赦之子賈璉，娶的就是二舅母王氏的內侄女，從小就被父母以兒子的待遇教養長大的，能幹非常，膽量大，識見多，學名就叫王熙鳳。

果真是個女中丈夫的氣勢，黛玉連忙上前施禮，喊了一聲嫂子。

熙鳳伸出自己的雙手，很親熱地牽著黛玉，又上上下下，細細端詳了一番，再施施然送回賈母身邊。她的眉眼、她的唇齒，開出春天的花朵，燦然笑著：

「天下真有這樣標致的人兒！我今兒總算開了眼界！瞧，這一身的氣派，豈止是老祖宗的外孫女兒呢？根本是嫡嫡親親的孫女兒嘛！怪不得我們老祖宗天天嘴裡心裡放不下。——只可憐，可憐我這妹妹這麼命苦，怎麼姑媽偏就過世了呢！」

一陣雨打梨花，淚水撲簌簌落了下來。

「我才好了，妳又來招惹了。妳妹妹遠路才來，身子又弱，也才勸住了，快別再提了！」

賈母一旁笑罵著。

霎時間雨過天晴，又是一片豔陽花開，熙鳳自悲而喜，竟在轉瞬之間！

「說的也是呵！我見了妹妹，一心都在她身上，又是喜歡，又是傷心，竟忘了老祖宗，該打！該打！」

這樣熱絡靈活的人物，是黛玉生命中從未經歷過的。璉二嫂子又執起她的手，細細問她一般閒話，還教她不要想家，有什麼需要就儘管吩咐。

有人擺上茶點，也是熙鳳在張羅布讓。二舅母又問了熙鳳一些家中瑣事，諸如僕人員工的月錢發放，什麼後樓存放的衣料等等。顯然，熙鳳掌管著家族裡的大小諸事。

初來乍到，總不免一一拜見長輩親人，黛玉隨著大舅母邢夫人到了大舅處。大舅因身體不適，說是改日相見。邢夫人要她用膳，黛玉卻惦著尚未拜晤二舅，非常有禮地婉辭謝了。

在二舅母處，黛玉慢慢啜飲丫鬟送來的茶，一邊等著王夫人，一邊遊目四顧。長身細腰的瓷器，時鮮花草，銀紅撒花的椅墊，猩紅的洋毯……有一種自然舒坦的雍容，連那些送茶伺候的女孩們，也流露出一種與眾不同的味道，不一樣，畢竟是不一樣呵！

來了一位丫鬟，紅綾的襖子，青綢窄邊的背心，很是和氣地招呼她到裡邊坐，因為王夫人在裡邊等著。

「妳舅舅今兒齋戒去了，不得空。反正來日方長，以後再見面機會多得是，不急嘛！

不過，有句話，妳可千萬記著！」

二舅母原是閒閒說笑，一派輕鬆，但突然之間，又斂眉正色，非常認真地告訴黛玉：

「妳的三個表姊妹都沒話說，好相處得很，以後念書、認字、學針線，開個玩笑，也都有個分寸，不讓人操心。獨獨有一樁，我最放心不下。妳知道，我們家有個禍根搗蛋鬼，就跟『混世魔王』一樣，煩都煩死人，禍事闖不完，妳可要小心，千萬別理會他，越理他越瘋。今兒他去廟裡還願，等會兒妳見了就知，妳的幾個姊妹們，沒一個敢沾惹他的。」

這必然就是母親常說起，那個啣玉而生的表哥了，黛玉嘴裡含著笑，心裡卻有些委屈：

「舅媽說的，是不是就是啣玉而生的表哥？母親常說，這位哥哥長我一歲，學名就叫寶玉，雖然頑皮些，但是對待姊姊妹妹們，卻是最好不過的。再說，我來了，自然和姊妹們一處，弟兄們一定是另院別居，怎麼說得到沾惹上去呢？」

「這個妳就不知道啦！他和別人不一樣，妳外祖母最疼他，從小就和姊妹們在一處嬌養慣了。若是別人不理他，也還好！就怕姊妹們和他多說一句話，他一高興，便生出多少是非來，所以要特別叮囑妳呵！妳只別理他，他一時甜言，一時有天沒日，瘋瘋傻傻，千萬別信他那一套！」

二舅母還絮絮叮嚀著，卻有丫鬟進來傳話，說是老太太那兒開晚飯了呢！

摔玉

放下筷子，廳堂仍是一片寂然，滿室人影，卻不聞一個微聲的咳嗽。黛玉正暗自讚歎著，背後的丫鬟已經捧上茶來，她接過手，卻想起自己家裡的規矩，素來父親總教她飯後要稍待片時，才可慢慢飲茶，如是，養身惜福，不致傷了腸胃。但這不是自己的家呀！少不得要隨和些，打從上岸開始，她就這麼小心翼翼，亦步亦趨，行禮如儀，唯恐出錯。

才接了茶，又有漱盂捧來。看看別人，原來這茶是漱口用的。黛玉依樣葫蘆，照章行事。再一會兒，二度奉茶，這才是正式飲用的茶。

賈母打發開二舅母、珠璉嫂子，留下四個年輕女孩兒，有一搭、沒一搭說著家常話。問黛玉讀書沒有？黛玉老老實實說剛念了四書，她想幾個姊妹不知進度如何，就回問外祖母，沒想到賈母只是輕描淡寫：

「讀什麼書？不過認幾個字罷了，不是睜眼瞎子就成了。」

匆匆步履的聲響打斷了閒閒的對話。

「寶玉來了！」丫鬟笑著進來，告與賈母。

這個寶玉還不知是怎樣一副嘻皮笑臉、吊兒郎當不長進的樣子呢？黛玉在心裡隨意勾勒一個不堪的人形，她沒忘記，剛才二舅母是怎樣一本正經地叮囑她，千萬不要招惹這個「混世魔王」。

黛玉猛地被匆匆進來的「混世魔王」吃了一驚，不！毋寧說，她被自己吃了一驚。是個風采翩翩的混世魔王呢！紫金冠下一張神采飛揚的臉，血色極好，泛著健康的紅色。帽箍齊眉，繡金的兩條龍，正戲弄一雙明珠。眉下的一對眼睛，極溫暖、極柔和的眼神，清亮的一泓水，盛著盈盈的笑、脈脈的情。頸間的纓絡，垂著五色絲絛綰繫的一塊美玉。

她習慣性微微摀著心，幾乎害怕，那劇烈的跳動會一下蹦出胸懷來。不只因為駭異來人出乎意外的英姿煥發；而是，而是燈下初晤一份奇異的熟稔，輕輕蹙起眉尖，黛玉努力思索著——

「好奇怪，會在哪兒見過呢？怎麼這等眼熟？」

會在哪裡呢？她恍恍惚惚，暈船的感覺。斜暉脈脈水悠悠，好像到了一個無人之境，水聲潺湲，水花拍打岸邊的一塊孤石，點點清涼噴濺在石上的一株孤草……

再睜開眼，水波退去，燈火下仍是一張煥發明朗的臉。他頭上的佩戴已經褪下，身上也換了家居便服。

「還沒見過遠客，怎麼著，就脫了衣裳？快，見你林妹妹！」

寶玉長長作揖，這才閒閒坐定。

剛一進屋，就見那人在燈火眾人裡，但好奇怪，這個林妹妹明明在燈火眾人間，又偏偏像遠遠在燈火眾人外，竟像驀地在寂寂溪澗的一個照面呢！而且還不該是第一次的照面，老早以前就見過的不盡往事悠悠。

靜靜不動的當兒，是臨水顧盼的一株嬌花。稍稍舉手投足，又像春風拂過嫩柳的枝椏，極其優美的一番韻致，寶玉深深吸引了，嘴裡卻嚷著——

「這個妹妹，我曾見過！」

黛玉又是一陣心跳。

「可又胡說了，你何曾見過你林妹妹來著？」

做祖母最喜兒孫繞膝，忍不住就要搶個白、打個趣。

「沒見過呵！說是沒見過，但看著真是面善眼熟，就像久別重逢一樣呢！」

「這樣就更好了，相處起來不更要和睦親愛些！」

賈母呵呵笑了起來，聲音裡流露一種自然的慈藹。

寶玉索性坐到黛玉身邊，一雙眼專注看著表妹！

「妹妹讀了書沒？」

這回，黛玉卻淡淡含混地答道：

「還沒呢！只上了一年學，馬馬虎虎認幾個字罷了。」

「請問：妹妹尊名是哪兩個字呢？」

黛玉細聲細氣地回答著。寶玉又問是否別有字號，黛玉搖搖頭。寶玉計上心頭，一副喜孜孜的模樣：

「我送妹妹一個字，不如就叫『顰顰（ㄆㄧㄣˊ·ㄆㄧㄣ pín ·pin）』，真是妙得很，妙得很！」

「『顰顰』？可有什麼來由？又是打哪本書上得來的典故？」

探春眼眸一轉，突然插話過來，詢問的口氣，顯出她與眾不同的敏捷來。

「《古今人物通考》上的嘛！《古今人物通考》上說，西方有種石頭，就叫做『黛』，『黛』可以用做畫眉的墨呢！妳看，這個妹妹的名字本來就叫『黛玉』，妹妹的一對眉頭又總喜歡微微蹙著。而蹙眉就是顰，顰就是蹙眉，叫做『顰顰』正好點出眼眉的意思，也合了可以畫眉的『黛』石呢！」

「得了！得了！才不信古書上有這麼一款。聽你胡謅，準是呵，自己無中生有，隨意編派的，對不對？」

探春一點也不放過她同父異母的這個哥哥。寶玉倒是哈哈大笑起來：

「妳想想，除了四書有憑有據是聖人說的，又有哪本書，不是作者自己想出來的，編出來的？怎麼著？別人這樣就成，偏我不成？」

寶玉不再理會探春，又轉身過去，款款問道黛玉可也有玉沒有。黛玉見這話問得突然，心裡猜想，一定是因為表哥自己有玉，所以要這樣問她。

「玉，我可沒有。又不是普通的東西，這麼樣的稀奇寶貝，哪裡是人人都有的呢？」

唰——寶玉站起身來，狠狠摘下頸間的美玉，說時遲、那時快，就已重重把玉摔在地上了，那姿態一反剛才的溫文，幾乎是一種粗暴和傷心：

「什麼稀奇的寶貝？連人的好壞美醜都分不清，還說什麼通靈不通靈？我也不要這個鬼東西了！」

平地爆起一聲響雷，大夥兒都被這個舉止給嚇著了。也不理會玉的主人如何氣急敗壞，傷心欲絕，倒是一窩蜂都擠到地上拾玉去了。只有賈母心疼地緊緊摟著她最為鍾愛的孫兒，好言好語地百般安慰：

「你這要命討債的，要生氣，打人、罵人都隨你，幹嘛好端端地要惹那塊玉？那是你的命根子呀！」

寶玉滿臉是淚，一邊哭、一邊喊：

「家裡的姊姊妹妹，沒有一個有玉的，就只我一人有，我早就覺得好沒意思啊！今兒來了林妹妹，這麼神仙似的好模樣，一問起來，也是沒玉，那個玉還會是什麼好東西？」

「誰說你林妹妹沒玉的？她也有呵！只因為你姑媽過世，捨不得你林妹妹，也沒法子，只好變通一下，把妹妹的玉也帶了去。一方面，就添作陪葬的禮物，算是你妹妹一番孝心。另一方面，你姑媽在天之靈，也因為玉的陪伴，就像見著你妹妹一樣。你林妹妹說沒有，是她客氣，不好誇大。你的情形怎麼能和她比？還不好好小心戴上？小心你娘知道了，看你怎麼辦！」

哄了這番話，賈母又向丫鬟接過玉來，親手替寶玉戴上，寶玉止了哭，因為覺得祖母的話大有道理人情在，再鬧下去，就是自己不懂事了。

總算雲散雷隱，一場風暴過去。王嬤嬤進來詢問有關黛玉臥眠休息的瑣事，賈母的意思是讓寶玉暫時搬出，跟著祖母一處，黛玉就先在寶玉原來的地方，等殘冬過了，天氣暖時再作安排。寶玉不肯，執意要留在原處，賈母想想，也覺沒什麼不妥。就依了寶玉的意

思，讓這兩個孩子同處一室。

這才是第一天，但已夠柳暗花明，峰迴路轉的了，黛玉早覺體力不勝。然而倚在床榻，卻是不能即刻安歇，倒是在那兒默默垂淚起來。

她這麼努力辛苦一場，到底是徒然的。她是怎樣力求隨和從俗，不要顯出生分突兀，但最後一句沒有玉的誠實答覆，畢竟還是惹出一場風暴。

她纖柔的頸項低垂著，呈現優美的弧度，眼淚湧出，露水一般沾滿了眼睫雙頰。賈母剛剛派給她的丫頭紫鵑在一旁勸解著，黛玉卻不能釋懷。萬一寶玉出手重了，玉給砸壞了，那麼，豈不是她的罪過？

黛玉想到這兒，越發抽抽嗒嗒哭個不止，雪雁、王嬤嬤早已習慣黛玉這種愛哭的毛病，懶得搭理。倒是紫鵑，方才認了主僕，就死心塌地等候著女主人。

那邊寶玉和他的奶娘李嬤嬤已經睡了，倒像沒事人一般，大約沒想到摔玉的風暴雖已解除，帶來的雨水卻仍緜緜不止。先前在王夫人處，看見紅綾襖的丫鬟悄悄走到黛玉這邊來，她是寶玉身邊服侍的襲人，原來跟著賈母，現在跟著寶玉，盡心盡職的一個女孩，看見這裡人燈未靜，不免要來探問探問。

紫鵑說了原由，襲人啞（ㄜˋ è）然失笑：

「姑娘快別這麼著！以後只怕比這個更奇怪的笑話還有呢！如果為這些莫名其妙的事傷心，那可有傷不完的心了，快別多心了。」

黛玉稍稍止住了淚，這麼一來，她倒是對寶玉的那塊玉，以及整個人好奇起來了。

夢裡迷情

冬季日午的陽光，黃澄澄的遲緩、溫暖。園裡的梅花正盛，一片清芬。寶玉跟在祖母身旁，和大夥兒在這東邊寧府賞梅，一邊還品茶飲酒，從早飯過後，鬧了有大半日了。這一刻，突然感覺睡意爬上眼簾，眼皮就要搭下來了，好睏哪！

賈母看他那副模樣，立即招呼人來，好好服侍他休歇一會。

婷婷嬝嬝走出了秦氏，笑吟吟上前來，再三請賈母放心，一口承諾這事。賈母見是她，也就寬鬆下來。秦氏年紀輕輕，相貌好還在其次，做事、說話尤其溫柔有分寸，乃東府主人賈敬的孫媳婦，寶玉侄兒賈蓉的妻子，是大夥公認的好，在平輩中，無人可比。

人影晃晃，寶玉和奶娘、丫鬟一行人，隨著秦氏，登階穿廊，進到屋室。他睡眼朦朧，卻可以感覺前行一個款擺有致的女影，而此刻，他正循著她芬芳佳美的履痕，緩緩前行。

沒來寧府前，正左一句、右一句和黛玉賠不是。畢竟她的一張淚臉，逐漸有了明朗的晴意。這個妹妹一惱起來，就淚漣漣的。每次都是這樣，才吵過嘴，寶玉就後悔不止。他

不忍心黛玉病痛虛弱外，還要讓她再承受心情上的折磨，這麼一個孤伶伶的人兒，爹娘不在身邊，是不能受任何一句重話的，最後總少不得自己說盡好話，賠盡笑臉。但他多麼憐愛林妹妹孩子氣的表情，尤其在他面前，沒有一點的做作，要惱就惱，說哭就哭，也就有他這個二哥哥，可以讓她真正破涕開懷。而吵後和好，那份親密又勝過未吵之前。

然而是今早吧！當秦氏和賈蓉一塊來請祖母過東府去時，寶玉突然有了另一種感悟，好像自己身上某些沉睡的細胞，一下子被喚醒過來。他被秦氏身上一種神祕的東西給強烈吸引住了，這是他十幾歲生命裡，從不曾有過的奇異經驗。

從小，他就生活在一個女性王國裡，久了，他也只習慣於女性王國裡的乾淨和美麗。或者要這樣說：根本這就是天性使然。家裡年長的，常愛重複他的一些奇特行徑，當然啣玉而生，最是一樁奇聞。另外，像他週歲的湯餅宴上，父親賈政要試他志向，擺上各種玩具和生活用品，就巴不得小小孩兒會抓起紙墨筆硯的，偏偏他那一雙胖胖小手，就只是舞向脂粉釵環。這一來，老爸氣得吹鬍子瞪眼，一顆心霎時冷了下來，直覺這兒子不過酒色之徒，斷無出息與成器之理，等寶玉稍大以後，管教更是嚴峻有加。

對寶玉而言，所謂的男人，不過一團汙泥，濁臭逼人。涎著一張臉，眼裡露著貪婪，對於美色巧取豪奪，一旦到手，又橫加糟蹋，全無愛惜之意，他厭惡極了。而自己的父

親，寶玉只要想起，背脊就一陣森冷，父親的世界陰森不見春日，對他而言，是一個好遠好遠的冰谷，他一步也不敢前行。

只有女孩，尤其是未曾出嫁的女孩，沒有沾染一絲臭男人的氣息，像泉水一樣清新、潔淨、純美，寶玉一見，就感到無比的爽快開心。

女孩之中，他最感親密的，自然是林妹妹。打從第一個照面起，寶玉就奇異感覺到他們彼此生命的強烈相通，這世上，唯有林妹妹，是值得他用全部的心靈去呵護、去關愛的。

但今天當他看到了秦氏，嘴角噙著蜜一般的甜美笑容，聲音裡是一份說不出的溫存與體貼，尤其舉手投足、轉身顧盼之間，那種律動與節奏，圓熟而優美，是剛剛啟罈的美酒呢，芳醇溫甜，寶玉覺得一陣微醺的暈眩。

步履停下。寶玉抬頭就見一幅勤學苦讀的畫面——漢朝劉向黑夜誦讀，旁邊一個執藜杖的長者，幽幽火光自杖頭燃起，替這夜讀的學子照明——〈燃藜圖〉。寶玉皺皺眉，興致頓減。再看旁邊的對聯：

世事洞明皆學問

人情練達亦文章

他轉身就走，全然無睹室內的精美華麗。難道平時這些大道理還不夠煩人嗎？

「這裡還嫌不好呵？那要往哪裡去呢？——要不，就往我屋裡吧！」秦氏含笑建議。

一個年長的嬤嬤認為不宜——「哪有叔叔在姪媳婦處休息的？」秦氏卻不以為忤。

「不怕惱了他，他能有多大呢？我那個弟弟不和他同年嗎？要站在一起，恐怕要比他高哩！」秦氏落落大方，語氣裡有份大姊姊的調侃味道。寶玉倒是留心起話裡的少年，姊姊既是這麼好，弟弟一定相去不遠，又和自己同歲，怎麼不曾見過？這個人物必不能錯失才好。

還未深入秦氏屋裡，先就一陣細細甜香，寶玉的眼睛像給蜜糖糊住，身子酥軟，就要倒地不起了。

壁上，豐腴美麗的楊貴妃，輕紗掩抑下，沉沉甜睡著，這是唐伯虎有名的〈海棠春睡圖〉。秦觀的一副對聯，恰似兩旁護花的使者：

嫩寒鎖窗因春冷
芳氣襲人是酒香

一個純粹而成熟女性的香閨，每一個小小的擺設、裝潢，都是無限旖旎的春光。鏡、盤、榻、帳，輝閃迷人的光彩，喃喃唱著一些古老的甜歌。

「好！好！好！就這兒最好！」

「我這屋裡，就是神仙來住，也不致辱沒吧！」秦氏展開紗衾，並移過一個鴛鴦枕，命四個丫鬟一旁看好，眼見寶玉安妥躺下，這才款款離去。

彷彿仍是循著秦氏芬芳的行蹤，寶玉不知不覺行到一個絕佳之處，清溪水慢慢流過，群樹鮮碧，白玉的階梯，朱紅的欄杆，空氣清新，猶如天地初生，沒有一絲人煙。

傳來柔美清越的歌聲，聲音未止，卻走出一位出奇美麗的女子，寶玉知道他已經到了神仙的世界。

原來神仙是警幻仙姑，常駐太虛幻境裡，專門掌管人間男女感情的債務。最近以來，意亂情迷、苦戀癡愛的事情特別多，而且都鬱結在一個地方，仙姑正是查訪探詢途中，卻意外逢到了寶玉。警幻倒是十分親切，她邀寶玉去太虛幻境，品味她親手採釀的仙茶美酒，欣賞一下仙歌妙舞。

寶玉喜不自勝，早已忘了秦氏，就興沖沖跟著仙姑而去。

走沒多遠，迎面一座石牌坊，橫書「太虛幻境」四個大字，兩邊一副對聯：

假作真時真亦假
無為有處有還無

轉過牌坊，一座宮門，這次的四個大字是「孽海情天」。寶玉上前細看對聯：

厚地高天　堪歎古今情不盡
癡男怨女　可憐風月債難償

心裡一陣迷霧升起，對於這些古今情、風月債，什麼真、假、有、無……寶玉覺得迷迷糊糊，懵懵懂懂（ㄇㄥˇ ㄇㄥˇ ㄉㄨㄥˇ ㄉㄨㄥˇ mĕng mĕng dŏng dŏng）的。

人間的感情繁多複雜，竟成為天上神仙專司的公務了，幻境裡邊，一行一行辦公的處所，都標明各種感情的類別。寶玉嘖嘖稱奇，很想進去裡邊，一探究竟。

警幻仙姑卻告訴他，這裡的文件簿冊是最高機密，登錄人間所有女子的過往和未來，

寶玉是肉眼凡胎，不宜先睹。這麼一說，寶玉孩子氣的好奇心越是勾引出來了，他哪裡肯從，苦苦央求再三，仙姑被他纏得沒辦法，只好讓他在「薄命司」裡，隨意瀏覽一會。

所謂「薄命司」，原來是「春恨秋悲皆自惹，花容月貌為誰妍」，恨悲原是自尋煩惱，而容貌又為誰美麗呢？寶玉讀了對聯，心裡已經歎息不已。再看屋裡的大櫥，都被各種地名的封條封起。他一心只想揀自己家鄉的看，果真有：「金陵十二釵正冊」。

警幻說，一鄉女子雖多，但只選錄最為重要的十二名，其次的在「副冊」中，再其次的在「又副冊」中，如此類推。

寶玉打開副冊，才翻首頁，只見滿紙烏雲濁霧，後面幾行字。第二頁則是一簇鮮花，一床破席，依然有幾句言詞。雲霧畫的配字是什麼「心比天高，身為下賤」，什麼「風流靈巧招人怨」、「多情公子空牽念」。那鮮花破席的則是什麼「枉自溫柔和順」、「誰知公子無緣」。

搖搖頭，疑惑不解；寶玉拿起「又副冊」來。

一株桂花，一池水涸泥乾，蓮枯藕敗。

根並荷花一莖香，平生遭際實堪傷……

他仍在迷霧之中，只好又換上正冊。

第一頁——兩株枯木，懸著一團玉帶；一堆雪，雪下一枚金簪。

可憐停機德，堪憐詠絮才。
玉帶林中掛，金簪雪裡埋。

這些畫面，和畫後的話，好像蘊藏無限的神祕，為什麼孟母停機課子的母德要讓人歎息呢？這樣有德的女子會是家鄉裡的哪一位？難道具有六朝謝道韞一樣才女的文采也要讓人哀憐嗎？這些又和林裡的玉帶，雪中的金簪有著怎樣的關係呢？

好難解的謎！他有一肚子的問題要問，但知仙姑絕不可能理會。算了，看也看不懂。但是這些字、這些畫又在冥冥中向他殷殷招手，他隱隱約約感覺其中的某種牽連，好像和自己的命運息息相關著。

他一頁一頁地翻閱：一把弓，一枚佛手的果子；一名舟中哭泣的女子；幾縷飛雲，一彎逝水；落在泥淖中的一塊美玉；被惡狼追撲的婦人；古廟讀經的少女；冰山上的鳳凰；

荒村紡績的美人；茂蘭邊鳳冠霞帔的新婦……

一雙纖手掩起卷冊，警幻笑著收拾。寶玉已不能再看，只好隨著來到後面。

這裡才真讓寶玉深切體會出仙境的風光，正看得有味，警幻已笑著要眾仙們來迎接貴客。

一群仙子興沖沖出來，才見寶玉，就連聲抱怨，原以為貴客是絳珠仙姑的生魂重遊舊地，怎知引來濁物，白白汙染了清淨的女兒國。

寶玉止步垂首，羞慚不已，好像真的汙濁不堪。警幻牽起寶玉的手，向仙子們委婉解釋：原是要接絳珠來的，只因路過寧府，恰遇榮、寧二公之靈，再三請求好好開導這後世嫡孫的寶玉，這孩子雖然靈慧，但所行所想，驚世駭俗，家族的希望本來只可寄託在他一人身上，就怕他誤入聲色的歧途。警幻感於二公的苦心，這才領他來此。先讓他看家鄉女子的簿冊，希望他能體悟出什麼生命的訓誨，無奈他依然懵懂，只好再引他來此，滿懷耐心，一步一步慢慢開他蒙昧。

在幽香的一間屋裡，寶玉分別啜飲了「千紅一窟」的香茗，以及「萬豔同盃」的美酒，寶玉讚歎不已。這茶、這酒都是仙境裡百草千花所製，聽這名字，就像「千紅一哭」，「萬豔同悲」一樣，畢竟是女兒國裡的寶物；但不知怎的，美麗之中，竟要生出無名的哀

愁來，就像剛才所有畫面與詩詞的感覺。

十二位女孩輕敲檀板，款按銀箏，一時弦歌升起，警幻向寶玉解釋：這組音樂就叫〈紅樓夢〉——

開闢鴻濛，誰為情種……

都道是金玉良姻，俺只念木石前盟……

……若說沒奇緣，今生偏又遇著他……一個是水中月，一個是鏡中花……

歌聲哀婉，寶玉雖不能確實把握詞曲的涵意，一顆靈魂倒也在節奏旋律間悠悠飄蕩：

望家鄉路遠山高……天倫呵，須要退步抽身早。

一帆風雨路三千……奴去也，莫牽連……

機關算盡太聰明，反送了卿卿性命……忽喇喇如大廈倒，昏慘慘似燈將盡。呀！一場歡喜忽悲辛，歎人世終難定。……

……欠命的命已還，欠淚的淚已盡……看破的遁入空門，癡迷的枉送了性命。好一似食盡鳥投林，落了片白茫茫大地真乾淨。

寶玉的心魂也進入一片空茫之中，漫無邊際。十二名女孩還要再歌，警幻看寶玉臉上的茫然無知，慨然嘆道：

「癡孩子，你還沒開竅呵！」

寶玉早已揮手表示不用再唱了，此刻他只是昏昏欲睡。臥榻之好，不用細說，更令人吃驚的是一名女子早在守候，那美麗是寶玉目所未睹的。不久前，薛姨媽和表姊寶釵住進賈府，大家都說這寶釵長得好，依寶玉看，這床邊的女孩竟美得到無可挑剔，綜合了寶姊姊的鮮豔嫵媚，和林妹妹的嬝娜飄逸。

他正不知床邊女孩何許人也，警幻倒是開起口了，語氣十分嚴肅。

警幻正色告訴寶玉，她之所以這樣看重寶玉，是因為寶玉是「天下第一淫人」。

一個悶雷擊上心坎，寶玉惶惑不已。忙忙分辯：自己懶散，不愛讀書，單此一項已夠父母再三管教，哪裡敢再擔當「淫」之名？再說，年紀尚小，根本不解「淫」為何物。像警幻剛才說的「好色即淫，知情更淫」，乃至「巫山雲雨，悅色戀情」，自己一點邊也沾不上呀！

警幻忙忙揮手，又一字一句解釋給他聽。

寶玉被稱為「淫」，又大大不同於天下任何一位男子的「淫」。本來追求美，然後從身與心的兩相契合，去完成的美的追求，充分體悟美的感受，該是最最莊嚴神聖不過的。而天下之美，又無過於女性。只可惜普天下的男子，只停留在耳目感官一時的滿足刺激，欲念一起，便起掠奪之心，然後又隨手丟棄，如此，這份追求永遠是短暫無比，粗俗膚淺，白白玷辱了原有的莊嚴美好。

只有寶玉，寶玉的「淫」是「意淫」，是對天下所有美善的由衷嚮往，真誠追求，並珍重寶愛，是能欣然賞愛，都不必據為己有，可以說是沒有掠奪性、傷害性的一分企慕之情。只是寶玉這樣特殊脫俗的感情，世上之人未必懂得，不僅不懂，而且還要百般笑話。像寶玉這種男孩，只能做為閨中少女的好朋友。既然警幻受託於寶玉先人，遂不忍心讓寶玉只能獨存於閨閣世界，而被棄於廣大的男性社會和一般的群眾。

「所以我來，讓你品好茶、飲美酒、賞仙曲，現在更要將我的妹妹，小名叫兼美，兼天下至美的可卿妹妹，許配給你。你們今晚成婚，讓你享受所有仙境最美好的快樂。曾經滄海之大，也就無睹於其他小水小河；登罷五嶽，沒有什麼山可以放在眼裡。我是要你知道，仙境至美的風光不過如此，那麼你再回人間，就不會再戀戀於男女情愛，如此，收

心讀書，留意孔孟聖賢，以經國濟世為大志。我呢，也就不算辜負你先祖在天之靈的重託了。」

話才說完，又囑咐寶玉如何體貼愛惜可卿，寶玉在她推送下，跌進了溫柔之鄉，而警幻早已掩門而去。

寶玉輕輕咬著可卿玲瓏的耳垂，悄悄說一些甜蜜溫存的情話，可卿柔順倚著他。他們從一個奇妙的經驗中蛻長出來，此刻正要攜手外出。

怎麼開始聽見狼嗥與虎嘯？並且荊棘榛莽以一種凶猛猙獰的姿態，撲上眼來。前面一條黑溪，濁浪嗚嗚低吼，連一座橋也沒有。可卿的小手緊緊牽著他，寶玉遲疑著，不知如何是好。

有人影匆匆奔來，是警幻！

「不要再走下去了，快快回頭才好！」

「這到底是什麼地方？」

「這就是『迷津』，深有萬丈，綿延千里，舟船不通，只有一個木筏，上有乃木居士掌舵，灰侍者撐篙，不受金銀之謝，只渡有緣之人。你既已到了津口，如果再沉淪下去，就太辜負我一番諄諄教誨的苦心了。」

說話間，黑色水浪湧起雷鳴，一些青面的夜叉、海鬼硬拖著寶玉，寶玉一身冷汗，高呼：

「可卿救我！」

「不怕噢！不怕噢！我們都在這裡陪你呢！」

寶玉睜眼，卻見襲人她們環擁過來，並用手輕輕撫拍著。

正在廊上招呼小丫頭的秦氏，突然聽到寶玉在夢中呼喚起自己的小名，梅花的清香撲向鼻息，她的人卻像迷失在霧裡，竟是深深的不解與迷惑呢！

金鎖印象

午睡時分，整個大家庭也順便打一會兒的盹，顯出白天罕有的安靜。寶玉原想再過東府去聽戲，但已擾了一個上午，秦氏又是一個最最周全的主人，寶玉是輕鬆去看戲，卻累得主人百般招呼，還是算了，秦氏和東府的梅花、戲班一樣，隔一陣子去遠遠欣賞那香味與精采，這樣也就夠了。

他撫撫頸間的玉，想起梨香院裡新來的寶姊姊，最近她好像身子不舒服呢！前兩天，管家婦周瑞家的（按：指周瑞家裡的人，就是周瑞的妻子，簡稱周瑞家的，餘類推），到各處送簪花時才聽說起。當時林妹妹也在場，寶玉怕她多心，只好託周瑞家的口頭問候一聲，想想今兒有空，就親自走一趟吧！

他嘴裡沒說，別人也只當又要去東府看戲，寶玉擔心中途遇見別人，又平白纏上一些無聊的應酬，更害怕遇見他父親，就寧可繞靜僻的遠路去。

不巧還是遇見常來家裡走動聊天的閒客，一見寶玉就抱腰攜手，問好請安，嚕嗦了半

天。好容易擺脫開了，跟著寶玉的老嬤嬤，突然想起什麼似的，就問他們是不是往政老爺那兒去，兩人看著寶玉，說老爺在歇中覺，不打緊，一臉了解的表情，看得寶玉倒是笑了起來。又轉彎向北，可巧又遇見一群管事的，少不得又圍攏上來，笑誇寶玉書法好，門屏窗扇貼上的吉語方塊，都是有目共睹的，要寶玉賞他們一些，寶玉也一一答應了。

好容易來到梨香院，薛姨媽正教丫鬟們打點針線呢！姨媽王氏，是寶玉母親王夫人的親妹妹，丈夫已逝。兄長王子騰，最近陞官做了九省統制，奉命出京查邊。於是攜子薛蟠，及女兒寶釵來投奔賈府。

此刻寶玉上前請安，姨媽一把拉了他，抱入懷中，萬分疼惜，直嚷難為大冷天，還來梨香院。又殷勤張羅茶水，要他舒舒服服坐在炕上。

寶玉先問起表哥薛蟠，說起這表哥。姨媽不免頭痛，他是第一個有名好吃、會玩，專門惹是生非的大爺，渾名就叫「獃霸王」。最近才為搶一名女孩，打死對方的未婚夫，吃上了官司，要不是因為薛家財富勢大，又和地方上史、賈、王這幾個豪族有親戚關係，也不會如此輕易了結這事。這個無父的獨子，從小就被寵，不知天高地厚，麻煩惹得夠多了。

「唉，他是沒籠頭的馬，天天四處逛得不空閒，哪裡肯好好坐在家裡一刻鐘呢？」

「那姊姊呢？身子可好了？」

「可不是呢！多虧你費心，前兒打發人來問。她在裡邊屋裡，你去吧！那兒暖和些，你坐著，我收拾一下就來。」

寶玉往裡間去，半舊的紅紬（ㄔㄡˊ chóu）軟簾垂著，寶玉掀開，看見在炕上做針線的寶釵。

黑髮挽起，卻不掩其髮質的閃亮，一身家常的衣裙，蜜合色的棉襖，葱黃綾子的棉裙，外罩玫瑰紫的坎肩。她嫻靜地坐在那兒穿針引線，眉眼唇頰，都露著自然鮮亮的顏色，比起黛玉，又是另外一種動人的風采。

一張圓臉，甜美外，還顯得舒怡。

「姊姊可好了吧？」

「多謝惦記，已經好了，」寶釵已經起身相迎，又吩咐鶯兒斟茶，一邊分別問各個長輩親屬以及姊妹的安。

寶玉仍是冠帽齊整，因天冷，穿上狐毛的外套，寶釵的目光最後還是落在他頸間的那塊玉，繫在五色蝴蝶鸞絲上，上面還有長命鎖、寄名符。

「一天到晚就聽說你的這塊玉，到底沒有仔細看過，今兒倒要細細端詳。」

寶釵挪近了一些，寶玉也湊上前去，摘下玉來，遞給寶釵，寶釵小心托在掌心。雀卵般大小，瑩潤光輝，五色花紋纏護著。

玉不琢，不成器。頑石和寶玉，不過一指之差，全在琢磨而已，玉的前身，不過也是荒山裡粗礪的石塊罷了。石和玉的悲劇，久遠以來就流傳著，荊州的璞玉，卻讓知者去肢殘傷，琢磨以後的和氏璧，又一再引起連天烽火。而此刻寶釵掌心的寶玉，又將演出怎樣一段曲折呢？

寶釵含笑細讀玉上鐫雕的字跡，正反兩面分別是：「莫失莫忘，仙壽恆昌」；以及「一除邪祟，二療冤疾，三知禍福」。

她在手中把弄沉吟，又重新翻過正面細看，口裡不覺喃喃念著：

「莫失莫忘，仙壽恆昌。」

反覆兩遍，回頭輕輕向鶯兒嬌嗔：

「還不倒茶去？在這裡發什麼獃？」鶯兒嘻嘻笑道：

「我聽這兩句好耳熟呵！好像和姑娘項圈上的兩句話是一對兒嘛！」

寶玉一聽，忙笑道：

「有這回事？原來姊姊項圈上也有八個字，讓我也欣賞欣賞吧！」

「你別聽她的，沒有什麼字！」

寶玉越發不能罷休，執意要看，寶釵拗不過了：

「也是一個人隨便給的兩句吉利語，所以就鏨（ㄗㄢˋ zàn 雕刻）在金鎖上，還吩咐天天戴著。不為這個，誰耐煩戴？沉甸甸的，有什麼趣？」

一邊說著，一邊已經解開排扣，從裡邊一件紅襖裡取出項圈來，寶玉托著鎖，金閃閃的，還傳來寶釵身上的體溫呢！

鎖的正反兩面，果真也有兩句吉祥話：

「不離不棄」、「芳齡永繼」。

「嗯，『不離不棄，芳齡永繼』！『莫失莫忘，仙壽恆昌』！」

寶玉反覆念了兩遍：

「姊姊這八個字倒和我是一對。」

「是呵，是個癩頭和尚送的呢！那和尚還說，一定要鏨在金器上——」

寶釵不等鶯兒說完，又輕叱著她還不倒茶去，並把話題岔開，問寶玉從哪兒來，說話時，柔柔的紅暈漸漸染上兩頰，有點不好意思的樣子。

寶玉和寶釵坐近時，才覺察到一陣幽香，涼森森、甜絲絲的。

「姊姊燻的什麼香？我從來也沒聞過這味道呢！」

「我最怕燻香了，好好的衣服燻的煙燎火氣的。」

「不是燻香，那又是什麼呢？」

「這個——噢，有了，一定是我早起吃了丸藥的香氣。」

寶釵有個毛病，從小起，常年就犯喘嗽，還是一個和尚給了個「冷香丸」的藥方，是用春夏秋冬各色花蕊，加上雨露霜雪調製而成，非常麻煩難得的一劑丸藥。

「什麼丸藥這麼好聞？好姊姊，給我一丸嘗嘗嘛！」

「又混鬧了，藥也是瞎吃好玩的呀！」

寶釵正笑罵著，卻被「林姑娘來了」的稟報聲給打斷了。

說著黛玉已經進屋來了，以一種年輕女孩特有的款擺步履漸漸移近：

「哎喲，我來得不巧了！」

黛玉的笑聲裡，微微流溢著酸味，寶玉早已起身讓坐了。

「這是怎麼說呢？」寶釵當真問了起來。

「嗯，早知他來，我就不來了。」

「這，我就更迷糊了！」

「這有什麼不懂呢？要來嘛都來了，要不來嘛一個也不來。今兒他來，明兒我來，間錯開了來，豈不天天有人來嘛？也不致太冷落，也不致太熱鬧。——姊姊又有什麼不懂的呢？」

寶玉看黛玉外面罩著大紅羽緞防雨雪的對褶褂子，有意轉開話題，便好心問：

「外面下雪了？」

早有婆子應道，飄了大半天了。

「那我的斗篷可準備好了沒？」

「這就是囉！看，我才來，他就該走了。」黛玉脆笑著，卻像在挑戰。

「誰說我要回去？我不過拿來準備著。」

倒是李嬤嬤上來建議，下雪了，何妨就多留一會，她叫人去取斗篷，讓小廝們都散去。

薛姨媽準備幾樣細巧的茶食，留他們喝茶、吃果子，又取出寶玉愛吃的糟鵝掌，寶玉覺得這樣的好菜，要下酒才過癮。那奶娘卻上來嚕嗦。薛姨媽替寶玉說好話，一口擔當「老太太問起，有我呢」，並打發李嬤嬤和小丫頭們一塊喝酒。

寶玉急著喝酒，懶得等燙暖，就嚷著他只愛喝冷的。薛姨媽不許，因為喝冷酒，寫字手會打顫。寶釵也好言好語笑勸著——酒性最熱，要是熱吃下，發散得就快；要是冷吃下

去，便凝結在內，必得用五臟去暖和它，自然傷身體：

「還不改了舊習慣，從此別吃那冷的了。」

一席話合情合理，寶玉放下冷酒，讓人燙暖了才飲。

黛玉嗑著瓜子，只管抿著嘴兒笑，頗有一種深長的意味，可巧雪雁這時送暖手的小手爐。黛玉笑問：

「誰叫妳送來的？真難為她費心了。——哪裡就冷死我了呢？」

「紫鵑姐姐怕姑娘冷，叫我送來的。」

黛玉接了，抱在懷中，仍然笑著：

「也虧了妳，倒聽她的話！我平日和妳說的，全當了耳旁風；怎麼她說的，妳就依？比聖旨還快呢！」

這話中有話的譏諷，寶玉當然了解黛玉是聲東擊西，存心奚落他，根本還是介意他說也沒說，就單獨來看寶釵了。寶釵呢？早知黛玉平時說話的習慣，也就見怪不怪了。雪雁是倒楣，平白被女主人數說了。只有薛姨媽，全然不解這其中的乾坤奧妙。

「妳平時身子單弱，禁不得冷，她們掛記著妳還不好？」

「姨媽哪裡知道？幸虧是在姨媽這兒，倘或在別人家，那不叫人家惱嗎？難道別人家

就連手爐也沒一個嗎？還遠巴巴打自己屋裡送來，別人不會怪小丫頭不小心，倒會指責我平時輕狂慣了。」

黛玉振振有辭。也只有她這樣的心眼才會想得這麼多、這麼細，也只有她絕頂的機伶，才會在一瞬間，無中生有說出一大套，連薛姨媽也要說她多心了。

說話間，寶玉已經三杯下肚了。李嬤嬤又上來阻攔，寶玉心甜意洽之際，加上姊妹們說笑，哪裡肯依，再三求告，李嬤嬤使出了撒手鐧：

「你可仔細！今兒老爺在家，小心他問你的書！」

一盆冷水潑了下來，寶玉垂著頭，慢慢放下酒杯，再也不言語了。黛玉連忙說：

「別掃大夥的興！舅舅若叫，只說姨媽這裡留住你就得了。這李嬤嬤，老尋我們的開心！」一邊又悄悄推寶玉，叫他賭氣，偏偏就喝，一邊又呢呢噥噥：

「別理那老東西！咱們只管樂咱們的！」

李嬤嬤知道黛玉素日的為人，就正言請黛玉不要一旁助寶玉酒興，如果她勸寶玉不喝，只怕寶玉才真的聽呢！黛玉又笑了，這回卻是一聲冷笑：

「我憑什麼助著他？我也犯不著勸他。你這嬤嬤也太過敏了，平時老太太又不是沒給過他酒吃，哦，如今在姨媽家多吃兩口，又妨了什麼事？我知道了，一定是因為姨媽是外

人，根本就不該在這裡吃，我猜得不錯吧！」

李嬤嬤聽了又是急又是笑，只得歎氣，說黛玉「一句話，比刀子還厲害」。連素日溫靜嫻淑的寶釵，沉默了大半天，這會也忍不住笑著向黛玉腮上一擰：

「真真這顰丫頭的一張嘴，叫人恨也不是，喜歡也不是！」

這一擰算是報了剛才在口角上受的悶氣。

薛姨媽有心好好款待小輩，把李嬤嬤遣開，又端出可口的酸筍雞皮湯、碧粳粥，寶玉吃得痛快，這還不算，飯後還有釅釅（ㄧㄢˋ yàn）好茶，這一下午，梨香院之行，可謂不虛了。

「你走不走呵？」黛玉看著天色，問向寶玉，是極親極熟的關係，才會有的一種口吻。

「妳要走，我就同妳一塊走！」寶玉乜（ㄇㄧㄝ miē，眼合成一縫）斜了一雙眼，又醉又倦。

「我們來了這大半天，也該回去了。」

小丫頭捧過斗篷來，寶玉把頭略略低下，示意戴上，那丫頭出手粗重，把大紅猩猩斗笠一抖，才往他頭上一合，寶玉已不耐地揮手：

「也罷！也罷！傻東西呵！不知放輕一點，我自己來戴吧！」

黛玉在炕沿上，巍巍站著：

「過來，我給你戴吧！」

寶玉上前去，像個乖孩子，黛玉用手輕輕攏住束髮的冠兒，將斗笠的笠沿仔細掖在帽箍上，又把那一顆核桃大的簪纓扶起，顫巍巍露在笠外，整理好了，又端詳審視，表情是藝術家面對自己作品才有的了然、賞愛與權威：

「好了，披上斗篷吧！」

寶玉依言披上，黛玉和寶玉向薛姨媽、寶釵等一一謝別，在茫茫雪夜裡，小丫頭們的伴送下，攜手並肩而回。

鏡子傳奇

離開寧府秦氏屋裡時，鳳姐還是紅紅的眼眶。還不到一個月的工夫，秦氏好端端一個豐澤鮮麗的人兒，就變得病容憔悴，乍看之下，鳳姐真要嚇一跳。也不知是哪一個病魔在作怪，像吮盡一個女體的生命汁液，那份消瘦枯槁真讓鳳姐不忍相看。

也查不出確切的病因。鳳姐雖然心機多、城府深；嘴裡說的、心裡想的，未必一致；對待下人，尤其不夠溫厚；就是家族裡的親人，在她心目中，也有一種類似勢利官場的先後區分。然而對於秦氏，她還真懷有幾分心意；也愛和她款款話家常，悄悄說幾句心裡話。

探病的氣氛總是沉滯而窘迫的，即令像鳳姐這樣口角春風的靈活人物，雖然竭力輕鬆，但也不能長久相坐。而一塊來探病的寶玉，更要心痛流淚。滿室的華美，楊貴妃仍在海棠春睡，那一副對聯的嫩寒鎖夢，芳氣襲人，什麼春冷、酒香，竟像對枯竭生命的一種輕嘲淡諷。寶玉忍不住想起賞梅以後的那一場溫柔午睡，秦氏化做夢裡仙界的女子，就倚在他的懷裡。而此刻秦氏連「未必熬得了過年」的話都說出來了，霎時，有一萬枝利箭射來，寶玉一顆心被鑽得疼痛難忍，淚水撲簌簌落了下來。

鳳姐及時說了幾句振奮人心的話，頹勢雖然挽回了一些，但畢竟坐不住了，小心叮嚀幾句，帶著一雙紅眼圈出來。

榮、寧兩府之間，隔著一個會芳園，清流急湍，籬落飄香，一片秋色連天的好風景，竟然消退了紅圈與淚水，鳳姐忍不住讚歎起來。

秋蟲鳴奏著，山石處，驀地鑽出一個人來。

「請嫂子安！」

鳳姐猛然一見，身子往後一退，已經認出來人是同族一個遠房小叔子名喚賈瑞的，正待還禮，賈瑞又說話了：

「嫂子怎麼連我也不認得了？」

「不是不認得，猛然一見，想不到瑞大爺在這裡。」

「我不大進園子來，今天剛來散散心，不想就遇見嫂子了，這不是有緣嗎？」

說話間，又不住用眼睛瞟著鳳姐。鳳姐是個聰明人，見他這副光景，如何猜不著八九分呢？賈瑞見鳳姐含笑和他說話，心裡暗暗歡喜。

鳳姐見賈瑞的神情越發不堪了，忙想脫身之計，於是假意笑道：

「怪不得你哥哥常提起你，說你好。今兒聽你這幾句話，就知你是個聰明和氣的人了，這會子不得空，等閒了再會吧！」

賈瑞一聽更是心喜，索性連「一直想請安，就怕嫂子年輕不肯見人」的話都說出來了。鳳姐嘴裡還應付著，一邊笑一邊說：「都是一家骨肉，也不必說什麼年輕不年輕的。」

這一番虛情假意，把一份偷饞的欲望越發惹得蠢蠢欲動，心思更加活了起來，身子卻已木了半邊。賈瑞一邊走，還一邊回望。鳳姐故意放慢腳步，見他遠去，心裡已經狠狠罵道：

「這才是『知人知面不知心』呢！哪有這樣禽獸不如的人？他真有個輕舉妄動，倒叫他死在我手裡。」

往後的日子，鳳姐一心惦著秦氏，去到寧府的次數更加密集。但凡有什麼好吃的，對身子好的，都變著法子，讓人送去。鳳姐勸她寬心，既是富貴中人，就不必疼惜金錢，賈府原是「吃得起人參的人家」。

這兩個月，秦氏的病不見壞，也不見好，但臉上身上的肉明顯都瘦乾了。冬至到了，好歹春天時，或好轉、或惡化，就有個定數了。秦氏淡淡說來，又告訴鳳姐，最近只有老

太太賞的棗泥餡的山楂糕，還像能夠嗑得動、吃得下。

鳳姐的時間精力分出許多在秦氏那兒，家事就要多偏勞心腹的丫鬟平兒了。平兒也是花為容的美麗女子，又嬌又俏，性格尤其溫和，處事又周到，真真可人兒一個，已被賈璉收為妾。這一天，鳳姐回屋問起平兒，家裡可曾有事，平兒就告知利息錢送來了。原來鳳姐掌管家中大小僕傭的薪水收入，因得職權之便，可以進出周轉，於是常用高價的利息借貸給外人，自己可以坐收一筆可觀的私房錢。

平兒又說瑞大爺「要來請安說話」。

「哼！」鳳姐從鼻孔裡放出一道冷氣，美麗的粉臉漸漸露出凶煞之氣。

賈瑞果然來了。

鳳姐讓坐、送茶，十分殷勤。

賈瑞見她的妝扮舉止，眼睛都瞇成一條縫了，身子幾乎不曾酥倒。答問對話，總是暗藏機關，充滿挑逗的意味。鳳姐就順勢扮演下去，一副芳心寂寞，惱怨丈夫不在，盼人來說話解悶的模樣。

這樣一來，賈瑞更是頭重腳輕，竟然「天打雷劈」的重誓也發了。到後來，索性湊上前去，覷眼看鳳姐帶的荷包，又問戴的什麼戒指。

「放尊重些，別讓丫頭們看了笑話！」

半真半假、半羞半惱，鳳姐如是道來。

如領聖旨、如聽佛命，賈瑞忙往後退。

最後，鳳姐總算輕聲許諾：晚間起更以後，在西邊穿堂守候。

入夜，一個影子摸黑進了榮府，掩入穿堂。濃墨一團黑，不見任何來人。「咯噔」，東邊之門落鎖了。東西兩頭皆已死閉，南北兩座房牆，無可攀緣。心頭如熱鍋螞蟻，而長夜漫漫、北風凜凜，賈瑞感覺肌骨在寒氣中都要斷裂了。

天終於亮了，趁老婆子開門的空檔，賈瑞落荒而逃。不想才奔回家門，一家之長的祖父代儒已是嚴陣相待。老人家想，年輕男子，一夜未歸，非飲即賭，不然就是嫖娼宿妓。賈瑞雖極力辯解，也只有落得「還要狡辯」的一陣痛打。三十大板，還不許吃飯，外加跪讀庭院，補出十天功課。

吃盡一場苦頭，賈瑞偷腥之念仍未死去，又鬼鬼祟祟來到鳳姐處。

分明一頭獵物，自投羅網嘛！鳳姐一咬牙，唇邊卻是一朵倩笑，她要賈瑞在她房後小走道裡的一間空屋相待，而且就是今天晚上。

賈瑞有些遲疑。

「誰哄你?你不信，就別來!」

「來!來!來!死也要來!」

掌燈時分，夾道的空屋，困獸在籠裡，來回踱步，焦躁難安。左等不見人影，右聽沒有聲響，難道又不來了?

黑魆魆鑽入一個人影，賈瑞狂喜，直奔前去，貓捕老鼠，擒拿到手，就啣到炕上，正在胡言亂語，惡行惡狀之際，燈火突然大明。

賈蓉暫充陷阱的一塊美味，賈薔故意提燈闖入。這條計謀是鳳姐布置的。賈薔是寧府正派元孫，父母早亡，從小跟賈珍過活。賈蓉呢，和鳳姐的交情非淺，彼此關係不尋常。薔、蓉兄弟平時就是一對活寶，這次當然義不容辭要言聽計從於鳳姐了。

羞愧中，賈瑞返身就要逃走，賈薔已經一把揪住，百般恐嚇他，說是鳳姐已告到王夫人處，王夫人氣煞，請賈薔來拿。賈瑞魂不附體，只有央求。賈薔就趁機詐了一共一百兩銀子。一邊又假意領他出去，要他窩在大台階下，說是替他把風。

賈瑞蹲著，心裡正苦惱那一百兩銀子，嘩啦啦，頭上一聲響，接著尿糞傾桶下來。他哎喲一聲，滿頭滿嘴惡臭，又不敢再出聲，只見賈薔跑來，叫他快走。

更衣洗濯時，賈瑞這回總算確定鳳姐是著實在戲弄他，他心裡才一陣恨，又想起鳳姐

的粉臉嬌笑，手足一陣空舞，就恨自己不能暖香軟玉滿懷抱。這一夜，輾轉反側，不曾安眠，對於美人，自此是只敢空想，卻再不敢妄動了。

銀子催逼得緊，正是相思的債務未了，又添上了錢財的麻煩，白天功課又緊，二十來歲的單身男子，心心念念都是鳳姐，少不得夜夜自我慰藉，如此已虛耗體力，再加上兩回的夜寒受涼，賈瑞硬是病倒了。這一病就一病不起，可憐他祖父到處張羅醫藥，最後因要吃獨參湯，實在負擔不起，只好老著一張臉，求向榮府。王夫人命鳳姐秤二兩，鳳姐卻說正好短缺。王夫人就要她去別處設法——「給人吃好了，救人一命，也是你的好處。」鳳姐聽了，並不真正遣人去要，只胡亂用渣末泡鬚拼湊了一番，如此搪塞敷衍，卻是回稟王夫人說已經尋足了兩數送去。

賈瑞的病一點起色也沒有，眼看那一撮生命的燄火就要萎滅了。身子像躺在棉絮裡，雙眼澆醋似的酸，但耳裡卻分明聽見一陣道士叨叨作響的化緣聲音，並高喊——「專治冤孽之疾」。

「快請那位菩薩來救我！」邊嚷著，賈瑞就在枕邊叩頭起來。

他一把拉住跛足道士，像溺水時攀緣一塊孤木的絕望渴切。

道士搖頭歎息，好像所有的藥石皆已無望了。

「倒是我有個寶貝可以給你，你天天看，這條命就可保了。」

是一柄雙面鏡，前映後照，光可鑑人，把手邊鑿有「風月寶鑑」四字。

「這寶物是太虛幻境警幻仙子親手製的。有什麼不好的心思，什麼輕妄愚蠢的舉動，都可以治好。寶鏡帶到世上，只給那些特別聰明、特別文采風流的公子王孫用的。人聰明了，有閒了，想頭就多了、就煩了。記著，千萬記著！不可照正面，只能照反面。三天以後，我會來取，那時保管你已經好了。」

任憑家人苦苦相留，道士還是揚長而去。

賈瑞握著鏡子，銅質的鏡面閃閃生輝。枯瘠的一雙手就像握住最後的一線生機。翻轉過來，他向反面的鏡裡望去。

一個骷髏，顫巍巍聳立著。

「這混帳，什麼道士老妖的，存心嚇我！」他掩住反面，又倏忽翻過，舉起正面。

纖纖玉手，正殷殷招呼著，一張粉臉，含著嬌笑，眉眼流溢無限的春情。

賈瑞蕩蕩悠悠，走入鏡中，進入了鳳姐。

鳳姐送他出來，依依不捨。

「哎喲！」一個高亢的刺聲，睜開眼，人在床上，鏡子已從手裡掉出，仍是反面一個

猙獰的骷髏。

全身一陣冷汗，下面卻濕答答的。意猶未盡。他又舉鏡望向正面。

還是鳳姐，殷勤未改。

他又進去。

一次。兩次。三次。四次——

才要走出鏡子的世界，沉甸甸的鐵鎖已套了上來，不由分說，兩個來人就把賈瑞架走。

「讓我拿了鏡子再走呵——」

聲音戛然斷了，一雙迷目還留在鏡子裡。手鬆，鏡也落，雙眼睜著，鏡子猶躺在掌心。

嗤——鏡子滑落下來，定定躺直，不再動了。

鼻息已沒一絲氣，身子下，一灘冰涼黏濕。

「什麼鬼東西？明明害人的妖鏡！還不給毀了？免得遺禍害人！」

慘哭、哀嚎以及怒罵，白髮送烏絲；賈代儒這一對年邁的夫妻死去活來，悲慟孫兒的早逝，壯年送子，老年送孫，命慘運悲竟無理可說。

火已燃起，致命的鏡子在盛怒中就要被毀去。

一陣哀哀的哭泣從鏡裡傳來：

「誰叫你們要看正面的？你們自己弄假成真，以假為真，又何必苦苦把我給燒了？」

哭聲不止。猛地闖進一個人影，跛足道人顛奔而來，一邊高喊著：

「誰敢毀這風月的鏡鑑？」

眾人還在錯愕中，鏡子已被拾起。

閃閃的光輝隱去，連道士也消失了身影。

風月無邊，卻不足為訓，一個因為情欲而喪失生命的年輕人。而賈瑞的死，不過是巨室豪門，小小角落裡，偶爾一個微聲的歎息罷了。

賈瑞的喪事算是告一段落，卻又有很不快樂的音訊從遠方而來，林如海病重，務必請黛玉回去一趟。賈母心裡憂悶，寶玉離情難捨，而黛玉在惶惑悲哀中，由賈璉等陪送下，暫時揮手作別寄居的賈府。

家裡更顯得清冷無趣了。有人死，有人行，有人病。

鳳姐揉揉倦眼，扔了針線，擁著暖手爐，睡入繡被中。濃濃的薰香撲鼻而來，已經躺下了，鳳姐和平兒還要搬著指頭，盤算起賈璉、黛玉的行程來。

鼓敲三更，平兒早是鼻息均勻的沉酣。鳳姐才覺眼皮要搭下來，朦朧中，分明看見秦氏含笑進來：

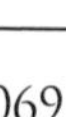

「嬸嬸好睡哪！我今兒就要回去了，嬸嬸也不來送我一送？想到平日裡兩人是這麼相好來著，心裡真捨不得嬸嬸呵！嬸嬸，我是特別來說一聲再見的。另外，有一樁心頭的事沒有交代，放心不下，也只能告訴嬸嬸，告訴別人我是不能安穩的。」

鳳姐聽得迷糊，卻請秦氏直言。

秦氏正色言來，先說鳳姐乃脂粉裡英雄，男子也不能比。然後又嘆鳳姐如何不察「月滿則虧，盈虛消長」的道理，難道不想赫赫家族一旦樂極生悲，豈不「樹倒猢猻散」，一場零亂落空嗎？

鳳姐肅然起敬，請教如何是好？

否極泰來，榮辱周而復始，天命如此，不必癡心妄想。雖如此，但人事仍要盡的。依秦氏看，家中四時祭祀不斷，可惜並無一定的錢糧；雖有家塾，但供給沒有一定。現在光景好，祭祀或支薪供給，固然不必發愁，然而一旦敗落，沒了來源就不好了。所以，在祖先墳地附近多置田莊地畝最是第一要務。地裡長出的作物，可以供給祭祀和家用，又可兌換銀錢，補充家裡所需，如此，自給自足，無須仰賴他人。更重要的是，官場覆雨翻雲，變化莫測。倒是回家讀書務農、耕讀紡績，是極可安身的一條退路。

到最後，秦氏不免又再重複前言的「盛筵必散」，所有的繁華，不過瞬息的過眼煙雲。

但是秦氏卻仍然忍不住稍稍透露了一點口風，最近家族將有一樁非常的喜事。

鳳姐再問，秦氏再也不肯說，只是用兩句話贈別：

三春去後諸芳盡，各自須等各自門。

噹——噹——噹——噹！

雲板連叩四響，二門傳來喪事的訊息，鳳姐忽地驚醒，正有人來報「東府蓉大奶奶沒了」，鳳姐一身冷汗。

又是一朵早凋的青春。

寶玉乍聽亡訊，夢中翻身爬起，一柄利刀戳上心來，「哇」的噴出一口血來，是因極度震悼，急火攻心，以致血流失向所致呵！

公公賈珍淚人一般，慟哭媳婦早逝。他執意要用薛蟠推薦的上好棺木——八寸之厚的幫底，檳榔般紋路，檀麝的芬芳，用手輕叩，玎璫如金玉。

賈政在悲哀中還保持一分理性，他覺得這樣珍貴之物，不是常人所應享，如此反令死

者折福不安。只可惜賈珍聽不進去。

又有丫鬟瑞珠撞柱殉主。

另一個名喚寶珠的小丫鬟甘心為義女，盡人子之哀。

為了喪事更加堂皇。賈珍甚至捐出銀子，替賈蓉買了一個官銜。

於是喪家高高樹起朱紅銷金大字大牌：

「防護─內廷─紫禁道，御前侍衛─龍禁尉。」

妻以夫貴，妻以夫名，秦氏這一去，襲上官職，風光明媚之極！

只是這樣奢靡浩蕩的排場鋪張，小小女子的秦可卿能擔當得起嗎？

寶玉、賈珍過分哀戚，瑞珠的突然身亡。

而秦氏本人呢？每每成為夢中之人。寶玉夢中親密的神仙伴侶，鳳姐夢裡未卜先知的預言者。

還有她那稀世的美貌，甚至無名病因的早夭。

這些事前前後後加在一起，幾乎要讓人百思不得其解了。

接二連三生離死別的傷慟以後，大家族裡又會有什麼新鮮萌芽的喜悅歡慶呢？秦氏臨行前所說：

「三春去後諸芳盡」，真耐人尋味呢！

真正的春天，好像還沒有降臨賈府。而沒有見到季節的繁華之先，秦氏偏偏就要警告春天逝去以後，群芳落盡的淒涼光景，那麼所謂的歡樂，真是何其短暫，而歡樂以後的悲哀虛空或者才是人生的常態吧！

人生自是有情癡，此事不關風與月。風月與春光，人生與情癡，庭院深深的大家族，紅塵萬丈的凡間，總是因襲這些亙古的情節，不斷舊事新演呢！

只是，當戲正上演之際，舞台上的人物卻往往「當局者迷」，不能理解情節的究竟。這情形多少像道士帶來的寶鏡吧！為什麼反面的死亡骷髏才是存活救命的良藥，而正面鮮活青春的美麗女子卻致人死地？而道士說的什麼真、什麼假，這些話，真正的含意又是什麼呢？去了解風月的寶鏡，去了解夢裡的預言，恐怕要用整整一生的代價去換取了。

廟院煙雲

縱有千年鐵門檻，終須一個土饅頭。

——宋・范成大

任憑怎樣頑強的抵抗，還是一場徒然呵！就是用了永不朽壞的鋼鐵門檻又怎樣呢？難道這樣心力交瘁的堅持到底，就可以拒絕死神的叨訪嗎？到頭來，所有的年華、榮光、金銀、情愛，也不過隨著屍骸埋入六尺的沉沉黑土，而墳塚突起，在蒼茫的人間大地，只不過是掌中小小饅頭一枚，滑稽可笑罷了。

浩浩蕩蕩的殯儀巨隊，壓地銀山似的一路綿延下去，一直出了城門之外的鐵檻寺。鐵檻寺的芳鄰是水月寺。林中觀自在，龕上見如來。如來佛法無邊，觀音也現身無數——南海觀音、魚籃觀音、水月觀音——水月寺自然是佛門重地，因觀音而命名，但因為廟裡饅頭好，偏得了一個渾名，一般就管叫「饅頭庵」了。

鐵檻、饅頭、水月。廟院的命名，豈不是空虛人生的宣告嗎？

然而，這個時候的鐵檻寺，正進行著秦氏的佛事，法鼓金鐃，喧騰著一個隆重的葬禮；幢幡寶盡，翩飛著一則華美的死亡。到底，這最後的歸途還是不免一死，而鏡花水月，畢竟成空。寧府鋪排的喪禮，熱哄哄，沸沸揚揚，反顯這些廟院的名字像旁觀的一聲冷冷的嘲笑哩！

鳳姐應賈珍之請，暫借給寧府，擔當起這期間大小諸事的總管。她平素最喜賣弄能幹，臨危受命，心裡其實是高興的。

從蘇州捎來的消息，黛玉的父親林如海病歿，黛玉扶柩送至老家蘇州。寶玉心裡著實為黛玉難過，蹙眉長歎。這回，她真是一無所依了。徹徹底底，茫茫人世的一介小小孤苦女子，寶玉想她還不知傷心得怎麼樣呢！但又意識到黛玉可以長住在此，這個發現使他又振作一些。

各方哀悼之士，濟濟一堂，其中不乏高門貴族，皇親國戚。而北靜郡王尤其平易近人，是個年輕俊秀的人物，和寶玉一見，就彼此惺惺相惜。

北靜王潔白簪纓的銀翅王帽，長袍下襬處翻湧波紋人形圖案。一雙明星的美目，那樣溫和乾淨的臉龐，寶玉覺得這一切都是屬於一個美的世界，在那個世界裡，寶玉所經常熟

穩的是女性，當偶爾也遇見這樣的男子時，寶玉仍然要由衷嚮往的。

可惜這樣的男性並不多見。秦鐘是少數之一。

從秦氏第一次提起她這個兄弟之始，寶玉就急於見他，認識他，後來果真相見，寶玉也只有覺得更好。

秦鐘比寶玉更瘦些，一雙秀目，兩道清眉，頰唇泛著好看的紅色，舉手投足，是風動水流的自然韻味，只是略帶羞怯，有些小女孩的靦腆。寶玉才一見他，心中便悵悵若有所失，發起癡來，才知自己是怎樣泥豬癩狗的粗蠢。他自己恨第一為什麼生在侯門公府，如果也生在寒儒薄宦，那麼兩人早就相識交往，一生能得識這樣的人物，怎麼說也是值得的。他第二恨，又恨自己徒有尊貴之名，綾錦紗羅不過裹了枯株朽木，羊羔美酒，不過填了糞窟泥濁，自己也是白白被「富貴」兩字給糟蹋了。

相識以後，就結為密友，上學讀書，總是出雙入對。這些小男生們其實也結黨聯幫，派系分明，名目繁多的。一齊讀書夥伴中，又加上火暴脾氣、浮萍心性的薛蟠，這一來，可有一場混戰了。果然有一回就是磁硯水壺，穿梭飛騰，豁啷豁啷，砸的砸、破的破，簡直鬧翻了天。因為這種種，秦鐘和寶玉的塵緣就濃密了。這次秦鐘來奔姊姊之喪，兩人常有機會在一塊。

未到鐵檻寺之前，鳳姐還領他們到一戶農家休息，茅草搭的屋室，炕上的紡車兒，村野妝束的年輕女孩，這些鄉野泥土的東西，樸實而清新，像一場雨後所冒出的泥土味，給寶玉的，毋寧是一份新鮮與興味。他特別喜歡紡紗的車兒，忍不住就要動手，一個十七八歲的女孩上前來搖紡給他們看。秦鐘暗拉寶玉的手，示意說這紡紗的妞兒不賴，大有可觀。寶玉倒是推他一把，輕輕叱喝，後來仔細一看，果真不差。等到他們上馬離開，那紡紗女孩懷裡抱著一個小娃兒，身邊站著兩個小女孩，用眼睛定定看著寶玉，寶玉竟然有些心動，但也只有眼角留情罷了。瞬間，他們的車馬便如風飛馳。

鳳姐在鐵檻寺將秦氏停靈之事，大致料理妥當後，因嫌那兒人多不便，就攜了寶玉、秦鐘往饅頭庵來。

饅頭庵姑子靜虛，和鳳姐相熟，此刻領了智能、智善兩個徒弟來迎接。

智能一下抽長許多，更顯得水水靈靈，討人喜歡。寶玉告訴正在殿上閒耍的秦鐘，說是能兒來了，秦鐘撇撇嘴：「理她呢！」一副不關痛癢的樣子。

寶玉呵呵笑起來，他是知道的，這兩個人之間有點兒不可告人的祕密。

秦鐘被寶玉拗得沒辦法，不能再故做清白，只好依言請智能倒茶。智能自幼常往榮府走動，認識秦鐘，也喜歡他一表人材，秦鐘當然更愛她的妍媚，兩心早就相屬了。

智能遞茶來，秦鐘笑說：

「給我！」寶玉又叫：

「給我！」

智能儘管抿著嘴兒笑：

「一碗茶也爭，難道我的手有蜜不成？」

大殿上，三個人嬉笑著，其中的兩顆心更加綰（ㄨㄢˇ wǎn）緊了。

而另一個淨室內，四下沒有雜人，靜虛把椅子向鳳姐挪近一步，裝腔作勢說道：

「我正有一件事，預備到府裡當面懇求奶奶呢！」

前些時，靜虛在長安善才庵當住持，有個張姓大施主，膝前一個獨生女叫金哥。父女倆有天來善才庵燒香還願，不想遇見長安府太爺的小舅子也來進香，李少爺一眼就看上了金哥，也不顧長輩在旁，涎著笑臉，跟前跟後。第二天李家就派人上門求親，但是金哥早已收了守備趙公子的聘禮，只好照實告之。這位李少爺只當張家是推諉之詞，沉下臉，一定要娶到手。偏偏張員外是個貪財的父親，嫌趙公子不過是一個卸任守備的兒子，無權無勢，也不顧女兒的心意如何，就派人向趙家要求退親。

趙家自是不從，趙、張兩家就打起官司來。女方雖自知理虧，但擋不住李家的硬嚇軟騙，執意要趙家退親。既不能走光明正大之路，打贏官司，張家就只好暗中找權勢來硬壓對方，知道靜虛雖是出家之人，但和入世豪富走動頻勤，就求上靜虛。

說完這段情事，頓了一頓，靜虛偷偷看了一下鳳姐：

「我想當今長安節度使雲光大老爺，官高勢大，這件事如由他作主，就好辦了。」

鳳姐不解：

「話是這麼說，但雲光老爺怎麼肯出來作主呢？」

話已到此，靜虛不得不說明，因知賈府和這位老爺是通家之好，只要鳳姐託賈璉寫封信交代就成了。

又悄悄附上耳說，為這事，張家不惜傾家蕩產孝順鳳姐，哪知鳳姐聽了，卻說賈璉出門了，而她一向是不做這樣的事。

靜虛一呆，只好歎道，張家既已知這事只能求諸賈府，而鳳姐如不答應，倒顯得賈家一點面子也沒。

一句話激起鳳姐的虛榮好勝，以及——貪婪吧！

「妳是知道我的脾氣的，我從來不信什麼陰司地獄報應的。無論什麼事，我說要做，就會做下去。」

接著她爽脆說出要三千兩銀子的打點，就可辦妥：

「我不比外面那些人，扯篷拉縴，只不過圖銀子。我不過是拿這些銀子，給小廝作盤纏，讓他們賺幾個辛苦錢，我是一個子兒也不要的！此刻別說三千兩，就是三萬兩我也拿得出！」

白衣觀音盤膝在竹林下，燈火幽幽燭照，空氣裡飄著廟院焚香的氣息，窗外天色更黑。

靜虛露著諂媚的笑容，幾乎貼到鳳姐臉上，絮絮說著奉承的話，鳳姐靜聽，一臉的喜色。

壁上的觀音，嘴角牽出無限慈悲的笑紋，靜默的眼神卻是清晰明亮。

趁著黑暗的夜色，秦鐘摸到後頭房裡，水流嘩嘩，智能一個人在洗茶碗。秦鐘兩手從背後扣去，嘴已挨到臉頰，智能急得跺腳，一面又想喊。

「好妹妹，我想妳都要急瘋了，妳今晚不答應我，我就死在這裡。」

「你要怎麼樣？除非我出了這個鬼牢坑，遠遠離了這些人，不然，又有什麼出路。」

「妳說得也對，但我等不到那時了。」

吹一口氣，燈滅了，滿屋裡漆黑。

秦鐘已將智能抱在炕上，智能掙扎著，想叫、想脫身，最後不知怎麼地，衣服就已解開了。

遙遙傳來木魚誦經的聲音，還有出家女尼在做夜課呢！

夜裡，神佛並不曾瞑目，炯炯巨目下，一枚禁果終於還是摘食了下來。

接連三天，鳳姐等都未曾離開水月庵。一來喪儀諸事，並未完全料理完畢，多留時日，也算盡了心，替賈珍掙了一個面子；二來順便將靜虛的事，徹底辦好。三來，秦鐘巴不得多留，寶玉受託秦鐘，也想多留，如此一來，也順了寶玉的心。

鐘鼓沉沉，廟院永遠是香煙裊裊。

鐘鼓好像並不能喚醒沉淪的心，鳳姐已經陷入貪得無厭的欲念之中。她一封信去，雲光已滿口應允。趙家只有服從判案，乖乖退婚，然而三千銀子不聲不響，全數落入了鳳姐的荷包。

鐘鼓好像並不能喚醒陷溺的心。秦鐘、智能已經落在情天欲海中，密期幽約，夜夜尋歡。

三天以後，這隊人馬終於揮別了水月寺—鏡花水月，畢竟成空之地；或者說，饅頭庵吧！縱有千年鐵門檻，終須一個土饅頭哪！

鳳姐懷財而去，而秦鐘、智能甜蜜初嘗，此刻卻已開始要咀嚼割捨的苦澀了。人已去，香煙仍裊裊。

其實水月寺的輕煙澹雲，已經釀起死亡的風暴。愛勢貪財的父母，白白扼殺了知義多情的女兒，當想到前約已毀，另許他人時，金哥一條汗巾子，悄悄尋了自盡。敗訴的守備之子，聞悉金哥自縊，也懷著癡心苦情，投入悠悠江水之中。

秦鐘本是一個質弱之人，體質的弱、心性的弱，在欲望面前，毫無抵抗招架的定力。迷亂下，急急吞噬禁果，三番四次，本來就因鄉野風霜侵凌，再加情欲的放縱，回去之後，就沉沉地病了起來。

陪父親遊園

濃雲密霧糾結纏繞過來，一種沉悶與抑鬱，好像絲毫沒有天清日白的意思。

寶玉的心境，陷在這種欲雨難晴裡，已經好長一段時間了，心情沉重得連步子都不能輕鬆。祖母看他這樣子，建議他到新建的花園去溜達溜達，然而新栽的花木、奔越的清泉，並不能掃去心頭的陰霾。鮮媚的顏色，看著刺心；清越的水聲，聽著刺耳，好沒有意思哪！如果生命本身已經消失了，這些好花好水的意義又何在呢？

他是想起好朋友秦鐘的死亡。最近以來，他已太熟悉死亡的形像了，血肉的衰竭，氣息的冰涼，從溫熱到僵死，寶玉幾乎要掩面逃走。美麗是這樣短暫，而眼看美麗一寸一寸、一分一分被摧折，更是難以忍受。

當然他也痛心失去一份相投情懷的悲哀，在這些不快中，他開始思索一些問題，但好像尋不到一個滿意的答案，這就使他更加陷在迷霧摸索的痛苦裡。

從水月寺回來以後，秦鐘就一直病著。這期間，家裡倒是有一樁天大的喜事，就是

長姊元春，終因才德出眾，被封為貴妃，這是家族莫大的榮耀與驕傲，闔府之人，都浸在欣然踴躍的得意之中。只有寶玉一心惦著秦鐘，不止因他病著，更因聽說智能偷偷逃進城裡，找到了秦鐘，被秦鐘父親發現，把智能趕走不說，還痛打秦鐘一頓，自己又氣得老病復發，不到幾天，嗚呼死了。秦鐘原本怯弱，病重、笞打，再加上一份人子的悔恨，病勢亦發重了。

黛玉帶著重孝而返，看見黛玉，是他在苦悶中唯一的喜悅，她一身素服，卻比離去前更顯飄逸了。從此後，這賈府真的是這孤女唯一棲身之處，黛玉忙著清理行裝住處。

這一陣子，全家上下，都浸在喜氣忙碌裡，元春封妃是喜，替王妃準備將來省親休息的地方，則大有可忙的。賈政無暇問寶玉的功課，若在往常，寶玉豈不正中下懷？然而就在這個時候，秦鐘終於撒手而去了，蠟白著一張臉，悠悠一口餘氣歎息自以為高過世人，卻反而自誤，他臨去前勸寶玉還是要以功名為志。

寶玉知他當然是不甘而去的，寶玉也知他病中所苦，一方面惦著智能的下落，一方面記掛父親未了的債務和家中大小諸事。偷情竟然帶來這樣的苦澀與悲慘，寶玉想起幽幽大殿裡，智能送茶的輕倩模樣，她睇凝秦鐘時的情意，如果智能不是身在佛門，她或可自由爭取這段愛情吧！寶玉佩服她掙脫環境，熱烈大膽追求愛情的勇氣。但誰知道呢？如果智

能不是出家人，她就不必這麼艱難冒死地追求這一段無望的苦情，只是，若不出家，她又可能遇得上秦鐘嗎？

搖搖頭，連寶玉也被自己越想越煩的心思給嚇住了，但他又忍不住去想，秦鐘含恨而亡，還有一份對老父的深深愧疚，父子之間何苦傷害如此呢？他苦笑起來，怨不得秦鐘，自己頭一個就是最怕父親的兒子。然而，那樣清靈脫俗的一個人物，最後還是要勸好朋友以功名為志向，這份覺悟，是秦鐘以青春的生命換取而來的呵！那麼看來，生命的形成本來是無從選擇，生活的目標行進也由不得自我的意願，必要遵循一般世俗的責任嗎？

寶玉還不肯承認這一點，最起碼，現在不能承認，但秦鐘的遺言好熟呵！是什麼人也這樣叮囑過他呢？好像在一個粉紅色，帶著甜香的夢境裡，曾有清朗嚴正的聲音，一字一句向他告誡過的。

心神恍惚間，隱隱聽到人語和步履，中間好像還有父親，寶玉一驚，身子站直，不好了！準是父親領人來巡察新建的花園了。

走！三十六計，走為上策。

說時遲、那時快，父子倆已經撞在一塊了！寶玉脫身不得，只有垂首默立。

元妃要返家省親，此番回來，自不同於一般出嫁女兒的歸寧。元春封妃，就算是皇

帝身邊的人，他們這是迎迓皇親呵！本來賈政在朝廷就襲官位，如此，父以女貴，聲譽更隆。

賈府乃仕宦之家，豈有不大事張羅之理呢？為了讓貴妃省親休憩時的怡悅舒適，所以特別精心修建了一座花園。先是審察擇地，然後，畫寫設計圖樣。又請了園藝、建築、各行各業之人，……前前後後，著著實實忙了一頓。

園子修竣，還沒有徹底巡察，唯恐有不妥失當之處，所以賈政要在正式啟用前，親自看一遍。

賈政一見寶玉，心裡就燃起無名的怒火。寶玉的聰明、伶俐、俊美，在他看來，全是不成器的表徵。賈政恨他遊手好閒，不務本、不踏實，恨他愛混在女孩叢中，恨他那分逍遙自在，不解責任與期許的渾身輕鬆，更恨他見了父親以後的慌張與畏懼，賈政看不順眼這個兒子，正是因為他太過於期待兒子。以寶玉的聰明，只要稍稍定心，將來的成就一定超過父親。放眼看去，家族之大，也唯有寶玉像是有成為大器的潛能，偏偏被溺愛縱容得走了形，不知天高地厚。

賈政天性方正剛直，加上讀書、做事，積久下來，他便要求一個理性的、黑白分明的、規律的、整飭的、嚴冷的世界，他簡直不能容忍一切的懶沓、任性、含含糊糊、軟軟綿綿、黏黏扯扯……偏偏自己看重的，寶玉一樣也沒有，寶玉有的，他一點也不欣賞。其實，他何嘗不了解生活的情趣，生命的狂熱與激情，只是人活世上，是為了更大一群人的責任，情趣使人喪志，而狂熱與激情，到最後，苦的還是自己。

這些，賈政無暇也無心和寶玉溝通，做兒子的嘛，就是順服兩個字。當然，他每每看見寶玉眼神裡的惶恐不安，分明是燄火閃爍，突然就黯澹下去時，做父親的還是刺心與哀痛呵！

寶玉惶悚難安，像一頭待罪的小羔羊，不解父親要他跟一群兄長和一夥幫閒清客遊園有什麼意義？就是再可口的美味，只要父親在，不僅滋味全無，而且難以下嚥，更何況，他對秦鐘的死還耿耿於心呢！

然而這一切都由不得自己。悲戚鬱悶裡，還得扮出晴朗開懷，而且，還不知觀遊途中，父親又會考他什麼？

他感到徹底的無力與無奈，勉強打起精神。

水從東府會芳園處引來。流水是林園最活潑的管脈，流經其上，方感覺大地的呼吸與脈動。

園門關起，一行人，自院牆觀望起，再一步一步深入尋探。

五間正門，圓筒的屋瓦，泥鰍圓背的屋脊，僅此瓦脊，便已說明庭園主人的貴族身分了。門欄窗槅，固然細細雕花，卻是一派本色，沒有朱粉塗飾。一色水磨的群牆，白石的台階，西番藤蔓的圖樣。還有雪白的粉牆，虎皮石隨勢砌去，真是清爽大方，不落富麗的俗套。

這才叩啟園門，踏步而入。

一行綠色的小山，是深深庭園的第一道屏風呢！必須如此含蓄，才有尋幽訪勝的情趣，不然一覽無遺，韻味要差多了。

猛獸鬼怪的白石，據守一條隱密的曲折小徑，石上爬著細緻的苔蘚，並垂著藤蘿的流蘇。

打從這兒進入山口，山上鏡面白石一塊，是等著題名用的，山水和文章，是彼此相輝相映的好伴侶，不然山水會寂寞的，文章也空虛無意義了。

旁邊幫閒的人早已七嘴八舌起來，賈政今天是存心考寶玉的，知道寶玉雖不喜歡讀正經書，但寫詩填詞、遊戲筆墨的小聰明倒是有一些，旁邊那些逢迎之輩，也了然於心，就故意瞎扯，好讓寶玉出個風頭，做父親也可以感到一些欣慰。

「疊翠」、「錦嶂」、「賽香爐」、「小終南」……盡是一些對於玲瓏假山的描摹之詞。

寶玉當然知道大家的心意，而他平時對於美的事物、美的創作，也確實非常關心，日積月累，倒也有一套個人獨到的看法了。

他以為編新不如述古，畢竟這兒的主景不是山，山原為小徑而設，所以主題不如就是小徑，就題「曲徑通幽」的舊句，既語出有典，文雅大方，又符合實景。

侃侃說來，引得幾聲讚美，只有賈政，心裡雖高興，臉上卻無笑容，嘴上更要謙讓，請大家不要隨便說好，慣壞了兒子。

進入石裡的洞天，花木奇珍茂美不必說，更加一帶清流，從花木深處，曲折而瀉於石隙間。再往北漸行幾步，就是一片平白寬豁，兩行樓宇隱隱躲在山樹的祕處。往下看去，清溪濺著雪花，白石的欄杆，抱起池沿，還有一座石橋，橋上一座亭台。

歐陽脩不是在〈醉翁亭記〉中，寫道「有亭翼然」嗎？就題「翼然亭」吧！

又有人認為翼然不如歐陽公的「瀉出於兩峰之間」，就題「瀉玉」吧！

賈政等著寶玉發言。寶玉卻覺「瀉」嫌粗陋不雅，當初歐陽脩為題釀泉用「瀉」可以，但這兒是皇妃省親的別墅，就應考慮蘊藉含蓄的才好。

說得頭頭是道，賈政卻含笑說寶玉，怎麼不照剛才「述古」的原則呢？豈不自掌嘴巴嗎？寶玉年輕的心，畢竟還是鮮活靈動的，加之他不懶於思想，所以一方面並不拘泥死守成規，另一方面頗能創意才思並捷，他遂說出「沁芳亭」的題名。才說完，眾人已讚他才情不凡，賈政不足，還要他即刻作出一副五言來。

林園的每一步履，都是無數心血的結晶，可以看出自然與人力如何婉妙結合。千百竿翠竹，織起綠色的一張流蘇帳，微微露出裡邊精緻的屋舍，一道粉牆在外環護著，讚歎聲四起，於是入門探訪。曲折的遊廊，階下石子的通衢，小小房舍，一明兩暗，後院種著大株梨花、芭蕉，牆隙湧出流泉，繞階緣屋，到了前院的竹林才盤旋而出。

賈政最愛這一處，覺得如果月夜在此窗下讀書，算是不虛此生了。說到讀書時，兩眼看著寶玉，倒看得寶玉噤聲低頭。

大夥不覺都用了什麼「淇水」、「睢園」等典故，賈政覺得俗，寶玉覺得板腐，他以為這是皇妃第一個歇腳的屋室，必須點出聖上來方可，於是說出了：「有鳳來儀」，又贏得眾人「妙！」的讚美。

一帶黃泥矮牆，牆頭稻草掩護，好像火燄噴出，有紅霞瀰漫著牆頭天邊，原來是幾百株的杏花，除花外，是鄉間農家最常見的桑呀、榆呀栽成的圍籬，裡面的屋宇自然是茅草所蓋。籬外山坡下，一口土井，井旁是汲水用的轆轤等物，還有一畦一畦的菜蔬。

賈政頷首稱好，竟然勾動起他的泥土耕稼情懷，有一種歸田園居的渴望。於是有人說不如就叫「杏花村」吧！寶玉則說——「紅杏梢頭掛酒旗」，如果要點出這兒是村野飲酒處的意思，「杏花村」不如「杏帘在望」。只是，這些都太俗陋了，還是古詩裡「柴門臨水稻花香」的「稻香村」好。

寶玉並不以此處的鄉野為然，不惜和父親的意思相左，他覺得這兒不如「有鳳來儀」遠矣，賈政只以為寶玉太年輕，不懂樸素清幽的美，專喜那如畫的富麗。

然而寶玉自有他鑑賞的標準。

他舉出古人常用「天然」二字來反問父親，所謂天然，天之自然有，非人力之所成。然而整個庭園原以市街為背景，園裡其他的建築，也是人工的亭台樓閣所成，目的在賞玩遊息。而稻香村呢？茅屋菜畦土井，全是人力刻意穿鑿而成，這還不打緊，把稻香村放在郊外廣大田莊中，或不致荒唐突兀，然而放在亭台樓閣的庭園背景裡，毋寧是造作而矯情了，而且本來所具有實用勞力操作意義的物件配景，也和賞玩的風格並不諧調。

賈政說不過兒子，只好搖頭說寶玉這席道理「更不好」。

行行走走，走走停停，落花水面，池邊垂柳，朱欄板橋，玲瓏山石，清雅的室宇，尋常不能見的植物，這一行人看也看不完。其中最苦的莫過於寶玉，不能單純玩賞，必得苦苦尋索文思，應付父親不說，更要不露自得之色，或是隨意抒發由衷感想，一路走下來，寶玉最屬年輕，心力倒比任何人都要消耗得多，真是疲憊不堪。

正殿的富麗，連賈政也要搖頭說奢華。

正殿的正面，一座玉石牌坊。

寶玉恍若走入一個夢境之中，儘管發起癡來，他心裡怦然一動，一份相識熟稔的奇異感覺，努力去想，實在是想不起來了，怎有這樣眼熟的風景呢？石築的牌坊在哪兒見過？

怔忡在那兒，別人都以為寶玉這大半天的應付，怕是精神渙散了吧！其實，這一刻，寶玉並不是體力精神不支，他是完全忘情在自己尋思的想像中。

聖賢經書，寶玉未必比別人博學審問，但是旁收雜學的，他倒還有一招，像園裡引進的百草千花，連大人們不能辨識的，他亦可以一一道來，有板有眼。

譬如《楚辭》、《文選》裡的香草，他自言自語，一一指正，冷不防被父親喝住。賈政在寶玉面前往往變得十分慳吝，捨不得賜下任何一句微微讚語，唯恐一個好字，會使寶玉從此自大起來。另外，基於傳統，對寶玉這樣的性子，是要防他流於空疏，就像孔子對子路，總是在熱頭上沖一盆冷水。

有一株海棠，如一柄華傘的開展，花色紅暈，一如丹砂染上唇頰；而且絲垂翠縷，有一種扶病的嬌弱，在群芳諸豔中，算是最為出色的，賈政聽說原產於女兒國中，就叫「女

兒棠」。

寶玉則以為這花頗有大家閨秀的風範，所以就以「女兒」命名，何苦一定要附會於「女兒國」呢？而且扯上一堆野史稗官，弄假成真，實在大可不必。

這個女兒棠所在的院落另外還種了芭蕉。女兒棠含有「紅色」，芭蕉蓄著「綠意」，寶玉就命為「紅香綠玉」了。及至進屋，更是曲折精緻，而且突然還見相似的一群人，似乎從對面相迎而來，原來是裝有玻璃的大鏡。眾人在其中，幾乎要迷了路，然後峰迴路轉，才又走回平闊的大路上。

紅花海棠，綠葉芭蕉，玻璃大鏡……其實行到此處，寶玉已經是失去彈性的橡皮筋了，整個人就要鬆垮，總算在賈政假意的喝叱下——「還不回去」，疾步逃去，結束這要命的遊園。

悲喜元宵夜

蠟燭一擔一擔挑進來，燈火一盞一盞閃亮起來。

得——得——，一陣馬蹄疾馳的聲音。然後是喘吁吁的跑步與拍手，有十來個太監呢，沒一會兒，零星已整合成莊嚴隊伍，各就各位。

賈赦領著家族的子姪在西街門外，賈母領著家族的女眷在大門外，都是敬穆以待。很安靜的空氣，安靜到不安的程度。

一隊紅衣太監騎馬緩緩走來，至西街門下馬，將馬趕出圍幕外，然後垂手面西站著。又來了一對，下馬面西恭迎……如此，十來隊以後，隱隱才有細樂之聲。

旌旗羽翣（ㄕㄚˋ shà），龍翔鳳舞，隊伍緩緩進行著，提爐上，焚著御香。一把曲柄七鳳的黃金傘，冠袍帶履……終於一頂八人大轎行來，金頂黃繡鳳遲遲移動著。眾人都跪了下來。

「體仁慕德」的匾燈，灼灼閃亮，金頂大轎進入了園內。千樹的燈花，燦然開在東風

裡，香煙婉轉繚繞，絲絲嗩吶，悠悠吹奏。

轎裡的元妃卻默默歎息著排場的奢華，已有太監跪請登舟。清流蜿蜒如龍，兩邊石欄上都是水晶玻璃的各色風燈，夜風拂過，一片繽紛的花雨，紛紛墜落。水裡，螺蚌羽毛紮著的各色水禽與草花的明燈，岸上的群樹，也紮起花葉，並懸彩燈。於是水上水下，彼此爭輝，一個琉璃的世界，一個珠玉砌成的華美王國。

每一處風景，都懸著匾燈，匾燈上就是寶玉和父親遊園時的題撰。其實賈府世代書香，交遊中不乏文人雅士，為諸景題匾，還怕無人勝任嗎？為什麼偏要當真採用寶玉的呢？這樣的舉止，倒像暴發新榮之家，過分狂濫了。

元妃看到「花溆蓼汀」的匾燈，不免笑了，「花溆（ㄒㄩˋ xù，水邊之地）」意已盡，再添「蓼汀」（ㄌㄧㄠˇ ㄊㄧㄥ liǎo tīng，水草生長的沙洲），便嫌多餘，其實元妃的笑，應該是由衷的欣慰，如果她知道這些是出自她親愛弟弟的手筆。賈府所以獨獨用寶玉的題撰，其實也是體會這一對姊弟的手足情深呵！

從小時候起，她就和寶玉最親、最好，寶玉尚未入學堂之先，大姊姊已經手引口傳，教認了好幾千字呢！他們彼此之間，有著同胞的親近，又有著長幼的提攜與愛顧。元春入宮時，只要帶信父母，必不忘殷殷叮嚀，要寶玉好好努力，不要辜負了家人期望，管教不宜不嚴，也不宜過嚴。長姊這一番心意，如父母、如師長，期許之深，愛護之切，讓人感動。

一方面賈政也確實想試試寶玉，總聽老師說他有幾分歪才，另一方面，元妃看見是自己弟弟的手筆，小小孩兒，已經能夠擔當應用酬酢的文字了，做姊姊的一定歡喜，而且，這樣不是也顯親切、別致有趣嗎？

省親車駕離開了園子，來到賈母正室，賈母等領著眾人跪迎不迭。元妃淚水掛了滿眼，上前相見，一手攙賈母，一手攙王夫人，心裡有說不完的話，卻哽在喉頭說不出一句話。低低的啜泣聲，嗚嗚咽咽。邢夫人、李紈、王熙鳳、迎、探、惜三姊妹，一逕圍繞，也都在默默垂淚。燈火仍輝煌，鮮服的一群麗人，骨肉血脈相連的家人！然而相逢如夢寐，也唯有淚眼執手相看，脈脈不得語了。

好不容易，元妃終於開口，她強忍著悲哀，努力扮出一個微笑，婉言安慰著祖母、母親：

「當初既然送我到了不易重逢的去處，好不容易，今天回家，娘兒們一會，還不說說笑笑？反倒哭個不止，待會兒我去了，又不知哪天才能回來呢？」

才說完，倒又哽咽起來。

薛姨媽、寶釵、黛玉也一一來拜見。

母女姊妹們告敘別情離景，家務瑣事。

賈政至簾外請安，元妃隔著坐簾向父親說了心底的話，她流著淚，不能不羨慕起一般村野平民，粗茶淡飯，布帛衣裳，但一家大小，不是長年相守嗎？表面上，她盛享貴妃之名，可謂一名女子的登峰造極了，然而富貴的代價，卻是骨肉生生的遠離，人生如此，終是無趣乏味。

身為父親，賈政能說些什麼呢？他只能以一名臣屬的謙卑，再度表達效忠王室的赤忱，並請元妃善自保重。賈政還告訴她，園裡所有亭臺軒館都是寶玉題的，元妃這才真正露出微笑，讚美弟弟果然進步多了。又問賈母怎麼不見寶玉。賈母說未經諭旨，男性不敢隨便進來。

寶玉被太監引了進來。大姊姊攜手攬在懷裡，愛惜地輕拍弟弟的頸項，直說弟弟越長大越好了，說著說著，淚水又忍不住一串串落下來。

敘話以後，又是園裡備筵，觀覽遊幸。一行人登樓步閣，涉水緣山，指點著一株花、一盞燈，輕輕地笑，低低地談。

元妃執起筆，分別將園裡最愛的幾處，重新賜名。

整個林園，可以說是天上人間風景都齊全了，所以就叫「大觀園」。

「有鳳來儀」改做「瀟湘館」，那兒有綠竹千竿，流水相繞，是元妃最愛處之一。「蘅芷清芬」賜名「蘅蕪院」，院裡長滿各色香草，好像進入了《離騷》的世界，也深為元妃所喜。

其他如「紅香綠玉」改「怡紅快綠」，也就是怡紅院。「杏帘在望」賜名「瀞葛山莊」。這兩處次於「瀟湘」、「蘅蕪」，也為元妃所喜。

元妃自稱文才不敏，不長於吟詠，希望姊妹們一匾一咏，也算助興與紀念了。女孩之中，探春在迎、惜之上，但又難和釵、黛爭衡。而黛玉，一向自視高，早就預備在今夜大顯身手、大展才華，沒想到元妃只命一匾一詠，不覺失望，隨意用五律應個景，雖是未用心，但在這些人之中，還是和寶釵並占第一。

只有寶玉一人，必須另作四首，因為元妃倒要看看這位從小教他讀書識字的弟弟，究竟實力如何？寶玉有些招架不住，黛玉卻一旁技癢，不免偷偷指點指點，最後索性代為捉刀，乾脆替他作了「杏帘在望」。

元妃看畢，喜之不盡，指出「杏帘在望」最佳，尤其「一畦春韭綠，十里稻花香」，不離自工，清新可喜，於是改「瀞葛山莊」為「稻香村」。

眼所觀覽，口所品嘗，都是人間的至景至味，再加上天倫相聚，詩文切磋，對元妃來說，出嫁女兒歸寧的最大快樂，不過如此了。只是，精益求精，錦上還要添花，豈可沒有精采的表演節目呢？

為了這事，賈府特別派了賈薔，遠去戲曲之鄉的蘇州，採買江南女伶十二名，帶回賈府後，聘人教習。彼時薛姨媽已經他遷，於是就讓她們住在梨香院，梨園子弟住在梨香院落，生、旦、淨、末，吹彈扮演，這以後賈府也有自己的戲班子了，可以任自己的喜好，加以訓練。總管梨香院十二女伶的是賈薔本人，每位女孩的生活起居，則分別由她們自尋的乾娘照料。

作完詩，太監催拿戲單來。賈薔遞上錦冊，並十二女伶的花名冊，元妃點了四齣。

第一齣是《一捧雪》中的〈豪宴〉。

第二齣是《長生殿》的〈乞巧〉。

第三齣是《邯鄲記》的〈仙緣〉。

第四齣是《牡丹亭》的〈離魂〉。

絲竹揚起，崑曲水磨的調子悠悠傳來，舞低楊柳樓心月，歌盡桃花扇底風，女伶們唱作間，幾乎用盡所有的熱情。

舞臺上是湯成的奸詐，雪豔娘的忠貞；舞臺上是七月七日長生殿明皇與貴妃的密誓；舞臺上是眾位真仙點化盧生，盧生一聲又一聲的「我是個癡人」的低迴反覆；舞臺上是杜麗娘為夢中情緣所苦，竟然含恨的離魂亡身。

元宵夜的燈火閃爍輝煌，盈月已升至中天，大觀園的風景無限。天心月圓，春滿花枝，如此的良夜星辰。

但是笙歌吹奏舞臺扮演的卻是奸人的構陷，卻是巨變前短暫的歡愉，卻是虛無人生的無奈覺悟，卻是癡情少女的含恨而亡。

掌聲四起，一名太監執了金盤糕點到後臺問齡官是誰，賈薔便知是賞給齡官的禮物，忙替齡官收下，笑得好開心。太監轉交元妃的意思，說齡官極好，再作二齣，就隨便她的意思。賈薔想，《牡丹亭》〈遊園〉、〈驚夢〉的作工優美，唱詞典麗，音樂也悅耳——良辰美景奈何天，賞心樂事誰家院……最合適這個場合演出，就含笑和齡官說。

哪知齡官舞臺造詣最優，性情脾氣是第一個彆扭，她就是不肯唱〈遊園〉、〈驚夢〉，杜麗娘是正旦戲，她本行是小旦，她不能壞了規矩，失了自己的原則。

賈薔再三勸，硬的軟的，話都說盡了，齡官就是不從，她自己選了《釵釧記》的〈相約〉、〈相罵〉，小丫頭和老夫人拌嘴，好個針鋒相對，把權威長輩罵個痛快。

齡官這樣倔強，頭撇著，一雙秀目卻又幽幽凝睇賈薔，又是恃寵又是挑釁的表情。賈薔看得心疼，只好請示元妃，元妃倒不勉強齡官，還讓賈薔不要為難她這小女孩，又賞了兩疋宮緞、兩個荷包，還有金銀錁（ㄎㄜˋ kè，金銀小錠）子、食物等。

戲散後，又再四處去看。賈府不僅成立了戲班，並且還買得十二女尼、十二道姑，也是為諸種法事儀式之便。元妃到了佛寺前，盥手焚香膜拜，並題賜「苦海慈航」。

當太監來請示檢閱賜物時，元妃知道是離去的時刻到了，她從頭看起，又命一一發放，從賈母一直到掌燈、廚役、雜行人丁，大小不遺。眾人謝恩完畢，執事的太監高聲啟道：

「時已丑正三刻，請駕回鑾。」

這一聲宣告，勾出了眷眷的離情。抑制不住，鹹澀淒苦又噴湧而出；然而眾目睽睽，堂堂皇妃的元春也只有強行擠出笑容，握著賈母和王夫人的雙手卻不曾放下，一邊又寬慰著——一個月多少可以在宮中相見一次，這已是聖恩浩瀚，所以不必傷慘，如果明年還有機會省親，千萬不能如此奢華靡費了。

四更天，夜寒天未明，盈月的清輝已漸褪去，燦放的燈花竟有幾分倦意。而燈火下樓臺，女子有行，遠父母兄弟，雖貴為皇妃，也不能改變這個事實呵！

雨絲風片

這樣的折磨，必要到什麼時候呢？是吞吃黃蓮的啞子，寶玉難嚥滿嘴的苦澀，卻不知說向誰知。他躺在床上，眼睛睜著，不說一句話。

襲人輕巧地走進床前，一逕笑著，好好興致逗他：

「今兒看了戲，必會勾出更多好戲來呢！信不信，寶姑娘那樣周到的人，今天被請，改天一定會回請你們看戲的！」

「她還不還，干我什麼事？」寒凜凜的。

「咦，這是怎麼說？好好大正月裡，大夥兒都歡歡喜喜的，你是怎麼回事？」

「她們歡喜她們的，也與我無關。」仍然是冰點的溫度。

「她們隨和，你也隨和些嘛！豈不大家彼此有趣嗎？」

「什麼是大家彼此？他們有大家彼此，我就是『赤條條來去無牽掛』！」

語氣越發激昂起來，到末後聲音都岔開了，襲人一看，眼淚已經爬滿了臉，她不作聲，悄然退了。倒是寶玉細細想著「赤條條來去無牽掛」的含意，越發不可收拾，竟然大哭起來。

就是因為看戲，才會引起不必要的一場風波，好端端一個快樂的生日宴，到後來弄得不可收拾。黛玉叫他「一輩子也別來」，湘雲更是要收拾了行李回家去。

唉，這顆心就是碎成千萬，也沒有人會知道的。

寶玉感到一陣絕望，究竟他要怎麼樣來證明自己的一份苦心呢？和黛玉嘔氣是常事，這次，連最爽朗最坦率的湘雲也給捲了進去，他這一輩子恐怕永遠也不得安寧了。

寶釵過生日，還是個大生日呢，十五歲算是成年的大姑娘了，賈母有心替她好好慶祝，在內院搭了戲臺，排了幾桌酒。一早上寶玉興興頭頭找黛玉去看戲，黛玉歪在床上只是冷笑，拿話刺他說他犯不著借花獻佛，寶玉深深了解黛玉，就笑嘻嘻任她說去，一邊還是拖她下床。

吃完飯，點戲時，寶釵雖竭力推讓，但賈母還是執意要壽星作主，寶釵一秉平素為人，總依順長輩的意思，於是吃食就揀老人家愛的甜爛之物，戲曲就揀熱鬧的。

寶釵先點《西遊記》，鳳姐點《劉二當衣》，然後姊妹們分別又點，最後賈母又要寶釵還點一齣，寶釵點了《山門——魯智深醉鬧五臺山》，寶玉想《水滸》的故事會有什麼好戲呢；因他素喜兒女情長，典麗婉約，抒情成分重的，看來這《山門》不過瞎混一場的熱鬧戲。

「要說這一齣熱鬧，你就不算知戲了。來，你過來，我告訴你，這齣戲是一套北〈點絳唇〉，鏗鏘頓挫，韻律不用說是好的了，那詞藻中，有支〈寄生草〉填得極妙，你何曾知道？」

「好姊姊，念給我聽聽吧！」

漫搵英雄淚，
相離處士家。
謝慈悲，
剃度在蓮臺下。
沒緣法，
轉眼分離乍。

赤條條來去無牽掛。

哪裡討

煙簑雨笠捲單行？

一任俺

芒鞋破缽隨緣化。

寶釵一個字、一個字清晰地念出，這齣戲原是描述魯智深如何不守佛門規矩，喝多了酒，大鬧五臺山，醉打山門，最後老和尚為息眾怒，不得不請他另去東京相國寺。魯智深因打抱不平而殺人，因殺人而不得不剃度為僧，但他哪裡耐煩廟院裡各種功課，他天也不能管，地也無法拘的漢子，豈能拘泥清規？尤其酒蟲、饞蟲時犯，大碗酒、大塊肉吃喝得翻江倒海。然而佛門重地，畢竟不容他如此放肆，他只有一走。

寶玉雖還未深深體悟魯智深的心境，是單單聽詞藻，已是喜之不禁。好像也感受到一份男兒決絕的悲涼。於是拍膝晃頭，讚嘆不已，更誇寶釵無書不知，黛玉一旁不快，冷冷潑上一句：

「安靜看戲吧！還沒唱魯智深的《山門》，你就先來段尉遲敬德的《裝瘋》了。」

戲散後，賈母因最愛那小旦和小丑，命人帶進來；到跟前看，越發覺得兩個小人怪逗人憐的。原來一個十一歲，一個才九歲。大家又讚又歎，賈母賞他們肉果和紅包。鳳姐眼尖，抿著嘴笑說這小旦活像一個人，寶釵心裡有數，淡淡一笑，嘴裡卻不說。寶玉也猜著了，但不敢說。

史湘雲這口直心快、豁露天真的女孩，一點也未防範——「嗯，我知道，像林姊姊的模樣！」

寶玉連忙遞眼色給湘雲，其他人聽說，留神細看，不禁莞爾。

晚間史湘雲更衣時，已經要隨身的丫鬟翠縷收拾好行李，翠縷不解，湘雲卻說：「明兒一早就走。留在這裡做什麼？白白看人家擠眼睛弄鼻子，好沒意思！」

湘雲原有一張開朗明麗的臉，生動而活潑，說起話來尤其爽脆可喜，只是舌頭有些轉不過來，明明是叫寶玉「二哥哥」，結果成了「愛哥哥」，常常惹得黛玉在一旁好笑。然而越是如此，反替湘雲行止間添了一分孩氣的可人。她是賈母的姪孫女，父母早亡，跟著叔嬸史鼎夫妻一處住，嬸嬸總有永不休止的針線要她做，手頭又緊。賈母憐她，常囑她到賈府來。湘雲好像從天生裡，就帶來一段晴陽和風的性格，她的遭遇，旁人看了要抹淚，她自己倒已經化解了愁雲慘霧，自自然然，沒有一點兒咬牙苦撐的艱辛。

她說要回去的話是當真的，寶玉知道史湘雲是不作興矯情作態的，心裡一急，就用手拉她：

「好妹妹，妳錯怪了我。林妹妹是個多心的人，別人心裡清楚，不肯說出來，不過是怕她生氣。誰想妳不小心，就脫口而出，我是怕妳得罪了人，所以才使眼色，妳現在惱我，不僅辜負了我，而且還委屈了我。若是別人，就算她得罪十個，又與我何干呢？」

湘雲不吃這一套，甩開手直嚷別花言巧語哄人了——

「我原不如你林妹妹。別人說她、取笑她都不要緊，只我說了就有不是。我嘛，原不配和她說話，她是小姐主子，我是奴才丫頭，得罪了她，使不得，對不對？」

「我是為妳好，反而又不對了。我如果別有用心，立刻化成灰，叫萬人踏腳頓足。」

寶玉一張臉都急紅了。

「大正月裡，少胡說八道。這些亂七八糟的歪誓閒話，你去說給那些小心眼、愛使性子、專門會管你的人聽去，別叫我讓你在這兒挨罵受訓。」

湘雲說完，一陣風似捲入賈母屋裡，忿忿躺著。

寶玉無趣，只好又來找黛玉。剛到門口，黛玉一把推他出來，把門重重關上。寶玉一頭霧水，在窗外，一逕吞聲叫「好妹妹」，黛玉總也不睬。寶玉悶悶，儘管垂頭站著。黛

玉想他走了，起身開門，一見還是寶玉，一時不好再關門，只有抽身上床躺著，寶玉跟了進來：

「凡事都有個緣由，說出來也不委屈。好端端就生氣了，到底為什麼呢？」

「問起我倒好，我也不知道呢！我原來就專給你們看笑話的，拿我比戲子——」

「我又沒有比妳呵！我沒笑話妳，為什麼要惱我？」

「你還要比！你還要笑！你不比、不笑，比起別人比了、笑了還要過火呢！」

寶玉無可分辯，黛玉還不放過——

「這一件倒也算了。為什麼你要和雲兒使眼色，存的什麼心？是不是她和我玩鬧，就是她自己輕賤了，對不對？人家是公侯的小姐，我是民間的丫頭。她和我玩鬧，如果我回嘴呢，那就是她自找的輕薄，對不對？你也是一番好心，只可惜呀，那一個偏不領你的情，人家也生氣了。這還不夠，你還要拿我做人情，倒說我小心眼、愛使性子，又怕她得罪了我，我會氣她——對！我就是氣她、惱她，又干你什麼事？就是她得罪了我，又犯你什麼了？」

寶玉這才知道，黛玉聽見他和湘雲的私談。捫心自問，他這麼小心翼翼，兩頭裡低聲下氣，委曲求全，還不是怕她們兩個彼此怨著，生氣傷了和氣，也傷了身體精神，於是才

這麼從中調解，不想不僅沒和解，反而兩邊都遭數落。

唉——

寶玉長歎，心不能靜。何苦呢？真是何苦！他若不是這麼小心設法，他若乾脆粗枝大葉，管人家什麼感覺，什麼生氣不生氣的，這一場麻煩不就沒了嗎？看來，他的思慮完全多餘，麻木不仁反而平安無事。突然想起最近讀到的《莊子》——巧者勞而智者憂，無能者無所求，飽食而遨遊，汎若不繫之舟。真的呢，增加智慧就是增加憂愁，還不如渾渾噩噩，這樣就不會生出任何期許或比較之心了，沒有期許、沒有比較，就不會有得失；沒有得失，那麼又該怎樣輕鬆，可以無邊遨遊，像一葉來往自如的扁舟……

莊子真是通解人世，只是，自己本不是這樣的人，無法作如此超脫之想，想著想著，越覺無趣。也只不過是兩個姊妹，自己在其中，還一片手忙腳亂，不得寧靜，那麼他又還能做什麼呢？

一陣心灰意冷，他不想再作辯解，默默轉身回房，黛玉見他不開口，自己更覺沒意思，心頭氣更盛——

「你去！你去！你這一去，一輩子也別想再來，從此以後，我們不用說一句話了。」

「赤條條，來去無牽掛——」

對魯智深那個胖大的酒肉和尚，寶玉此刻像是重新有了一份體悟，想他醉打山門，英雄末路的蒼涼，想他被眾人摒棄，必須獨自一人芒鞋破鉢，走上茫茫征途。是的，到哪兒去討一副可以蔽護煙霜風雨的斗笠簑衣呢？如果真有這樣防風防雨的衣物，哪裡還怕一人獨行，走遍天下？

他細細回味起自己和每位女孩的種種牽扯。為什麼遲鈍魯蠢的自己，偏偏對女孩兒卻是靈透的體貼、豐富的熱情。算了，而今而後不理會她們吧！再也別理會她們！

和黛玉，好一陣、氣一陣，從小一塊兒親密長大，不分你我——郎騎竹馬來，繞床弄青梅。同居長干里，兩小無嫌猜。黛玉在他面前真的是百無禁忌，沒有一絲隱晦；然而兩個人還是常常起一些不必要的爭執，寶玉稍不忍讓，就是狂風暴雨，把兩個人吹捲得不成形。

以為寶玉把她親手縫的荷包給了旁人，也不分由說，拿起剪子，就把正在為寶玉做的一半的香袋鉸得稀爛。寶玉也氣不過，把在懷裡的荷包甩了過去，黛玉又要賭氣毀了……不高興他到寶釵屋裡玩，他去好心寬解，倒是又惹一場口角。寶玉是憐惜她受悶氣傷身子，黛玉偏要說——「我作踐我的身子，我死我的，與你何干？」寶玉笑她無理取鬧，

倒不如寶玉自己死了還乾淨些。兩個人死呀活的，千般惡咒詛向自己，只不過要氣對方，氣得對方心疼後悔了還不甘休。爭執到後來黛玉必要牽出寶釵來，醋罈掀了，一陣酸意。其實寶釵怎麼能和黛玉比呢？黛玉是世上唯一的絕對真理，無可替代。若失去黛玉，其他的女孩，雖也懷有深情，卻是分量彼此差不多，竟無須計較堅持了。

寶玉對黛玉再三說，就關係言，他們倆姑舅表親要比兩姨表親更近些；就次序言，寶釵也是後來認識的，他斷斷不會有無故越分的道理。黛玉羞了，她才不管什麼遠呵近的，她只是「我為的是我的心！」寶玉也說：「我也為的是我的心。」……

和黛玉已是有牽扯不完的甜蜜與苦澀，更哪堪其他女孩呢？寶玉絕不是見一個、愛一個、要一個，他是打心眼裡賞愛每一個女孩各種不同類型的美，也打心眼裡要她們開心快樂。他有一種天真的想法，可愛好玩的人要永遠在一起的，前一陣子和屋裡的襲人等鬧脾氣，一個人冷清清的好沒意思，後來倒被他給解決了，乾脆呵，一橫心——「只當她們死了，橫豎自己也要活下去的。」這樣一想，反倒毫無牽掛，在燈下飲茶讀《莊子》，頗能怡然自得。

單純空無，常是一帖良藥，任是百病纏身，也可一藥而癒吧！要天下人耳聰，首先就要把什麼六律給攪亂，樂器毀掉，音樂家的雙耳塞住才行。要天下人眼睛明亮，也得首先毀了擾亂我們眼睛的文章五彩。不要什麼外在的繁縟，只要單純事物的本心本質……所以那次寶玉能夠享有一個平靜的夜晚，就當這些女孩子們都死了，既已到了「死」境，這些害人的本身消失了，自己就犯不著為消失不存在的東西苦苦費心，所以要天下太平，要自己寧靜的根本之道，就須毀了這些擾亂自己的美麗，如寶釵的仙姿，黛玉的靈竅……和這些美麗在一起，寶玉永遠是意亂情迷，被她們的光彩吸引，於是找不到自己……

可惜只是一個夜晚的寧靜，第二天他把剛剛把握到的一點體會，扔在九霄雲外，又情不自禁，陷在那些美的迷戀與關懷裡。

所以才落得今天這樣的下場。

寶玉心境更苦，鼻子酸楚——

赤條條，來去無牽掛。

彷彿四大皆空的一個袈裟人影，在寂天寞地間，踽踽獨行。

不可說不可說，佛說不可說。而今而後，再也不必說了。

他翻身站起，來到書案前，舉起筆來——

你證我證，心證意證。是無有證，斯可云證。無可云證，是立足境。

「無可云證，是立足境！」

是的，就是這樣嘍，他心裡閃起一燈如豆，幽光微微照進，人也暖和起來。又擔心別人不解，於是也用了〈寄生草〉的曲牌，寫在「是立足境」後，自己又念了一遍，很有天清月明的開朗，於是上床睡去。其實這一群人，寶玉、黛玉、湘雲，都還是孩子，根本做什麼事還是出於一時興起的情形多。拿寶玉來說，才想通「無可云證，是立足境」，卻還要擔心別人看不懂，那麼他求為人知的心何嘗擺脫？還說不可說呢，倒是說得更多了。

黛玉哭著看寶玉無言離開，竟不像往日光景，想矜持著不理，又忍不住藉口來找襲人，才知寶玉已睡。正要走，襲人把案上寶玉寫的東西拿給黛玉看。黛玉一看，噗嗤笑歎一番，帶回屋裡。第二天，和寶釵、湘雲共同研究。本來寶玉為湘雲受氣，此刻女孩們早已和好，寶玉還兀自痛尋徹悟之道呢！

寶釵怪起自己來，不該和寶玉說些什麼「沒緣法」、「赤條條」的話，這些道書機鋒，

給寶玉這樣癡心傻性的人看，清明的智慧得不到，倒會瘋瘋癲癲起些驚世駭俗的念頭，說話間已經把寶玉寫的給撕毀了。

黛玉卻一副成竹在胸的模樣：

「走！我們去寶玉那兒，我包管讓他收了這癡心。」

「寶玉，我問你：至貴者『寶』，至堅者『玉』，你又有什麼可『貴』，什麼可『寶』？」

黛玉笑著問寶玉，湘雲、寶釵在一旁，這麼突如其來的一下，寶玉怔了怔，答不出話來。

「這樣愚鈍，還想參禪呢？」釵、黛取笑著，湘雲也一旁拍手喊寶哥哥輸了。

「你說：『無可云證，是立足境』，固然好；但我看呀，這還不夠徹底。要是我，我就要續兩句：『無立足境，方是乾淨』。」

黛玉一席話，說得鏗鏘有致，寶釵也在一旁款款補充著。

「無可云證，是立足境」，就和當年神秀所說「身是菩提樹，心如明鏡臺。時時勤拂拭，莫使有塵埃」是相類似的心境，這兩者都還是有所拘執，「立足境」、「明鏡臺」，還存著受制於物象的妄念。

而「無立足境，方是乾淨」，差不多要和惠能的「菩提本無樹，明鏡亦非臺。本來無一物，何處惹塵埃」境界類似，都可說是更為明徹的通悟了。非樹非臺，又何來塵埃之有呢？若不打破一切物象的最後藩籬，人心永遠拘拘束束，苦於貪、苦於嗔、苦於癡的。唯有不再拘於任何的局限，甚至連這個不再拘執的念頭也沒有了，到那時才真是萬里無雲萬里天了。

所以五祖會把衣缽給了惠能，因他悟道更深一些。

寶玉原來以為自己已是大徹大悟了——

「赤條條，來去無牽掛。」
「無可云證，是立足境，」
「無我原非你，
從他不解伊。
肆行無礙憑來去。
茫茫著甚悲愁喜？
紛紛說甚親疏密？
從前碌碌卻因何？

到如今，回頭試想真無趣。」

他原本想著：自己的苦痛不外來自心頭一念罷了，如果這層「我執」的念頭撇開了，我以外的「你」、「他」也就相對失去了意義，既無意義，一顆心不再受牽連之苦，當然就可以「肆行無礙憑來去」。沒想到這種想法的本身還是執著，還是無明。

以為自己已經尋到了什麼智慧的燈火了，看來自己還遠不及這些姊妹們，這些姊妹們在認知上對這些道理比他了解得更多，卻還是未達智慧的解悟之境，何況淺學的自己，豈不自尋苦惱嗎？

寶玉啞口無言，不禁失笑於昨晚的洋洋自得了。

四個人又玩在一處，就算偶爾飄來的一絲雨，偶爾吹來的一片風吧！任是怎樣和睦的甜美的感情，也會稍稍沁出苦澀來。

晚春心緒

溫柔的風，從東方吹來，撫過千萬管竹的樂隊，綠葉摩挲著，青色的竿子輕輕撞擊，低低奏鳴一闋〈幽篁〉的曲子，風、陽光和千竿竹子正在玩一場斯文的遊戲，弄得滿園細碎的影子，幽幽晃動。

一撮微紅晃動著，爐上的藥香漲滿了一室，黛玉在床上伸懶腰，一邊還惦著普救寺西廂院房裡的崔鶯鶯，竟不自覺低低吟起——「每日家情思睡昏昏」，念著念著，人彷彿進了蒼苔露冷的一個院落。

自從不久前園裡掃桃花時，無意發現寶玉的寶貝小人書以後，自己的心靈就又多了一個更廣的去處。

還是書僮茗煙給寶玉弄來的絕妙好書，什麼《唐人傳奇》、《元人百種》，還有《西廂記》、《牡丹亭》……寶玉看得癡迷，而自己呢，才是展書，已經捨不得放下，寶玉慷慨借給了她，她就如此沉醉在一個熱烈芳香而迷人的世界。

她喜歡這簇新的瀟湘館，大表姊元妃回宮以後，惦念著家中諸姊妹，以及那個大園子，於是下旨要姊妹們搬進去住。這些正當黛綠年華、豆蔻梢頭的女孩，一個個冰雪聰明，蘭質蕙心，都擅長吟詠唱歎。一旦住進園裡，於園、於花、於人都只有更加好了，也不致佳人落魄，也不致花柳無顏。本來是姊妹才得進去，但想若把寶玉冷清一旁，必定不妥，所以寶玉也儼然成為女兒國裡的一員了。寶玉住怡紅院，黛玉是瀟湘館。

瀟湘是古老的兩彎流水，傳說娥皇、女英水邊哭泣丈夫的離世，眼淚滴下，化做悲哀美麗的瀟湘斑竹。黛玉被神話一般的淒美包圍著，也像成了神話王國的癡情女子。

她愛在自己的瀟湘館，展讀《西廂記》、《牡丹亭》，那裡的世界真真要令她震撼；吃驚以後，是一種彼此脈連的流淚感悟。

她想到鶯鶯最後放棄矜持的熱情，她想到杜麗娘在南安後園渴求被愛的夢境，黛玉又要讚歎又要害怕，少女的心靈都是這樣熱烈的嗎？她彷佛面對了一個赤裸的自己，又有一種不能相信的矛盾。

情感固然撼人心弦，那裡邊的喟歎，對生命短暫的喟歎，對理想夢境的不懈追求，對春光、對明月的刻劃，都像指尖撥過琴弦，響起一串心靈的琤琮。

就是闖見寶玉讀《西廂》的那一天吧！回屋時，打梨香院牆經過。三月天，桃花已辭枝，一陣紅雨紛紛墜落。突然聽到女伶的群唱從院牆飄過，她本來並無心多加留意，但是歌聲還是一字不落的聽進耳裡——「原來姹紫嫣紅開遍，似這般都付與斷井頹垣」，黛玉心頭一跳，好像已經感覺華美裡的一份衰殘了，心被牽扯得一陣微痛，忍不住就停下腳，側耳細聽——「良辰美景奈何天，賞心樂事誰家院」。她點頭自歎，這才知以前太忽略戲曲裡的文采詞章了。沉思間又錯過了幾句，後悔不迭，再認真聽去——「則為你如花美眷，似水流年」，如花美眷，似水流年，美麗的飄忽短暫呵！她覺得心跳得快起來，眼前好一陣黑——「在幽閨自憐」，她簡直站不住了，幾乎醉倒、癡倒，便一蹲身坐在一塊山石上。

「如花美眷，似水流年。」

江水無邊流去，春光老，花兒謝了，年年如此，好像一點不涉感情地重複上演天地間永遠的劇本。

「水流花謝兩無情。」

「流水落花春去也，天上人間。」

「花紅水流落，閒愁萬種。」

剎那間，千樹繽紛的桃花墜落著，千江悠悠的流水奔流著，那其中好像有一個孤寂人影，是杜麗娘、是李後主、是崔鶯鶯、是自己。

淚眼模糊裡，她再望向春天的園林，覺得整個地方好像重新再造，不一樣了。一些煙雲的舊事，一些甜蜜，一些甜蜜的憂傷，波濤襲捲而來，她一任心靈的閘門大大敞開，一任潮水拍打自己，好像清醒，又像暈眩；好像高飛，又像沉溺；好像死去，又像復活……

像這樣震撼於美的經驗不是沒有，但是這一次卻這樣新鮮而強烈。這以後，她每每對天、對地、對宇宙、對青春、對自我，都有一番重新的思索，重新的體悟。

她漸漸長大，心裡原有些不成形的東西，也都逐漸清楚起來。她不是一個容易快樂的女孩，一方面是身體的疼痛，她常咳嗽，肺特別弱，著一點涼，就會升起熱度。也許從小這病痛就剝奪了一個孩子應有的健康與快樂。另一方面，她總是在一種失去的恐懼中，她愛她的母親，然而她卻不能像其他女孩子一般長期享有母親的愛。她像懷著易碎的一塊琉璃，終日小心呵護，但還是碎了——母親溘然長逝。後來，父親也是一樣的情形。

寶玉是她生命裡另一塊易碎的寶貝嗎？

想到這個人，她忍不住又是甜美、又是憂傷，他們也有過一些好時光。臉上罩張絹子，身子輕鬆地躺在床上，有一搭沒一搭說些鬼話。寶玉最會編故事逗她，什麼揚州城黛山林子洞的老鼠偷果品，最後要偷香芋，小老鼠搖身變了個最標致的美人兒，「香芋」、「香玉」，任是怎樣的「香玉」，也不及林家的小姐「黛玉」來得又香又美。聽得黛玉一楞一楞的，最後恍然大悟，忍不住，又要捶他。他就是這麼一個通體透明聰靈的人物，好貼心。

然而，所有她愛的東西，好像都不能讓她擁有，寶玉呢？寶玉呢？

來到外祖母家，雖然大夥兒對她是無話可說的好，但她本身是矜持的，是不善玲瓏周旋的，她常覺得自己根本不屬於這裡，尤其和寶釵比在一起時，她簡直處處不如。大家都喜歡寶釵，長輩、小輩、下人，連寶玉也要誇寶姊姊好。只有寶釵這種人才適合在這個大家庭生活。

好在她有瀟湘館，執起筆，展開紙，她能一手築起讓人稱羨不已的詩文城堡，這一刻，她是尊嚴無比，她是閃亮的一顆星。瀟湘館，有她疼愛的一隻鸚哥，而在遲遲日光裡，調弄著鳥兒，教牠吟詩，又是怎樣心怡的事。紫鵑也是她的好朋友，非常懂她，也敢

說真心話勸她。麗娘有春香、鶯鶯有紅娘。她也有一個聰明、講義氣、重感情的紫鵑。

「呵，每日家情思睡昏昏。」

從一場昏昏濛濛的眠思夢想裡起來，她又下意識學起《西廂記》裡崔鶯鶯的語氣。

「為什麼『每日家情思睡昏昏』？」

寶玉掀著簾子進來，活潑溫暖的眼神裡隱隱奔竄小小一撮火苗。

她羞得拿袖子遮了臉，又翻身裝睡。

寶玉來扳她的身子，那邊有婆子叫寶玉別吵小姐的睡覺。

黛玉倏地坐起：

「誰睡覺呢？」纖手輕輕推去散落的髮絲，雙眼還迷濛著睡意，兩頰粉色的睡痕猶濃。

寶玉的神魂，像風中飄盪的旌旗，他歪在椅子上，呵呵笑道：

「妳剛才說什麼？」

「沒有呵！」

「還不承認呢！我都聽見了。紫鵑，把妳們的好茶倒給我吃。」

「別理他，紫鵑，先給我舀水洗臉！」

「他是客呢，姑娘！自然是先倒茶再舀水！」

「好丫頭，『若與你多情小姐同鴛帳，怎捨得叫妳鋪床疊被』。」寶玉一忘形，不免把《西廂》裡，張生打趣紅娘的話引出來了。

黛玉的臉登時變成了冬天——

「二哥哥！你說什麼？」

「我何嘗說了什麼？」

黛玉哭了起來，指責寶玉把外面聽的不正經話學了來說給她聽，看了混書，就拿她來開玩笑，她「成了替爺們解悶的」，說著就往外面走。

寶玉一下子慌了，以為她要去父親那兒告狀，就詛咒自己嘴上長疔，正說著，只見襲人來告知老爺叫他，一波未平，一波又起，也不顧林妹妹，疾疾走了。

黛玉一時忘了哭，也替寶玉擔心起來，寶玉才大病初癒。先是臉被油燙傷了，都是寶玉同父異母的兄弟賈環使壞，因為賈環猥瑣粗糙，不成材，最嫉妒寶玉得寵，就故意失手推翻蠟燈。賈環的生母趙姨娘生性糊塗，看著寶玉眼紅，又恨鳳姐得勢，竟然和寶玉寄名的乾娘馬道婆聯合施計，要作法害死鳳姐和寶玉。她頭腦簡單，以為除去這兩人，兒子和自己就可出頭了。

黛玉還記得寶玉和鳳姐發病的可怕模樣，胡言亂語不說，力氣來得驚人的大，拿刀

弄杖，尋死覓活。後來躺在床上，人事不省，渾身滾燙……正在絕望間，一陣隱隱木魚聲響，滿頭癩瘡的一個和尚，眼睛卻蓄著寶光，還有拖泥帶水的一個道人，兩足顛跛，但難掩脫俗的一股仙氣。

他們也不用符水，只笑賈政一味捨近求遠，明明家中的稀世奇珍，卻不知利用，賈政便猜是寶玉落地時的口中美玉了。

和尚把玉擎在掌中，嘴裡呢呢噥噥，旁人聽也聽不懂的什麼「青埂一別十三載」呀，什麼「鍛鍊通靈後……人間惹是非」又是「沉酣一夢終須醒」之類。把弄一回，又說些瘋話，命賈政懸玉臥室，三十三天後就會好起來的。

經過這次意外，寶玉身體因靜養反更強壯。但在病床時，黛玉著實懸心，病好後又「阿彌陀佛」念佛稱謝，關懷的殷切，竟不能掩，惹得寶釵在一旁好好調侃了一番。

但寶玉去了大半日，一點消息也沒，黛玉更急了。他知道二舅舅最為寶玉所畏懼，不知父子之間又是怎樣的難堪了。晚飯後，聽說寶玉已回，就想問問情形，遂走向怡紅院。

其實寶玉下午一點事也沒有，是薛蟠想出的鬼計，他想找寶玉出來一齊享受一些好吃的東西，就要書僮茗煙假傳聖旨，害得寶玉虛驚一場，黛玉一個下午都不安寧。

黛玉遠遠看見寶釵進了怡紅院，自己則先被沁芳橋下的各色水禽吸引住了，看了一會兒，這才再往怡紅院來。

大門關著，她叩門。裡邊的丫頭晴雯正在生氣，又怨寶釵來擾，就一口回說：都睡了，明天再來。黛玉不死心，想必是裡邊沒聽出是她，反重複說「是我」，晴雯沒聽出聲音不打緊，又睹氣添上一番話，「憑你是誰，二爺吩咐，一概不放人進來。」

黛玉一時氣怔了，本想理論，但再想自己畢竟是寄居坐客，無依無靠，認真起來，反倒沒趣，想著想著，熱滾滾的淚珠淌下來。正進退兩難，聽見裡面傳來寶玉、寶釵的笑聲，黛玉益發動氣起來，少不得以為是寶玉還在惱她，以為她當真生氣去告了舅舅——說寶玉拿不正經的話來羞她。

「我何嘗告狀去了？你也不打聽打聽，就氣我氣得這樣？你今天不讓我進來，難道我們明天就不見面了嗎？」

黛玉越想越傷感，也不顧夜露冷、夜風寒，就一個人站在牆角花陰，悲悲戚戚，嗚咽起來。

忒——一聲，驚飛起鳥群來。連飛鳥也不忍聽這哭聲，而群花也要無情無緒了。

戛——門開了，寶釵出來，寶玉、襲人送客。黛玉本想上前去問，又覺當著眾人不便。等人去門關，一切都安靜下來，這才一人從角落裡默默流淚回到瀟湘館。紫鵑、雪雁早已

習慣女主人的好哭，反正勸也勸不聽，就隨她去了。黛玉草草洗去臉上的殘妝，只管倚著床欄杆，兩手抱著腰，眼睛含著淚，木雕泥塑，直坐到二更天。

第二天，四月二十六，這日未時交芒種，芒種一過就是夏天，春去也，群花的任期也滿了，為表心意，要替花間諸神舉行餞別之宴，這在閨閣中也是年度的盛事。大觀園本是女兒國，如何能忘？

天才透亮，百草千花，群木眾樹都已繡帶飄搖了，花瓣柳枝編成轎馬，也好方便花神遠行；更有綾錦紗羅疊成干旄旗幟，顯得送行花神的陣容更為壯麗。花樹固是經過一番著意妝扮，那些水般的女孩兒，更是好好穿戴打理，務必動人眼目。

黛玉二更才睡，早上起遲了，怕姊妹們笑她癡懶，匆匆梳洗出來。才踏入院裡，只見寶玉進門來了！

「好妹妹，你昨天有沒有告我的狀呀！害我擔心了一夜呢！」

黛玉看也沒看他一眼，回頭吩咐紫鵑：

「把屋子收拾了，下一扇紗屜子。看那大燕子回來，把帘子放下來，拿獅子倚住，燒了香，就把爐罩上。」她說的獅子，是一種石雕帶座的小獅子，用來頂門壓帘用的。

寶玉知她不高興，以為還是為昨日白天的事，拚命作揖打恭，黛玉只是一個正眼也不瞧，逕自出了院門。

寶玉跟著她，到了園裡，姊妹們早已來齊了，連文靜的寶釵，也忍不住想撲扇捕捉翩飛的粉蝶兒。探春迎上來和寶玉說話，等說完話，寶玉又不見黛玉了，他知她真的氣了，但又不像是氣開《西廂》玩笑的事，他墜在霧裡，決定等兩天，她氣消一消再說。

鳳仙、石榴，各種豔色的落英重重堆了一地：

「都是她生氣了，也無心收拾這些花了，還是我來吧！」前不久，寶玉還看見黛玉在收拾桃花呢！

他把花兜了起來，登山渡水，過樹穿花，一直奔到那日和黛玉葬桃花的去處，眼見花塚就要到了，卻聽見一行歌哭之聲。

「花謝花飛飛滿天，紅消香斷有誰憐？」

正是呢！柳枝的轎馬，綾錦的幟旗，世人只是歡歡喜喜送春歸去，替花神辦個熱熱鬧鬧的餞花會，但是有誰曾經想到美麗和芬芳的死亡、殘落的顏色、逝去的香氣——

「閨中女兒惜春暮，愁緒滿懷無著處，手把花鋤出繡帘，忍踏落花來復去。」

呵，是哪一顆深閨女兒心，要在晚春的時節，動了一分憐惜落花的真情呢？寶玉想起三月中旬的一個晨間，在桃花的紅雨裡遇見黛玉的情形，她肩擔花鋤，鋤上掛著紗囊，手裡執著花帚，那時黛玉說落花如果隨著流水，到了外面骯髒的世界，反是折辱了清白的花朵，她早已在角落裡替花兒築了一個永久的家——落花的墳塚呢！

「……一年三百六十天，風刀霜劍嚴相逼。明媚鮮妍能幾時？一朝漂泊難尋覓。」

短的是人生，長的是磨難，短的是明媚鮮妍，長的是風為刀霜為劍的凌厲相逼。鮮媚消逝，竟連一絲淡影都捕捉不到。

歌吟仍然未嘗輟止，寶玉在歌吟裡神魂撲翻滾打。花容在風雨裡的飄搖，洗盡了生命的顏色，花容根本就隨春神遠行，找不到了。而少女原也是春花一枝，有一天，黛玉的花容也會不見了，找不到了……寶玉一陣駭異。

「……願儂此日生雙翼，隨花飛到天盡頭。」

是的，讓兩肩生出一對高飛的翅膀，這樣就可以陪花一程，一直飛呀飛呀，飛到天涯的盡處。

「天盡頭，
何處有香坵？
未若錦囊收豔骨，
一抔淨土掩風流。
質本潔來還潔去，
不教汙淖陷溝渠。」

然而，天涯的盡處，又能找到一處芳香的墳塚嗎？還不如此刻就用我錦織的囊袋，收拾花兒豔色的屍骨，讓這一撮乾淨的泥土，來掩埋花兒妳一生的風華情韻吧！花兒呀花兒呀，妳原是這樣純潔乾淨地來到世間，我但願妳也這樣純潔乾淨地回歸到妳所來的原始之

地，千萬不要沉淪在汙泥的溝渠裡呵！

「爾今死去儂收葬，
未卜儂身何日喪？
儂今葬花人笑癡，
他日葬儂知是誰？
試看春殘花漸落，
便是紅顏老死時。
一朝春盡紅顏老，
花落人亡兩不知！」

春殘花落，就是青春紅顏走向死亡途中。那一剎那春天走了，人也老去，花和人、人和花；花落人死、人死花落，永遠不能知解的無奈呵！

黛玉落著淚，把殘花落瓣一一收拾。對於花草，她原繫有一份特殊奇異而親密的感情，好像晤對自己的骨肉同胞，甚至是她自己一樣。花在風雨裡飄搖，還掙扎著吐香綻紅，這

份堅持，更使她心痛，花總是那麼乾淨，好像粉嫩嬰孩的肌膚。而世上的人只看得見花朵的盛放，卻少來關懷花朵的死亡，黛玉已不忍看鮮媚變作蒼白，更怕花瓣隨水流出大觀園去，外面的世間，她一想就要嫌惡，那樣人煙汙濁。

所以她找到一個僻靜之處，悄悄替芬芳的夥伴，尋一個安眠的乾淨土。

她算是為花盡了心，退想自己，將來是誰為自己盡心呢？她不敢想下去，卻聽到慟哭之聲，正疑惑還有哪一個像自己一樣的傻人呢？發現原來是寶玉，懷裡的落花撒了一地，人已撲倒在山坡上。

寶玉聽著悽惋的歌聲，有一天，黛玉的花月顏貌也會消逝呢，消逝後就不能找到了，多麼心碎腸斷的痛事，黛玉如此，那麼其他的呢？寶釵、襲人……這些人都不在了，自己呢？自己都不知了，那麼這個地方、這個園子；這些花、這些柳，又不知是誰家來作主人了……一而二、二而三、三而無窮，這樣思索的終極，唯一的出路是——根本跳脫大造塵網，逃出輪迴之外，方可真正逍遙開懷。

黛玉啐了一口：

「原來是這個狠心短命的，」剛說到「短命的」，又把口掩住，長歎一聲，抽身回去。

寶玉不見黛玉，知道她還在躲他，抖抖土，百般無味，往怡紅院的歸途踏去，遠遠看見黛玉纖麗的背影，便越過前去！

「妳且站住！我知道妳不理我，我就說一句話，從今以後就撂（ㄌㄧㄠˋ liào，撇也）開手。」

黛玉聽說「只一句話」，本不想理的，倒又站住！

「好，只一句，就撂開手！」

「兩句話說了，妳聽不聽？」寶玉笑著討價還價。

黛玉拔腳就走，寶玉在她身後歎道：

「唉——既有今日，何必當初？」

「當初怎麼樣？今日又怎麼樣？」黛玉忍不住，回身相問。

「當初姑娘來了，不是我陪著玩笑？憑我心愛的，姑娘要，就拿去；我愛吃的，聽見姑娘也愛吃，連忙乾乾淨淨、小小心心收好，一心留給姑娘。一個桌子上吃飯，一個鋪榻上休息。丫頭們想不到的，我怕姑娘生氣，替丫頭們都想到了。我還不是想，兄妹們從小一塊長大，親也罷、熱也罷，就是要格外和氣，才顯出交情更好，現在呢？誰指望大小姐人大心大，不把我放在眼裡，三日不理，四天不見，倒把老遠的不相干的『寶姊姊』、『鳳姊姊』放在心上。我又沒個親兄弟、親姊妹——話說是兩個，難道妳不知是隔母的？

我也和妳一樣，獨出獨生，只擔心妳也和我一樣孤單的心——誰知我是白操了一場苦心，有冤無處訴！」尾聲已帶哭音了。

黛玉心內不覺灰了大半，也滴下淚來，低頭不語。

「我也知道，我是不怎麼樣的，但，再不怎麼樣，倒是萬萬不敢在妹妹跟前有錯處。就是有一二的錯，妳就告訴我，訓我罵我幾句，打我幾下，我也總不灰心的，誰知妳總不理我，叫我摸不著頭腦。我一個人，少魂失魄，不知怎樣才好，就是現在死了，也是死得不明不白的屈死鬼，任憑高僧高道懺悔，也斷斷不能超生了，還得妳說明了緣故，我才得托生。」

「你既這麼說，那我問你，為什麼昨晚我去找你，你叫丫頭不開門！」

「這話從哪裡說起？我要這麼著，立刻就死！」

「呸！大清早，死呀、活的，也不忌諱！你說有就有，沒有就沒有，起什麼誓？」

「真的沒聽妳叫門。晚上就是寶姊姊坐了一坐，就回去了呵！」

旌旗在枝上晃呀晃，最後一陣晚春的風。夏天的濃綠已經迫不及待地要擠進園子。一場餞花會——生氣、猜疑、惱怪、傷心、悲哭，到這時漸漸是初夏麗日的光景，不要拖帶任何雲霧陰影的溫暖天空。

胭脂的代價

放下飲盡的酒盃，再執起一朵甜香的木犀花，蔣玉函微微含笑，一雙流轉的眼眸望向寶玉，執花的手指輕倩翹起。這是一個不尋常的人物呢，好似從幻麗風情的舞臺，突然走向酒食筵席的真實人生，讓人不能置信，卻忍不住再三盼顧。

是將軍之子馮紫英的家筵，在座還有薛蟠這老大、寶玉、錦香院的妓女雲兒、唱曲兒的小廝們，這個蔣玉函聽說是反串小旦的，寶玉第一次見到他。

飲酒的規矩是寶玉定的，要說唱一段女兒的悲、愁、喜、樂，唱個新鮮曲子，吟哦詩詞成語，這吟誦裡必須包含席上能見之物。

名堂不少，但大夥兒都盡興，尤其薛蟠，斯文不起來，什麼粗話都冒出來了，大夥兒又是一陣笑罵。寶玉已經唱了一段〈紅豆詞〉，是雲兒琵琶伴奏——滴不盡相思血淚……開不完春柳春花……展不開的眉頭，捱不明的更漏……恰便似遮不住的青山隱隱，流不斷的綠水悠悠……

輪到蔣玉函，說、唱後乾杯，卻自謙不懂詩詞，恰巧昨天才見一副對子，就只記得這句，正好席上也有這件東西。於是順手執起木犀花來，念道：

「花氣襲人知晝暖。」

薛蟠不安分，又跳又嚷，眼看著寶玉，手卻指說蔣玉函該罰，蔣玉函一頭霧水，不解這句詩又衝撞了寶玉哪一點？

原來蔣玉函不知情，竟斗膽道出寶玉心腹丫鬟的名字：襲人。

襲人姓花，寶玉嫌她原來的名字不好，就用了陸游現成的詩句，改喚「襲人」，就單這個名字，也被賈政嘀咕了，就覺寶玉心思精神都用在這些閒雜小事上。

襲人的溫柔和順，性情之好，丫鬟裡無人可比，而且辦事穩妥牢靠，又肯忍讓、識大體，很得老一輩家長的喜愛。

雲兒把這一段情由說出，少不得蔣玉函又起身賠罪一番。眼裡有謙抑的歉意，又有滿溢的心儀，再加無比的溫柔。寶玉非常心動他善解人意的嫵媚，兩人就一前一後趁勢出了喧鬧的酒席，站在廊簷清靜處，安安靜靜說幾句真心話。

「有空到我那兒坐坐！對了，順便問一句，你們王府戲班子裡，有一個琪官，名滿天下，可惜我無緣相見。」寶玉緊緊握著他的手，好像只有這個姿勢才能表達自己的真心和

熱情。寶玉對於才情高又擅演藝的人，打心眼裡是一份賞愛；尤其是舞臺工作的男性，舉手投足，不帶世俗男子的粗俗蠢重，他有一種隱隱的感覺，猜這蔣玉函極可能是非常出色的伶人。

「呃，承蒙過獎，琪官正是我的名字！」

「有幸！有幸！果真人如其名，不是虛妄之詞了，今天算是第一次見面，要如何是好呢？」

跌足欣歎間，寶玉已取出袖中扇子，並摘下一粒玲瓏可喜的玉質扇墜。蔣玉函也撩起衣裳，取出貼身的一條汗巾子，大紅的顏色，輕軟細緻，說不出的透體通涼。扇墜子和巾子都還帶著主人身上的氣息呢！

寶玉再把自己身上的解下來，他的這條是近似松花嫩綠的顏色。兩人交換了一紅一綠，也分別重新繫上了一分嶄新的相慕相知情誼。

回家後，襲人看見寶玉的扇墜不在，就知寶玉一定又是私下贈給什麼人了，雖然寶玉口裡說丟了。寶玉具有一種真正的慷慨，但在旁人看來，有時候頗不盡情理，尤其襲人，她是懷著期許寶玉的心，總喜歡這主子能專心讀書，少胡思亂想，少遊手好閒。為了箴規寶玉的一些習性，她什麼法子都試過，尤其她深知寶玉孩子氣的癡心，只願花常好、月常圓、人常在，竟連一點花謝、月缺、人去的想法也不能容忍，於是趁著一次回家的機會，就嚇唬寶玉說自己遲早要離開園子的，一定有去之日。寶玉果真聽呆了，百般款求，襲人才說出條件：第一至少寶玉要裝出個愛讀書的模樣，省得賈政煩心，鬧得全家不安。其次，不得像小時候一樣，盡愛黏著女孩兒，聞她們臉上的脂粉香，甚至索性要啄一口。如果這兩點做到，再也沒人能逼她離開這兒。

當然襲人這席話是為箴規寶玉的劣習而說的，但另一方面她還是更想得到一個承諾，大凡像她這樣出身的女兒，家裡的日子遠不及在貴族豪富之家，物質不及是因素之一，而賈府待下人的寬厚，尤其是讓人感激的。由奢入儉難，一旦已經習慣於一個寬敞、裕如、富足的世界，要她再回到那個壅塞、貧窘、擠迫的出身之地，她是無論如何也不回去了。

另外，另外還有一個祕密，只有她自己的心跳呼吸才知道的祕密，她希望成為寶玉生命裡的一個人物，自己的名字是寶玉起的，她的新生命也取決於他，她既有這樣的姿容與才質，又擁有登門賈府，服侍寶玉的機緣。那麼她無論如何是不甘流於庸俗平凡的生活窠臼，像她自己家裡的姊妹們，大了就隨意配給作活的粗人，一輩子掙扎於柴米操勞的窘迫裡。並不能指責她嫌貧愛富的心態，人總有為自己爭取自己要的權利吧！她希望能在大家族裡鞏固起自己的王國，她的權柄、她的榮耀以她的出身，她應該可以做到平兒、趙姨娘的地位——做主人的侍妾，這些想法並不是怎樣的過失吧！

而且，而且她把少女最寶貴的新鮮身體都獻給寶玉了。話說那年去東府賞梅花，寶玉午睡驚醒，起身解懷整衣，襲人替他繫褲帶，這些貼身服侍的工作，一向是襲人的職分，她伶手俐腳輕巧活柔。但在伸手間，被一片濕漬冰涼嚇了一跳，她竟無意間觸及一個成長男孩的肉體祕密。彼時寶玉才懵懵懂懂從夢裡溫柔女性的迷情中醒來，竟然不自禁就將襲人擁入懷裡，襲人原比寶玉年長，心身也成熟些。但這兩人根本還是在天真與世故間，在青澀與圓熟間摸索成長的生命啊！襲人沒有拒絕寶玉伸來的擁抱，在怦怦心跳裡，她又羞怯又熱烈，隱隱想起王夫人賈母看她的眼神，她們分明拿她當寶玉屋裡的人，並且遲早要給寶玉的一個女人。

想到那一次，襲人就要湧上熱燥的紅暈，以及一種偷來的甜蜜喜悅，但是也從那次以後，她更看重自己的清白與尊嚴，絕不和寶玉有任何輕薄的舉止。對她而言，人生是理性、是規律，是一時的委屈和長久的完全；人生也是心機、是技巧、是觀察與洞悉，唯有如此，她才能更贏得長輩權威的看重，而那些人是決定她或為青雲或為塵泥的最大因素之一。寶玉呢？她懷疑寶玉是不是還沒從前面一個夢境醒來，因為從那以後，再也不見寶玉會對她露出那樣的渴切神情，她毋寧是感激寶玉的，免於她的為難，如果他再要求於她的

話……當然這也是她為什麼立誓要做寶玉的人，因為寶玉就是寶玉，寶玉絕不是其他任何的男子，以為到手後就可以輕薄了、怠慢了，甚至予求予取，貪得無厭……

她歎了一口氣，看樣子寶玉還是不能專心在書本上，不知又交了什麼廝混脂粉的人物了。等到寶玉要睡時，看到腰間的汗巾子，血點一般耀眼的紅，心裡更明白了，嘴裡卻說：

「你既有新的汗巾子繫褲腰了，就把我的還來。」

寶玉低頭一看，才想起不該糊裡糊塗把襲人那條松綠的給人了。

「我賠妳一條新的！」

襲人說他兩句，不忍再責，各自安息去了。

睜眼時，寶玉在眼前，一臉是笑：

「夜裡來的小偷，都不知道，快看妳身上！」

血點紅的一條汗巾子好好繫在自己腰間，襲人知道必然是寶玉在她入睡時偷偷換上的。

她並不稀罕，根本不是汗巾的問題，只是她不喜歡寶玉這些行徑——交些不是正道上的朋友，還互贈私物，而這背後的心念，就更是她不能接受了，說起來，還是一種遊戲的

人生，襲人不免歎息寶玉的積習難改。

雖然寶玉告訴她，汗巾子是貢物，上好茜香羅的質地，這大熱天繫著，最好不過了，肌膚生香，不生汗漬，襲人淡淡應著，隨便就往一口空箱子裡扔去。

長夏的烈日，曬得人昏昏沉沉，一片慵懶和沉寂，人們都在尋一刻夢裡的休憩。寶玉信步到了王夫人上房裡，母親在裡間涼席上睡著了，幾個小丫頭拈針穿線，眼皮也像縫住了，頭則搖擺著。金釧在一旁替母親捶腿，睫毛垂著，一雙眼眸，正掙扎於醒睡之間。

輕輕走到跟前，寶玉把她耳朵上的墜子一摘，金釧猛一睜眼。

「就睏得這個樣子呵？」寶玉悄聲打趣。

抿嘴一笑，擺手要他走開，又闔上了眼，繼續打盹。

這個炎熱的日午，頭腦發昏，人閒得發慌。寶玉看到一雙欲眠而不能安的眼，熱得紅紅的頰唇，遂升起一分蠢然欲動的心思……從小時候起，就喜歡女孩身上的溫香暖玉的感覺，喜歡輕啄一口唇頰上的胭脂……天氣好熱，母親睡得正沉……寶玉從荷包裡掏出一丸香雪潤津丹，逕自送入了金釧的口裡。她並不睜眼，只管含著。

「嘿，我向太太討了妳過來，我們倆一處可好？」

「等太太醒來，我這麼和她說噢！」

一雙睡眼睜開了，滿是嗔笑，金釧把寶玉一推：

「急什麼呢？沒聽過『金簪掉在井裡，有你的只是有你的』呵？……」

刷——一記脆生生的耳光揮向年輕的一張粉臉上，王夫人在憤怒中翻身而起，忍不住狠罵金釧下流無恥的小娼婦。這邊寶玉趁亂趕緊溜了。

王夫人即時喚住金釧的妹妹玉釧來，要她們的母親來，把金釧領走，再也不許這狐狸精為害。金釧儘管跪著，淚眼婆娑，苦苦哀求，然而王夫人一點寬緩的餘地都沒有。其實王夫人算是相當軟弱的人，做事很少有決斷。好靜、念佛、吃齋，然而生平最恨見到男女的輕薄浪逐，果真一旦見到金釧那樣不知檢點，軟弱立刻化做剛硬，她尤其恨金釧的狂花浪蕊竟然吹拂到寶玉身上，是可忍，孰不可忍？金釧哭得嘶聲，一顆心被羞辱蹂躪得傷痕累累地出了賈府。

沒有兩天，有人在園林東南角的井邊汲水，井口浮起一具女屍——金簪掉在井裡頭……飛媚著睡眼，含笑說這話的光景猶在眼前，但金釧這個人已成了冥域的冤鬼，好一句可怕的戲言。寶玉摧心折肝，傷慟、自責與茫然，在王夫人前坐著默默垂淚。王夫人的難過自不必說了，這麼一個素稱仁厚的人，竟然逼死了一個年輕的女孩。她這麼斤斤恪守道德的規律，這麼懇懇虔心在佛前誦念，然而獨獨一次的發怒，卻生生毀了一株青春的生命。金釧固然屈死，王夫人何嘗不冤呢？應該怪寶玉的，誰想這個女孩是這樣烈的心性。

寶釵進來了，王夫人見到她，彷彿鬱悶裡開了一個通氣的小孔，這孩子穩重懂事，苦水吐向她是不會錯的。王夫人告訴自己的外甥女，說金釧弄壞了一件自己的東西，自己一氣之下，就攆她出去，其實這只是唬唬小孩子，過兩天還是要她回來的，沒想到金釧竟然……王夫人沒提自己的那件東西，就是心頭一塊肉的寶玉，當然也沒說當時攆出的心意是多麼決絕。

寶釵原是絕頂的聰明，看見母子垂淚的光景，豈有不知呢？為了安慰姨媽，橫豎死者已矣，而最難堪生者的內疚。於是寶釵斷言這純是意外墜落的死亡，絕非賭氣的自盡，就算萬一是賭氣投井，那麼這金釧也夠糊塗了，這樣糊塗的人，一味替她傷心自責，大可不必。況且姨媽的慈善，已是被肯定的美德了，不會因為這件事而有變易的，一席安慰，貼到王夫人的心坎，就是再通達的人，也不容易把惴惴難安的一顆心撫平到如此地步。經寶釵這麼一說，沉重頓減，這才想起死者的後事，王夫人要厚待金釧，別的好辦，唯獨倉促之間，找不著體面的新衣裳可以入殮。寶釵立刻慨然將自己簇新的兩套衣裳讓出，反正她也不忌諱這些，而且也替姨媽省了心。

寶玉一點也沒有好受些，他失神走了出來，茫然虛空，一路吁歎，卻撞著迎面而來

的一個人身上，抬眼一看，竟是父親賈政，倒抽了一口涼氣，垂手默站一旁。賈政見他灰頭土臉，不免習慣性又是一頓訓。寶玉呢？一心根本在金釧身上，只恨自己沒有和她一塊死，究竟父親在罵些什麼，陽光猛烈曬著，他心裡一片白霧蒸騰。賈政見他恍惚癡獃，倒真的動起氣，正要再訓，卻聽見忠順王府的人來求見。

先撇開訓兒子的事，賈政一路狐疑著，自己並不和王府打過什麼交道呵！

來人指名要向賈府索人，索取王府戲班一名好角琪官，不僅因他才藝出眾，特別是為人討喜，討王爺的喜。如今琪官不見，全城之人皆知他與賈府公子寶玉最好，所以來向寶玉要人。

賈政氣極，請寶玉出來當著來客解釋。寶玉起先還推諉，等來人冷笑說出紅汗巾子，寶玉知道私物相贈都不能瞞了，只好實說琪官可能到城郊自置的田舍去了。

賈政目瞪口呆，送客之際，一邊喝住寶玉不准走。這個當兒，賈環一干人正滿園亂跑著，一片慌亂，做父親已經夠頭疼寶玉了，現在又來了個賈環，不免質問起來。賈環看父親正怒，火上加油，添了一番話，只說井裡浮起女屍，腫大得好怕人，這才慌得亂跑。一邊又悄悄說這丫頭是因受了寶玉的輕薄，憤而反抗，反被打了一頓，氣不過，投井死了。

「拿寶玉來！」賈政厲聲大喝，怒火從胸口燒到頭臉，牙齒凜凜作響，立誓要狠狠教

訓寶玉，無論何方神聖都不能擱置。

大棍拿來，大繩拿來，大門闔上，寶玉是縛案待宰的一尾魚、一頭羊。沒有聲息可以通到外面去，寶玉俯著身，雙手被縛在背後，看不見一絲窗外的天空。大板落下，不曾稍停，寶玉嗚嗚哭泣著，茫茫然，不能識辨這疼痛的成分，突然拿板子的小廝被一腳踢開，賈政還嫌落板不夠重，索性自己打下來。

急雨落下，又重又痛，寶玉這才意識到箠楚之苦。急火上升，灼燒熱烈。天好熱，寶玉已哭不出聲來了，父親汗淋淋的，沒有停手的意思。

賈政痛揮著木板，只管向下打下去。這就是自己的兒子，淫逼女婢，流蕩優伶；這就是自己的兒子，荒疏學業，遊手好閒；這就是自己的兒子，身上流著自己的血；這就是自己的兒子，一生謹守職責，嚴以自律，方正不阿的自己，卻生下這樣的兒子……賈政眼睛都紅了，不打不成器，早該打了，早在多年前就應該管教的……這樣遊蕩縱情的人生，過得心安嗎？我是你的父親呵！別人可以不負責你的生命，而你是我的兒子呵！

從一開始，寶玉就在一片茫然中，他隱隱感覺風暴就要襲來，而且自己就要赤裸而直接地面對風暴本身，沒有逃遁的可能。盛怒的父親，一板比一板快，一板比一板重，他沒有一點掙扎的力氣，他甚至沒有一絲呼喊的聲音，如果一個人竟然能使另一個人忿怒到

如此地步，那麼這兩個生命是如何的牴觸衝突啊！我是你的兒子，寶玉一陣無力與無奈，這是無從選擇的事，只因為我是你的兒子，你就可以決定我生命的去向。來，既然無法選擇，去，還要受到牽連……

是王夫人的哭聲，苦求丈夫要保重，而且拿出賈母知道的後果嚇阻著。賈政只管冷笑，他是徹底豁出去，這樣的生命多留世上一天，就唯有繼續為禍下去，不如一根繩子，親手替這作孽的東西做一了結。

寶玉感覺有人死命擋著木板，然後那人抱向自己，哭喊震天，是母親，可憐母親的心──「既然要勒死他，索性先勒死我，再勒死他，我們娘兒們不如一同死了，在陰司裡，也得倚靠。」

賈政長歎一聲，向椅子坐下，淚如雨下。王夫人抱著寶玉，看見他血色已無，氣息微弱，一片血漬，掀開下衣看去，或青或綠，或整或破，失聲大哭地「苦命兒」來，因哭出「苦命兒」來，又想起死去的賈珠！

早有人簇擁過來，李紈、鳳姐、迎探姊妹，素來平和的李紈，聽到亡夫的名字，也忍不住抽抽搭搭起來。

「老太太來了！」

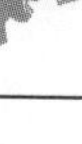

「先打死我，再打死他，就乾淨了！」窗外傳來顫顫巍巍的聲氣。賈政痛打兒子，此刻母親來了，他卻是含淚下跪聽訓的兒子。賈母氣壞了，心痛到了極點，心痛自己寶貝的孫兒被如此毒打，又想起當年如何和丈夫提攜管教這兒子賈政的。而丈夫已逝，兒子已大，她現在是祖母，膝下身邊唯有孫子才是生命的真實，不如回去，回自己的娘家去，再不受兒子的氣，賈母想起便吩咐車馬要整裝走了。

都是熱油火鍋裡受煎熬的一群人，灼燒苦楚裡，失去了清明冷靜的理性，只管哭喊、只管負氣、只管傷悲。光陰慢慢移走，太陽逐漸趨向西方，最後還是時間消滅，平息了這分苦熱，再經旁觀者勸說排解，一場風暴才算收勢歇止。

襲人揭衣檢視寶玉的傷處，寶玉咬牙「哎喲」，一共三四次，才褪下衣裳，正駭異憐惜，寶釵托著一丸藥來，襲人在她進門前，先用夾紗被替寶玉蓋上了。寶釵告訴襲人如何使用這藥，又向寶玉問情形，她看寶玉已能睜眼說話，知道好轉了一些，再也忍不住了：

「早聽別人一句話，也不致有今日，別說老太太、太太心疼，就是我們看著，心裡也——」剛說半句，又忙嚥住，眼圈微紅，面頰染上緋色，低頭說不下去了。寶玉難得聽到寶釵說出如此親密明白的話，再看她垂頭含淚，只管撫弄衣帶，軟軟嬌嬌的羞怯裡，一分痛惜憐愛的情意，他的心已是一陣溫暖的感動，竟然忘卻身上疼痛。如果一份毒打，而

能得到如此的憐惜，那麼萬一自己不幸離去，那麼又將是怎樣的悲戚。人生在世，能夠獲得女孩們這樣寶貴的真情，任是事業付諸東流水，也無足歎息了。

寶釵走時又再三囑咐襲人，要寶玉好生養息。寶釵逐漸和襲人熟稔，就越發對她另眼相看，她覺得這女孩很有深度，想法也和自己相近，可以多多交往。

寶玉躺在床下，只覺躺處如針挑、如刀挖，更熱如火炙，稍一翻身，就忍不住哎喲地呻吟。昏昏沉沉，蔣玉函走了進來，說王府的人來捉他，話沒完，金釧又進來了，一行淚一行說，為了寶玉她投入深深井中。寶玉半夢半醒，才要訴說情委，忽覺有人推他，恍恍惚惚，有切切悲哭的聲音，寶玉一驚，從夢裡醒來。

昏黃的暮色，一個纖柔的女影，垂著頸項，正在拭淚。寶玉欠起身，細細認去，因為還怕自己是在夢裡。

一雙核桃紅腫的眼睛——黛玉，真的是林妹妹！

寶玉還想撐著身子，火燒刀剜的疼痛襲來，支撐不住，便哎喲倒下，長嘆一聲：

「妳又何苦來這一趟呢？太陽剛落，地面怪熱的，倘或受了暑，怎麼好呢？我雖捱了打，倒並不疼痛。告訴妳，我是故意裝的，好哄他們，把這樣子傳給老爺聽，都是假的，妳別信真了。」

黛玉無聲的啜泣，又強忍著，氣噎喉堵。一千句話從心中升起，到了喉頭，又說不出了，好半天，才從抽抽噎噎的哭泣裡，擠出一句：

「你，可都改了吧！」

院外傳來鳳姐的聲音。黛玉忙起身要走，寶玉拉住黛玉，正奇怪著，黛玉急得直跺腳，指指自己的眼睛。寶玉一鬆手，黛玉三步兩步從後院走了。

一天裡，陸陸續續來人不斷，探病送藥的，寶玉睡一陣、醒一陣，一心只惦著黛玉，想打發人去問個安，又怕襲人攔阻，就設法把襲人遣開，讓她去寶釵那兒借書。

寶玉喚了晴雯來，晴雯眉眼長得和黛玉幾分相似，但好像顏色更加鮮豔顯眼，而神情更要佻達。寶玉信任晴雯，因為晴雯在所有丫鬟裡是最可信賴，這是寶玉的直覺，雖然晴雯性子總是暴烈，說話也總喜刀刃相迎的尖銳，但寶玉懂得她心裡的單純深摯：

「你往林姑娘那裡去一趟，看她在做什麼。她要是問起我，妳就說我好了。」

「白眉赤眼的，無緣無故去，到底也要說幾句話，才像回事啊！」

「沒有什麼好特別交代的。」

「那麼送件東西，或者取件東西也好。不然，我去了，怎麼搭訕？」

寶玉想了想，便伸手拿了兩條舊手絹，交給晴雯。

「也好，就說我叫妳送這個給她。」

「這又奇了，她要這半新不舊的兩條絹子做什麼？小心林姑娘惱了，要說你存心開她玩笑。」

「這個妳放心，她自然會知道的。」

瀟湘館一片漆黑，黛玉已在床上，黛玉問是誰，晴雯答說來替寶玉送絹子，黛玉先是發悶，不解何故，叫晴雯不必了，把新絹子留送給別人吧！晴雯回說不是新的，是家常舊的。黛玉更疑惑了，細心揣摹，如開天窗，心就明亮，忙叫晴雯放下。晴雯留下絹子走了，心裡不懂。

黛玉體貼出這絹子的心意來，還是兩三年前她送給寶玉的，這麼些年了，他還保存著這麼好。黛玉輕撫著絹子，重新在燈下起身，反覆思量，病痛裡，他還一心在她身上，人不能來，就托人帶絹子來，剖白心意。

心裡有幾畝甜蜜，心裡又有幾畝甜蜜的憂傷。寶玉的心意可感，而將來彼此的心意可能如意嗎？

突然想起這麼彼此悄悄送東西，豈不是才子佳人故事裡的私相傳遞，互贈信物嗎？黛玉心裡一驚，竟然害怕起這樣的真實。

寶玉啊寶玉，黛玉心裡默念起一個名字，為了這名字，她不是每每無理取鬧，故意傷他的心，氣他嗎？黛玉心裡顫抖，卻是無限愧意了。

她再也不能睡下去，坐向書案前，暈黃溫暖的一盞夜燈下，黛玉研墨蘸筆，也不顧什麼自己的矜持，或者別人的測度。心裡咕咕冒著沸騰的水泡，半新半舊的手帕上，題寫起少女最深情的相思。

田畝的使者

棗子從袋子的口裡滾出來，圓嘟嘟、光閃閃；茄子躺在地上，亮紫的色澤，透露出新鮮嫩美的消息；還有綠色的菜蔬，飽滿肥胖的瓜兒、豆兒……

蟠鳳的紅柱下，倚著鄉間來的劉姥姥，很乾淨的一套竹布衫裳，儘管謙和地笑著。外孫板兒攥著外婆的手，一對骨碌碌的眼睛，臉面頸項都帶著陽光和田野的痕跡，很健康的黝黑。他有些怯怯，但是一對眼又睜睜打轉著，像頭結實的小牛犢。

劉姥姥看見平兒進屋，忙跳下地來，這是她第二次來訪榮國府，所以認得平兒。

「姑娘好！府上的人也都在這兒問一聲好！早就要來請姑奶奶的安，看看姑娘的，因為田裡莊稼忙。今年託各位的福，多打了兩石糧食，瓜果菜蔬也豐盛，這些還是頭一遭摘下來的，並不敢賣呢，留下最好的，孝敬姑奶奶、姑娘們嘗嘗，姑娘們天天山珍海味的，也吃膩了，吃個野菜兒，也算我們窮人的一番心意。」

一邊作揖，一邊又指著地上的棗兒、瓜兒的，幾個丫頭正蹲著打理。

說起來，劉姥姥是遠遠攀了王夫人、王熙鳳的一點親戚關係。她自己喪夫守寡，膝下沒有子息，只靠薄田兩畝度日，後來被接去和女兒、女婿一處過活。前些年，日子不好過，女婿狗兒心中煩躁，只知喝悶酒，閒覓煩惱。劉姥姥這年紀，歷經人生的多少晴陽風雨呢，許多世事她都看得透明透亮的，但是她對悲歡的歲月還是忠誠執守著，對於生活也懷著單純的熱愛，那份愛像她經年履踏的土地一樣，結結實實的。她真正懂得生活的甘苦皆備，看見女婿一個大男人成天哀聲歎氣，只是閒坐亂罵，心裡不以為然，她就不這樣，她不自怨自艾，也不打雞罵狗。她把自己收拾乾乾淨淨，牽了板兒的手，教板兒說幾句應對的話，祖孫倆，一路尋到城裡遠親的賈府。

最初也是歷經困難，從正門繞到後門，沒人理睬，好容易一個小孩領他們路，才總算見到了周瑞家的。周瑞家的，因為曾經受過她女婿家的一點人情，另一方面也要賣弄自己的臉面能幹，所以答應帶她見鳳姐。

劉姥姥機智又風趣，但不脫莊稼人的樸貌，加上誠懇與謙和，倒是不但沒讓鳳姐討厭，而且談得愉快；再傳話請示王夫人，賈府的人一向寬厚，就周濟了劉姥姥一些。劉姥姥是個知好歹、念恩情的人，一旦有了收成，日子稍一像樣，馬上惦記著當年救急的情意，於是攜了真誠感激的心，最寶貴的莊稼收成，二度叩訪榮國賈府。

因為正是螃蟹上市，女眷們又賞桂花、又喝好茶、又品美酒，還吃清蒸的螃蟹。平兒就正打盛會那兒過來，兩頰還泛著美酒的酡紅。劉姥姥盤算了一下，這麼好的螃蟹，這麼多的人，聽周瑞家的說兩三大簍的七八十斤，再搭上酒菜，這麼一頓下來就二十多兩銀子了。「阿彌陀佛，這一頓銀子，夠我們莊稼人過一年了！」她咂嘴弄舌，不勝驚異。

劉姥姥看看天色，覺得心意已達，就準備回去，周瑞家的想探探上面的意思，就要她等等，回來時，眉開眼笑說鳳姐要她再住上一兩天，並要領她見賈母。這麼一來，劉姥姥倒遲疑膽怯，自己一輩子在泥土田畝中翻轉，要她去見這麼金玉富貴之家第一號人物，她還著實羞怕呢！

但情勢至此，不容退卻，她就去了。

滿屋珠圍翠繞、花枝招展。一張榻上，獨躺一位老婆婆，身旁一個紗羅裹的美女丫鬟在捶腿，鳳姐正站著說笑。劉姥姥知是賈母了，又上前，陪著笑，拜了幾拜：

「請老壽星安！」

板兒是個鄉間孩子，哪見過這種場面，儘管躲著，不肯喊人。

賈母笑吟吟問她的年歲，七十五，比賈母長幾歲，但身子卻更顯健朗，賈母誇她身子好，劉姥姥回說她是生來受苦的人，老太太生來是享福之人，原不能比的。

對於送來的瓜菜野味，賈母也極感高興，說是既認了親戚，多少要住上一兩天，並帶些園裡的東西果子回去。看到板兒認生，就要人抓果子給板兒吃，板兒仍是不敢吃，賈母給他一些錢，要小廝們帶他出去玩。劉姥姥沖了茶，就侃侃說些田裡莊上的故事給賈母聽，賈母越發得了趣味。

鳳姐另外備飯給劉氏祖孫，賈母還送去幾樣菜，鳳姐知道劉姥姥合了賈母的心，飯後便讓劉姥姥換洗清爽，又領她到賈母榻前說故事。

寶玉這一群不更世事的年輕男孩、女孩，何嘗知道莊上農家的事呢？本來就是愛聽新鮮故事，這一會子，更是簇擁祖母榻前，一齊分享田莊鄉野的廣闊消息：

「有一年冬天呵，接連下了好幾天的雪，地上壓了三四尺深呢！那天我起得早，還沒出屋門，只聽外頭窸窸窣窣一陣柴草翻動的響聲，我想著：必是有人來偷柴草了。我巴著窗兒，偷偷瞧一眼，倒不是我們莊上的人——。」

「那一定是過路的客人冷了，見現成的柴火，抽些烤火，這情形也是有的。」賈母這樣猜想著。

「不，也並不是什麼過路的客人，所以說來奇怪，老壽星打量是個什麼人？原來是個小姑娘呢——」

寶玉睜大一對興味的眼，嘴唇微張，露出癡迷的傻態。

「一個十七八歲，極標致的一個小姑娘呢！梳著溜油光的頭，穿著大紅襖、白綾裙子——」

話沒完，外面一陣吵嚷，還夾著「不妨事了，別嚇著老太太！」

原來是南院馬棚起火了，但已救下去，賈母在這方面素來膽小，忙起身扶了丫鬟來走廊看，只見東南角火光猶亮，賈母嚇得口內念佛，忙命人去火神跟前燒香，直到火光熄了，這才領眾人回屋。

火是滅了，但寶玉的好奇比星火還急：

「那女孩兒大雪地裡為什麼抽柴火？萬一凍出病來，怎麼好？」

「都是才說抽柴火惹出來的，你還問呢，說別的吧！」賈母的一盆水，澆熄了寶玉，但他也只好不再問。

劉姥姥又想了一個故事，說村上一個老奶奶九十多歲，吃齋念佛，感動神明，賜她一個孫子，長得粉團一樣，聰明伶俐得不得了……這個故事深深合了賈母、王夫人的心事，連王夫人都聽住了。只有寶玉，還惦著抽柴的事。

探春在旁問寶玉有關還請史湘雲的事，想順便也邀賈母賞菊。寶玉以為往後天氣愈

冷，不如下頭場雪時，請賈母賞雪，他們則雪下吟詩。黛玉最懂寶玉的心思，邊笑邊打趣，說最好弄一捆柴火，雪下抽柴，才是樂子呢！

等到人散後，寶玉到底悄悄逮住了劉姥姥，細問她的下落。劉姥姥沒辦法，只好胡謅說是有一個叫茗玉的獨生女兒，父母掌上的一顆明珠，可惜十七歲就病死了，家裡替她立了小祠堂，塑像燒香，而年歲日久，管廟的人沒了，廟也爛了，泥胎就成精了。寶玉忙解釋，這不是精，通常這麼出色人物是不死的，劉姥姥口內念佛，順著寶玉，還謝謝他的指正告知。又接著說那雪中抽柴的就是出來閒逛的茗玉姑娘，村上的人還準備拿榿頭砸她呢！

寶玉急了，要劉姥姥快快禁止村人的舉動，並且要重新修廟塑像，每月燒香，這錢寶玉會負責的。寶玉問清廟的所在——地名莊名，來去遠近……劉姥姥只有順口胡謅。寶玉口中喃喃默念，一夜盤算，沒有好睡。

第二天大早起來，第一件事就是錢給茗煙，又吩咐他按址前去，等看個大概回來，再從長計議。這一天寶玉就像熱地裡的蚯蚓，不安極了，偏偏一直到日落西山，茗煙才策馬回來，那地址沒這廟，好不容易找到一個破廟，才一進去，就唬的跑出，活似真的一樣的一個——

一個青臉紅髮的瘟神爺！

賈母準備在大觀園擺酒席，宴請劉姥姥。這之前，先領劉姥姥祖孫去逛園子。正好有人送來剛掐好的各色折枝菊花，賈母揀了一朵大紅的簪在鬢上。鳳姐拉了劉姥姥過來，把一盤子花，橫三豎四，插了劉姥姥一頭，賈母和眾人笑得了不得，說她是個老妖精。劉姥姥更開心了：

「我雖老了，年輕時也風流，愛個花兒、粉兒的，今兒索性作個老風流！」

從沁芳亭的石橋，沿水看去，賈母問劉姥姥，大觀園好不好？劉姥姥念一聲佛，說道鄉下人最大的願望，就是什麼時候也可能到年畫的景致裡遊一遊，年畫嘛，是假的，人間斷斷不可有這麼美的去處；而大觀園呢，不是自己親眼所見，萬萬不能相信：人間的園子還勝過畫裡的，真想有人畫下這園子，也好開開鄉親眼界，就是死了也得好處。

賈母笑著、聽著，並指向最小的惜春，說她會畫，就讓她畫一張，劉姥姥看見小小惜春靜好的模樣，忍不住牽起手，嘴裡誇她像神仙托生。

第一站到瀟湘館。兩行翠竹間開出一條通路，青色的蒼苔，白色的石子。劉姥姥不忍踏石，獨箇兒走旁邊的土地，有丫鬟拉她，叫她小心青苔滑跤，劉姥姥自認走慣泥路，擺手說不打緊的當兒已經「咕咚」跌倒，大夥只管拍手呵呵大笑。劉姥姥自己跌倒自己爬，

一邊笑罵自己「才說嘴，就打嘴」。賈母怕她扭了腰，劉姥姥說沒這麼嬌嫩，哪一天不是跌兩下子呢！

筆硯在窗案，書藏滿架，劉姥姥猜是哪一位公子的書房，再也沒想到是黛玉的香閨。窗紗已舊，不顯翠了，賈母留意到，便吩咐要糊新的才好；並且，已是滿園的綠，就不宜再用綠色系統，反而兩方都襯不出好處來。賈母趁著說紗窗，還娓娓道出有關紗的各種名目和常識。家裡庫房所藏的紗，年歲比薛姨媽她們還大，難怪鳳姐要認做「蟬翼紗」，其實是叫做「軟煙羅」，共分四種顏色：雨過天青、秋香、松綠、銀紅。用來做帳子、糊窗屜，遠遠看去，和煙霧一樣，那銀紅的又叫「霞影紗」。現在就是上好的府紗，也沒這麼樣軟厚輕密的，賈母吩咐就用銀紅的「霞影紗」，來重糊瀟湘館的窗屜。

離了瀟湘館，紫菱洲蓼溆一帶的船隻，正遠遠搖擺，賈母心動，便要坐船過去探春的秋爽齋，並在那兒享用豐盛的早餐宴。

鳳姐、鴛鴦，鴛鴦就是替賈母捶腿的那個美人，這兩個最討賈母喜歡的紅紫人物，決定要好好消遣消遣劉姥姥，這個老活寶一來，就逗得大家一陣樂，簪花、摔跤，新鮮的土話，已夠令人開懷了，待會兒吃飯，更是大好良機，當然最重要的，還是要討賈母的歡喜。

賈母、寶玉、湘雲、黛玉、寶釵一桌，劉姥姥挨著賈母也在這一席；另外王夫人帶著迎春三姊妹一桌，薛姨媽已用過飯，只一邊坐著吃茶，鴛鴦接過塵尾，侍立賈母背後。

入席，舉筷，沉甸甸，根本不聽使喚的一雙筷子嘛！劉姥姥面對擺在眼前的一雙老年四楞象牙鑲金筷子，為難極了。偏偏剛剛鴛鴦特意附耳囑咐劉姥姥一番話，說是家規不能違。劉姥姥看看別人都那麼舉放自如的烏木筷子，苦笑道：

「這個田裡扒地的叉巴子，比我們那裡鏟土的鐵鍬還重，哪裡拿得動？」

食盒捧上，鳳姐揀了一碗鴿蛋放在劉姥姥桌前。

賈母說聲：「請。」驀地站起身來，劉姥姥一本正經，一字一句誦念著：

老劉，老劉，
食量大如牛；
吃個老母豬，
不抬頭！

然後，鼓脹起腮幫，兩眼直視，一聲不語。

湘雲掌不住，一口菜噴了出來。黛玉笑岔了氣，伏著桌子，只叫哎喲。寶玉滾到祖母懷裡，賈母笑得摟叫「心肝」。王夫人笑指鳳姐，都說不出話來。連薛姨媽都噴了探春一裙子茶，探春的菜碗都合在迎春身上。惜春離了坐位，拉著她奶娘，叫「揉揉腸子」。其他有彎腰屈背的，也有躲出去蹲著笑，也有忍笑前來替姊妹們換理衣裳的。獨有鳳姐、鴛鴦硬撐著，還只管讓劉姥姥站著，這就是她們再三叮囑的規矩吧！

筷子握在手裡，一點也不聽使喚：

「喲，你們這裡雞也俊秀，下的蛋這麼小巧，怪俊的。且讓我來嘗一個！」

賈母的眼淚笑出來，後邊丫鬟捶背，賈母就知道這一切是鳳姐瞎鬧的。

「一兩銀子一個呢！還不快吃？冷了就差了！」

劉姥姥伸筷要夾，哪裡夾得住？滿碗裡鬧了一陣，好容易撮起一個來，才伸著脖子要吃，偏又滑下來，滾在地下。忙放下筷子，要親自去揀，早有底下的人揀出去了，劉姥姥嘆道：

「一兩銀子也沒聽見個響聲，就沒了！」

賈母要人換上一雙筷子，這回是烏木鑲銀的。

「去了金的，又是銀的，到底不及俺們那個木的聽使喚。」

「菜裡要有毒，這銀的一下去就試出來了。」鳳姐說：
「這個菜要有毒，那我們那裡都成了砒霜了，哪怕毒死了，也要吃個乾淨。」
劉姥姥驚歎滿桌佳餚，卻不知她自己就是一道最可口的開胃小菜，賈母因為她的風趣，吃得又香又甜，有滋有味。酒席撤去後，劉姥姥卻要可惜她們吃得那麼少，虧她們也不餓，難怪個個都是風吹就倒的模樣。

又到了探春房裡，三間屋子不曾間隔，一張花梨大理石大桌，各種名人法帖堆疊著，數十方寶硯，各色筆筒，筆海內筆如樹林一般。另一邊設著斗大的汝窯瓷花囊，滿滿插著一囊水晶球的白菊花，一片煙雨茫茫的渾雄空靈，染滿整個門邊牆壁，這是米襄陽的〈煙雨圖〉，左右一副顏魯公的墨跡：

煙霞閑骨格
泉石野生涯

案上設大鼎，左邊紫檀架上放著一個大瓷盤，數十個佛手，嬌黃玲瓏。右邊洋漆架上，懸有一個掛磬，白玉的質地，比目魚的造型，旁邊掛著小槌。

一室的闊朗豪秀，正是探春風格個性的流露。

板兒已經開始熟了起來，膽子大些，就要摘那槌子去擊磬，丫鬟們攔住他，因為這只是案頭陳設的裝飾品。他又要佛手吃，探春給他一個玩，並囑他不能吃下去。

東邊設著臥榻高腳大架的八步床，葱綠的紗帳懸著，上面繡著花草昆蟲。板兒興沖沖跑來，指著帳面：

「這是蟈蟈，這是螞蚱！」

劉姥姥怕他失了分寸，一個巴掌輕打過去：

「下賤的東西，沒乾沒淨的亂鬧，只叫你進來看看，就鬧得不成體統了！」板兒哇的哭了，眾人不免一陣好言。

廊外有瘦瘦的梧桐，一陣風過，梧桐外又隱隱有鼓樂之聲，原來是梨香院笙歌的演習，賈母聽了喜歡，要十二女伶進來藕香榭的小亭上，借著水音更好聽呢！

賈母催眾人離去，說她深知這些年輕人的脾氣，就是不歡迎人來，唯恐弄髒了他們的屋子。這些大人別不知臉色，還儘管賴著不走。說得探春一直留客，笑嚷就怕求之不得呢，賈母也知有點冤枉她了，就說探春還好，最可惡的就是兩個玉兒——「回頭咱們喝醉了，偏往他們屋裡鬧去！」

笑聲裡離開秋爽齋，行到水邊的荇葉渚，兩艘棠木舫已撐來。一篙點開，到了池當中。荷葉已殘，捲著焦枯，有些淒涼，寶玉看不順眼，直嚷可恨，應該拔去這些破敗的殘葉。寶釵體恤下人，說這一向因為天天伺候著遊園從不得空閒收拾，黛玉則說她不愛義山的詩，好不容易只喜歡一句「留得殘荷聽雨聲」，偏偏寶玉不留殘荷；寶玉聽說，才領略出詩句裡的另一種味道。

船行到花漵的蘿港下，森森涼涼的一股秋天氣息，沁入骨中。灘上草已衰，菱也殘，倒更助了秋興，岸上一片曠朗的清廈，便知到了寶釵的蘅蕪院了。

下船登岸，順著雲步石梯上去，一陣奇異的香味撲入鼻息。都是一些攀緣纏繞的藤蔓之屬，越寒倒越顯蒼翠，結起珊瑚豆子的小小果實，累垂可愛。

入屋，雪洞一般，一樣玩物也看不見，就止案上一個尋常的土定瓶，裡面插著幾枝菊花；另外有兩部書，再就是茶奩、茶杯而已。床上只吊著青紗帳幔，衾褥也十分樸素。

賈母一邊嘆息寶釵的老實，一邊命鴛鴦去取些骨董來，又嗔怪鳳姐小氣。原來這是寶釵的意思，她都將送來的退回去。賈母搖頭不以為然，覺得年輕姑娘這麼素淨，到底是忌諱的，她是最會收拾屋子的，經她一動手，包管是又大方又素淨的一間屋。賈母說罷便行動，吩咐鴛鴦把石頭盆景、架紗照屏、墨煙凍石鼎，就三件拿來就夠了。

綴錦閣上已經擺設齊整了，大夥坐定，遠遠藕香榭傳來悠揚樂聲。榻椅非常舒適，每人一把烏銀的酒壺，一只十錦琺瑯的酒杯。

這是遊園的第二個高潮，喝酒行酒令。

把劉姥姥拖了過來，劉姥姥只是討饒。喝酒可以，要行酒令，文謅謅的，她一個鄉下老婆子，怎麼招架得住？

由鴛鴦行酒令，她執著牙牌念。一副三張，拆開三次念，輪到的人要跟著上面的合韻念出，成詩成詞的一句……錯了就罰酒。

先是賈母——

鴛鴦：左邊是張「天」。

賈母：頭上有青天。

鴛鴦：當中是個六合五。

賈母：六橋梅花香徹骨。

鴛鴦：剩下一張六合么。

賈母：一輪紅日出雲霄。

鴛鴦：湊成卻是個「蓬頭鬼」。

賈母：這鬼抱住鍾馗腿。

一陣喝采的笑歎，賈母飲了一杯。

接下去是薛姨媽——……梅花朵朵風前舞……十月梅花嶺上香……織女牛郎會七夕……世人不及神仙樂。

然後湘雲……雙懸日月照乾坤……閑花落地聽無聲……日邊紅杏倚雲栽……御園卻被鳥銜出。

寶釵……雙雙燕子語梁間……水荇牽風翠帶長……三山半落青天外……處處風波處處愁。

黛玉……良辰美景奈何天……紗窗也沒有紅娘報……雙瞻玉座引朝儀……仙杖香挑芍藥花。

大夥兒都等著看劉姥姥出洋相，所以故意說別人錯，好快輪到這寶貝。劉姥姥呢？只好硬著頭皮一試。

鴛鴦笑著說：左邊「大四」是個「人」。

劉姥姥想了半天——

是個莊稼人吧。

哄堂大笑，賈母連說好，劉姥姥則說鄉下人有的只是現成的本色，但求大家別笑話。

鴛鴦又說：中間「三四」紅配綠。

劉姥姥：大火燒了毛毛蟲。

鴛鴦：湊成便是「一枝花」。

劉姥姥：花兒落了結個大倭瓜。

又是連綿不斷的笑聲。

多少執著的心靈，只是一味苦求春花的絢爛，像寶玉，他素來不忍紅顏老去，更恨老女人的醜陋；像黛玉，懷著破碎的心，哭悼落花。但是從泥土來的劉姥姥呢？或者所以依然健朗，或者竟然能智慧地得著開門的鑰匙，登入賈府的宗廟之美，就是因為她並不沉溺於花非花、霧非霧的迷境吧！對她而言，春花美，但秋實更可期許，所以花兒落了，反倒結出飽滿充實的一枚瓜呢！

劉姥姥擔心自己粗手粗腳砸壞了瓷杯，鳳姐答應換木頭的來，但必須劉姥姥要喝盡一套木頭的才可，木頭的杯子？這是誑人的吧！但是送來眼前的果真就是，黃楊木根整整摳的十只大小成套的酒杯，劉姥姥驚喜不已——一連十個大小挨次，大的似個小盆，最小的也有手裡兩只酒杯的大小。木上雕著一樣的山水、樹木、人物，並有草木及圖印。

討價還價，只須斟酌一大杯就可，劉姥姥雙手捧著喝，鳳姐又送來下酒菜。賈母要她嘗嘗茄鯗（ㄒㄧㄤˇ xiǎng），劉姥姥吃了只是不信茄子能烹出這種滋味，後來聽鳳姐細說，連忙吐舌稱奇，這茄子要用許多珍貴的配料呢——雞肉、香菌、新筍、蘑菇……難怪哪！

劉姥姥拿著杯子，細細把玩，在辨識是什麼木料做的。賈府的金珠玉寶、綾羅綢緞，她是叫不出名目，但對這木頭，她就有獨到的心得，掂一掂杯子的分量，就猜出不是楊木就是黃松，果真不錯。劉姥姥自稱和樹林做街坊，睏了枕來睡，累了靠著坐，荒年餓了還拿來吃，天天眼見，日日耳聽——這就是劉姥姥了，每每從最真實生活的各種款項中學習求取知識與智慧。

樂聲穿林度水而來，劉姥姥手腳也揮舞著，黛玉忍不住對寶玉說：「百獸率舞，只可惜今天只得一頭牛。」

酒罷散步，賈母一一指點，什麼樹、什麼石、什麼花，劉姥姥一一領會，又嘆道一入這園子，連雀兒也俊了，還會說話。原來她指的是黑羽鳳頭的鸜鵒（ㄑㄩˊ ㄩˋ qú yù）。

行進間，鳳姐的女兒大姐兒被奶娘抱了進來，小女孩手裡抱了個大柚子在玩，忽然看見板兒手裡的佛手，伸出手就要。丫鬟正哄取著，大姐兒等不得已哭了，眾人忙把柚子給板兒，將板兒的佛手哄過來，兩個小孩兒，一片憨態可掬，板兒看見柚子又香又圓，就當著球踢，早已忘了佛手。

幾乎人人都喜歡上開心果一般的劉姥姥，就是年少一輩侯門千金，正當心高氣傲的年華，對於心裡的一份熱情，總喜以矜持的態度掩護著；尤其像劉姥姥這樣的人物，和金門繡戶、詩詞花月的世界太遙遠了，絕對不可能是心所嚮往，夢所憧憬的，然而她們還是畢竟不能否定，開心果所給予她們完全一種新鮮而田野氣息的快樂。至於年長一輩，那更不用說了。賈母，頭一個就是真正品嘗到這枚開心果的人。其他像王夫人、薛姨媽，也不僅為之莞爾，至於鳳姐、鴛鴦、平兒，更是嬉笑親暱。但，獨獨還是有一人嫌棄了劉姥姥。

櫳翠庵裡住著帶髮修行的妙玉，出身仕宦家庭，因為自幼多病，買了許多替身，到底還是不能健朗起來，最後只好入空門，這樣倒好了起來。妙玉精通文墨，經典也熟，長相自然不必說是極好的。她隨師父上京城朝謁觀音遺跡和貝葉遺文，師父圓寂的遺言說她不宜回鄉。她只好在西門外，牟尼院靜守，王夫人聽說就下帖子請她搬了進來，這是那年元春封妃時的事。

櫳翠庵的花繁木盛，風景更好。賈母早已聞說妙玉有好茶，所以要暫時駐腳品一品。

妙玉親自捧來一個雕漆的小茶盤，盤作海棠花狀，雕漆上有填金的雲龍獻壽圖案。盤裡一個明成化窯的五彩小蓋鍾，蓋鍾裡是「老君眉」的紅茶，用舊年存的雨水。賈母飲了半盞，笑著遞給劉姥姥，劉姥姥一口吃盡，覺得再濃些就更好，畢竟是莊野的人，不慣細緻清淡。

妙玉悄悄扯了寶釵、黛玉的衣襟，三人走了，寶玉也尾隨出去。原來妙玉還有真正的好茶，留給特別交情的人呢！道婆收了茶盞來，妙玉皺眉說不要收了那只成化窯的杯子，就擱在外頭。

又獻出許多的珍藏寶貝來。水沸了，妙玉替她們斟上，果真更清、更醇，原來這水是五年前她在玄墓蟠香寺，辛苦蒐來梅花上的落雪，總共不過一甕，埋在地下，不捨得吃。

寶釵、黛玉不便多打擾她，因知她的孤僻冷傲，寶玉則陪她說笑，總覺那只杯子從此廢棄太可惜，不如賞給劉姥姥，也可變賣幾文錢。妙玉想想，點了點頭，還要數落一番劉姥姥，說幸好自己沒用過那杯子，不然就是砸碎了也不能給她。杯子就交給寶玉，自行處理。寶玉還要打趣妙玉，不知打幾桶水洗地吧！

賈母先去歇息，鴛鴦繼續領劉姥姥，走到省親別墅牌坊底下，劉姥姥覺得是幢大廟，說著就趴下磕頭，眾人都笑她，她指著題匾說，廟都是這樣的，這上面不是玉皇寶殿嗎？

又是一陣拍手打掌，劉姥姥這時覺得肚裡也一陣亂響，只好告退如廁去了。

等再起身時，已不辨路徑，亂闖亂走，進了一個房門。迎面含笑來了一個女孩兒，劉

姥姥如遇救星，和她說了半天話，但沒有一句搭理，劉姥姥去牽她的手，「咕咚」碰到板壁，原來是一幅畫呢！

轉身看見葱綠撒花軟簾的小門，掀帘進去，好一處堂皇所在，玲瓏剔透的牆壁，還貼著琴劍瓶爐的壁飾，地上砌著碧綠鑿花的磚。哪裡有門可以出去？劉姥姥更慌了，左一架書，右一架屏。好容易屏後一門，只見一個婆子也從外面走來，她一陣恍惚，覺得眼熟，看來人滿頭是花，就要取笑。但那老婆子只一味笑，並不答話，劉姥姥伸手去羞她的臉，她也拿手來擋，兩個對鬧著，總算摸著了，唷！一臉冰涼硬冷，莫非這就是富貴人家的穿衣鏡嗎？劉姥姥亂摸亂弄，「咯磴」一聲，倒被她闖出了門。

一副最精緻的床帳。

太累了，太乏了，醉了，倦了，管他許多！先躺下再說吧！

一陣鼾齁如雷，滿屋臭氣，襲人吃驚不已，進來一看，才知是劉姥姥，趕緊推醒她，劉姥姥也驚醒過來，滿嘴抱歉。襲人先用三四把百合香先行放妥，再用罩子罩上，才悄聲引她出去，又教她出去就告訴別人睡在山子石上了，最後才微微笑著告訴她這是寶玉的臥房。

這回，劉姥姥嚇得再也不敢作聲了。

這一天真夠熱鬧，開夠眼界了，但只一天也就夠了，來自鄉野田畝，終要回到鄉野田畝的。劉姥姥先向鳳姐致了謝意，鳳姐告訴她賈母和大姐兒好像在園裡走多了，都不舒服。

劉姥姥想老太太是有年紀的，不慣勞乏。這大姐兒就可能有其他原因，這位侯門的嬌小姐，很少拋頭露臉進園子，也可能招了風，另一種可能則是小孩身上太乾淨了，眼睛清涼，怕是遇見什麼神了，最好查查祟書本子。

一語提醒了鳳姐，取了《玉匣記》來，果真是有女鬼作祟，又遇見花神，必須用紙錢送之，鳳姐按書上說的，一一做去，另外還給賈母送去一份紙錢。

說也奇怪，這麼一來大姐兒就安穩好睡了，鳳姐這才體悟長者歷練經驗的可貴。鳳姐一生好強，偏偏沒有兒子，好不容易生了女兒，從小就多病，她不免請教起劉姥姥，劉姥姥要她別那麼嬌慣，少疼些倒好。再是怎樣好強多謀的心機，一旦思及兒女，不免就柔軟純摯起來，鳳姐想到大姐兒還沒起名，看劉姥姥這麼高壽的年齡，而且莊稼人，到底貧苦，若起個名字，反而夠分量，可以壓得住苦難災病。劉姥姥也就笑著答應，問清大姐兒出生的年月，原來是七夕生的一個寶寶，遂喚名「巧姐」。

鳳姐由衷的感激，孩子的名字是劉姥姥取的，算來也有一份親子的牽繫了。

劉姥姥此行真是飽滿豐富，歸去時，行囊滿是各種衣物、食品，外加一些藥物和賞錢，連寶玉也特別送來成化窯的茶鍾。平兒還囑咐她常來走動，府裡人都愛她的野味，以後來千萬別破費，就只要曬的灰條菜、豇豆、扁豆、茄子乾子、葫蘆條兒，各樣乾菜。

劉姥姥攜著板兒，滿載豐豐富富的禮物和情誼在明亮的晨光下，揮手離開那一對石獅鎮守的侯門府第。

她當然不知，甚至連賈府的人也不能全然知解，這位年長的村婦，替一個金玉之家，帶來青綠禾田的清新，替這些詩書的心靈捎來田野泥土的消息，而巧姐呢？似乎她的命運也將和那遙遠的田畝隱隱牽連起來了。

詩酒花開少年時

・詩・

詩社之起，始於秋季的一紙花箋。探春為了答謝寶玉贈送新鮮荔枝，以及顏真卿墨寶的美意，特別致函以謝，花箋中並提出起詩社的事，只因探春想起：名攻利奪之人，還不忘在些山滴水之區，盤桓吟詠；而自己，棲處於泉石之勝的大觀園，又和寶釵、黛玉這樣的才女為侶，如此而無讌集雅會，真真是遺憾了。

寶玉當然喜得拍手，就逕往秋爽齋去，而寶釵、黛玉、迎春、惜春早已都在那裡了，探春也開心不已，自己一下帖，大夥都來了，可見彼此心意相屬。正說笑，李紈也來了，她首先就自薦要作掌壇的，雖然她並不會詩，但詩社的念頭早有了。

詩友已經濟濟一堂，那麼就該起個別號，也好風雅稱呼一番。

李紈自稱「稻香老農」，探春自封「秋爽居士」，寶玉卻嫌居士不恰，既然她的居處有芭蕉，不如叫「蕉下客」吧！黛玉卻要打趣她是一頭待宰的鹿，因為古人曾說「蕉葉覆鹿」的話。探春岔住黛玉的話，說早替黛玉想好了極美的一個號——瀟湘妃子。李紈替寶釵想好「蘅蕪君」。眼看寶玉還沒呢，寶釵要戲喊他「無事忙」，李紈則以為他舊時的「絳洞花主」即可，寶玉都不肯要。寶釵又要封他「富貴閒人」，最後還是決定稱「怡紅公子」。迎春是「菱洲」，惜春是「藕榭」。

當天寶玉恰好收到兩盆白海棠的禮物，於是第一次詩集，就以海棠為題分別吟詠，這詩社也就正式稱為「海棠詩社」了。

一個月裡訂初二、十六兩日開社，風雨無阻，社址設在李紈處，由李紈任社長，迎、惜二人作副社長，一位出題限韻，一位謄錄監場。

海棠雅集後，寶玉回屋，又細看海棠，喜孜孜、興沖沖想著這盛會，不免絮叨給襲人聽，襲人就提起她曾打發老嬤嬤送東西給史湘雲，這才提醒他忘了這麼一位重要的人物。他一急，就屢屢催逼要接史湘雲過來，於是又添了一位「枕霞舊友」的詩友，而「枕霞」原是史家園裡的亭子名。

這以後，大觀園的勝事又多了一樁，但凡有什麼好花、好酒、好吃的，大夥在一起分

享時，不僅純粹享受那耳目口舌的快樂，還要一唱三歎，低迴反覆，留下詩的記錄。

幾次下來，往往是黛玉、寶釵占頭采，前者風流別致，後者含蓄渾厚，各有擅場。

詩社一如女兒國的大觀園，是一個專屬錦心繡口、蘭質蕙心的少女世界，除了寶玉和李紈兩人是例外；但寶玉是絳洞花主，雖係男性，卻具有萬花叢中盟主的超然，而李紈孀居，保有一份貞定，以及稻花般的芬芳。

詩社的加入必須這樣的背景，然而吟詩、作詩卻未必要如此嚴格限定。

多年前，薛蟠曾為一名美麗的少女吃過人命官司，一朵水裡可憐的菱花——香菱，小時被拐子誘騙，長到十二三歲，先被賣給一位馮公子，又賣給薛蟠，拐子兩頭拿錢。薛蟠一動粗，就打死了馮公子，靠著家裡勢利，挽回官司，還帶回了香菱。

香菱長得出奇好，有些像死去的秦氏，眉心米粒大的一點胭脂痣，總是微笑著，帶點孩子的憨態。她性情柔和，讓人看了格外不忍，不忍心她會被命運如此播弄，先是父母骨肉斷隔，後來又跟了獃霸王薛蟠。

這一陣薛蟠買賣出門，她隨寶釵入居了大觀園，總算得與和平時傾心已久的姊妹們玩笑，也享受一份真正青春與榮寵的快樂。她搬入園裡，一一拜見眾人後的第一樁大事，就是迫不及待來瀟湘館向黛玉拜師學作詩。

原來她早已弄過一本舊詩偷空看，只恨無人指點，自己不太摸索得到門徑，黛玉就告訴她幾個原則：詞句是末事，立意要緊，若意趣真了，連詞句都不用修飾。她要香菱先讀王維的五律一百首，細心揣摩透熟；然後杜甫七律一百二十首；再是李白七絕一、二百首，肚子先有這三人做底，然後再把陶淵明、應瑒、謝靈運、阮籍、庾信、鮑照等六朝詩人一看，不到一年工夫，以香菱的聰明，不愁不是詩翁了。

於是，第一堂課後便借去王右丞的五律，自此諸事不管，只向燈下一首一首讀起來，寶釵連連催她睡，她也不睡。

讀了王維，又要換老杜的，又把心得說與黛玉，香菱發覺詩的好處乃在——口裡說不出來的意思，想去卻是逼真的，又似乎無理的，想去竟是有情有理的。譬如「大漠孤煙直，長河落日圓」，這「直」似無理，「圓」似太俗，但一細想，如景在目，再也找不著可以瓜代之字。又像「日落江湖白，潮來天地青」的「白」與「青」，也是乍看不怎麼樣，細思則如味橄欖。還有「渡頭餘落日，墟里上孤煙」，真是難為「餘」、「上」兩字，使她記得上京那年，下晚挽船泊岸，岸上無人，僅得幾株樹，遠遠幾戶人家作晚飯，炊煙竟是青碧連雲的。

寶玉、探春進屋來聽見香菱論詩，覺得她已知三昧了。黛玉則告訴她，王維的渡頭墟里、其實是從陶詩「暖暖遠人村，依依墟里煙」給化出來的。探春還說要邀她入詩社呢，香菱倒是反而難堪了，覺得探春在打趣她。

香菱又要逼換杜律，並央求出題目讓她謅去，黛玉要她用「十四寒」的韻，謅首吟月的詩。

這以後，香菱更是茶飯無心，坐臥不定，連寶釵都要找黛玉算帳；而她的第一首詩到底因為閱讀尚少，縛手縛腳，意思有，措詞不雅。

經黛玉如此批評，香菱索性連房也不進去，只在池邊樹下，或坐在山石上出神，或蹲在地下摳土，一會皺眉，一會含笑，夜晚必磨到五更天，還嘟嘟噥噥的。

第二次交的作品，黛玉以為進步了，但過於穿鑿，還要重作。香菱原以為絕妙，不免掃了興，但又不肯放開手，遂挖心搜膽，耳不旁聽，目不別視，連探春要她「閑閑吧」，她都驀地接上「『閑』是十五刪，錯了韻呢」。

香菱立志學詩，精血誠聚，日間不能作出，忽於夢中得了八句，寶釵又歎又笑，擔心她弄出病來。她梳洗方畢，就去找黛玉，說如果再不好，從此就死心了。果真這次這首不但好，而且新巧有意趣——一片砧敲千里白，半輪雞唱五更殘。綠衰江上秋聞笛，紅袖樓頭夜倚欄。能詩如此，一定會見邀詩社了。

說也巧，前個晚上，燈花爆了又爆，果然第二天就來了許多客人。李紈的兩位堂妹：李紋、李綺；寶釵的堂妹寶琴；邢夫人的姪女邢岫煙。這四個女孩像一束水葱兒，清靈水秀，惹得大夥稱奇道喜，探春高興詩社添人，寶玉一向愛人多，當然開心。打聽之下，人人會詩，真是添了新血輪。

如此一來，大觀園更熱鬧了，從李紈算起，迎、探、惜、釵、黛、湘雲、李紋、李綺、寶琴、岫煙；再加寶玉、鳳姐，一共十三人，於是姊、妹、兄、弟的說親道熱，真是親愛友善。

香菱滿心滿意只想作詩，又不敢十分嚕嗦寶釵，可巧來了史湘雲，史湘雲極愛說話的，哪禁得起請教談詩，越發高興，沒晝沒夜，高談闊論，寶釵簡直被她們聒噪得受不了。

雪季來臨，大夥都盼望第一場初雪的雅集詩會，一方面還可以接風迎新。寶玉擔心天氣轉晴，雪化了，就沒意思，一夜惦記，不曾好睡。一早起來，見閉門窗上，奪目的光輝，心內躊躇，埋怨定是晴了，忙揭窗而視：一片亮白，不是日光，是一夜的落雪，下得一尺來厚，天上仍是扯絮搓棉，飄飛不已。

一行人來到賞雪的蘆雪亭來，都是一副雪地的打扮，在一片瑩潔雪白的背景下，都是簑笠、斗篷、鶴氅或昭君套，披在身上，寬大而庇護，加上大紅或蓮青的顏色，傘花的優

美線條，整個畫面，悅目之至。

蘆雪亭傍山臨水，幾間茅檐土壁，橫籬竹牖，推窗便可垂釣，一條路徑逶迤穿過四面蘆葦而去，雪地裡，鐵爐、鐵叉、鐵絲蒙，就著烤鹿肉吃。雪地啖鹿肉已是生平一快，更何況青春少艾、老年長者，濟濟一堂，還要即景聯詩呢！所謂良辰美景，賞心樂事，莫過於此吧！

·酒·

仰起首，一飲而盡，那姿態非常豪邁。一雙筷子伸向鴨肉的那碗，再放入嘴裡，津津有味地咀嚼著，看湘雲飲酒是一樁極其痛快的事，興致高，還沒飲，必得嘰哩呱啦說上一大串，並且又是雙手揮舞、又是琅琅的笑，只覺一團晴和的陽光移進了席間，駘駘（ㄙˋ ㄊㄞˊ sì taí）春光馬疾馳的無限明媚風景。

芍藥開得正盛，大朵大朵簇擁著，芍藥欄中紅香圃三間小敞廳內，一片喧嚷聲，花開的季節，平兒和寶玉，還有來客的寶琴、岫煙都長了尾巴，這是快樂的生日宴呢！

酒當然不可少，但雅坐無趣，一定要行酒令才更加有趣哪！七嘴八舌，莫衷一是。乾

脆這麼吧！寫成小籤，擲在瓶裡，抽到哪一個，就按那上面的意思行去。

香菱搶著要謄抄，因為學詩，天天寫字，見了那副筆硯花箋，不覺技癢。由壽星之一的平兒抽出，平兒攪了攪瓶子，用箸拈出一個來，一看是猜謎遊戲的「覆射」，寶釵嫌這個太難，不如毀了，另拈一個雅俗共賞的。探春則以為再拈一個，如果平易些，那一部分人猜謎，一部分人玩簡易的那個。第二籤是划拳的「拇戰」，這對了湘雲的心──「這個簡斷爽利，合了我的脾氣，我不玩這個覆射，猜得人垂頭喪氣，我只划拳去！」說時遲、那時快，探春已以「亂令」之罪名，要寶釵灌她一盅。

剛開始就輪香菱，香菱是不習慣覆射的酒令，一時猜不著。眾人擊鼓催討，湘雲悄悄拉香菱打報告，偏被黛玉看見，又罰了一杯，恨得湘雲拿筷子敲黛玉的手……湘雲不耐煩等，早和寶玉三五亂叫，划起拳來。隔席的尤氏和鴛鴦也七八亂叫划拳起來。平兒、襲人也作一對划拳，叮叮噹噹，只聽腕上鐲子響。

輪到湘雲和寶琴對手時，湘雲卻輸了。於是請酒面酒底，寶琴笑說：「請君入甕」，湘雲便按剛才她自己訂的酒面──一句古文，一句舊詩，一句骨牌名，一句曲牌名，還要一句時憲書上的話，總共湊成一句話，琅琅說道：

「奔騰而澎湃，江間波浪兼天湧，須要鐵鎖纜孤舟。既遇著一江風，不宜出行。」

大夥看她飲畢，只等她說酒底。這小姐卻好整以暇呷起鴨肉來，又見碗內半個鴨頭，又挾了出來，開心地吃裡面的髓。

「別只顧吃，到底快說呀！」

湘雲舉起筷子，慢條斯理，悠悠誦念：

「這鴨頭不是那丫頭，頭上哪討桂花油！」

又爆出群笑的呵呵！

呼三喝四，喊七叫八。在酒的王國裡，藩籬盡撤，只是天真豁落，披肝瀝膽的真實無矯。滿廳裡紅翠飛舞著，珠玉動搖晃盪。好不容易起身離席了，倏然不見了湘雲，以為她去去就來，誰知越等越不見蹤影，使人各處去找，哪裡找得著？

山石僻處的青石凳上，香夢正酣沉，芍藥飛了一身，滿頭滿臉，連衣襟上都是紅香散亂，手中的扇子掉在地下，一半被落花埋了，一群蜂蝶，鬧嚷嚷圍舞著，鮫帕隨意挽起的芍藥花枕上，青絲散亂地披著。

枕霞舊友，此刻並不枕霞，乃是枕花醉眠呢！

發現這事的小丫頭，正領著大夥兒指點取笑，然而笑裡是掩不住的憐愛，忙上前挽扶，湘雲口內還呢呢噥噥唧唧嘟嘟說酒令，什麼泉香酒冽……扶醉歸……

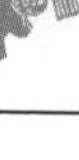

笑著、推著、說著——快醒醒，這凳潮濕，會睡出病來的，湘雲緩緩展開眼眸，看看大家，又低頭看看自己，臉更紅了，知道了，知道自己真醉了。

寶玉屋裡的襲人、晴雯、麝月、秋紋……等人，每個人都另外繳了銀子，特別請廚房裡的柳嬸子，替她們預備四十碟果子，又要平兒抬一罈好紹興酒藏妥。她們要單獨替寶玉過生日，寶玉聽到這計，驚喜之中卻不忍要這些小女孩們破費自己的血汗錢，晴雯要他別嚕嗦，只管領情就是。

掌燈時分，查上夜的林之孝家的到怡紅院時，特別吩咐不要吃酒、耍錢，早早睡覺才是重要，大家嘴裡都敷衍著。最初，因為鳳姐小產，王夫人體恤她體力不支，要李紈、寶釵、探春三人幫忙照管家事，管事諸人原等著看這些寡婦、年輕姑娘的好欺，沒想到寶釵、探春，尤其是探春，果決能斷，完全不能欺侮。後來宮裡逝世一位老妃，賈母、王夫人等祖孫必須進宮入朝隨祭，這也是他們按爵位必須守制的緣故。這麼一來，大家庭的家長不在了，難免人心就鬆懈了些，所以管事的人要特別吩咐，這林之孝家的又格外嚕嗦，說了一大套，竟連寶玉逕呼丫鬟名字，而不加上姊姊，也要數說一番。好不容易走了，晴雯一邊關門，一邊嘴裡嗔怪林之孝家的嘮三叨四。

查夜的一走，她們就布置起來，一張花梨圓炕桌子放在炕上，兩個婆子蹲在外面火盆

上篩酒，寶玉嫌天熱，又嫌自己人還衣冠楚楚的受不了，於是大夥兒就卸妝寬衣。這裡邊有一個新近分到寶玉屋裡的芳官，她原是梨香院裡唱正旦的，也因為宮中老太妃逝世，凡有爵位之家，一年內不得筵宴音樂，於是十二女伶不免遣發的命運，或回老家，或留在園中使喚，大多數都情願留下。這刻，寶玉先和芳官兩划拳，芳官滿口喊熱，她散著褲腳，頭上齊額編著一團小辮，總歸至頂心，結一根粗辮，拖在腦後。右耳根裡，塞著米粒大小的一個玉塞子，左耳單獨一個白果大小的硬紅鑲金的墜子。一張粉臉，圓潤光彩，一對眼眸比秋水還要清亮，和寶玉並坐著，兩個人倒像一對雙生的兄弟。

大家團圓坐下，寶玉又建議行酒令，襲人要大家輕聲些，又說不要拣太文雅的。麝月要擲骰子、拣紅點，寶玉喜歡占花名。大夥贊成，但嫌人少了些，於是有人建議把寶釵、湘雲、黛玉偷偷請來，玩到二更天，襲人怕遇見巡夜的，寶玉哪肯罷休呢，不僅請她們三人，還要再請探春、寶琴……令一下，丫鬟們巴不得，都分頭去請，死活一定要拉了來，這一拉連李紈、香菱都拉來了。

寶玉怕黛玉冷，要她靠板壁坐，又拿靠背給她墊，黛玉笑著向當家管事的李紈等三人打趣，說她們儘管說別人夜飲聚賭，今天倒是以身作則了。

花籤取來，竹雕的籤筒，裝著象牙花名的籤子。又取過骰子，盛在盒內。先搖骰子，揭開數數點子，然後按點數人，輪到哪一個就要抓花籤。

先輪到寶釵，牡丹的花籤，題有「豔冠群芳」，然後一句：「任是無情也動人」的唐詩；並註明在席者共賀一杯，而花籤的主人可以隨意命在座任何一位表演節目。

寶釵要芳官唱，芳官要大家飲了門杯，然後她開口唱了「壽筵開處風光好……」大夥喊打，不可如此隨意搪塞，芳官這才正襟斂眉，細細唱了一支〈賞花時〉——「翠鳳翎毛紮帚扠，閑踏天門掃落花……」這是《邯鄲夢》裡何仙姑唱的。

寶玉拿著籤，口內反覆著「任是無情也動人」，聽了曲子，又看著芳官不言。湘雲等不及，一手奪過花籤給寶釵，寶釵再擲骰，輪到探春的杏花籤，上面還註明掣到這籤的會得「貴婿」，把探春羞得飛紅，硬是不肯飲，大家死拉活拖，強灌一盅。再下面是李紈的老梅，霜曉寒姿——「竹籬茅舍自甘心」。再是湘雲的海棠，香夢沉酣——「只恐夜深花睡去」。黛玉笑嚷夜深該改為「石涼」，大夥知道這是在取笑白天湘雲醉眠的事，湘雲不服，也指著那邊陳設的一艘金西洋自行船，要黛玉快上船家去，別多話。原來前一陣子，紫鵑為要試探寶玉是否真心對待黛玉，故意誑說黛玉就要回老家，寶玉聽了居然就癡獃病瘋了起來，滿臉紫脹，一頭熱汗，後來眼珠也直了，口角垂涎……原來急痛迷心，服藥後安靜下來，只是不准紫鵑走，怕她要和黛玉回蘇州了。那最嚴重的當兒，連姓「林」的來

家都要趕走，連自行船也一併要毀，唯恐有人用船來接林妹妹……

輪到麝月的荼蘼花，韶華極勝——開到荼蘼春事了，寶玉不喜這籤子流露的一份年華已老的傷春情懷，皺眉把籤藏住了。然後是香菱的並蒂花，聯春繞瑞——連理枝頭花正開。該到黛玉了，黛玉心裡疑惑會是什麼花呢？——一枝芙蓉花呢！風露清愁的芙蓉——莫怨東風當自嗟。又輪到襲人，一枝桃花，武陵別景——桃花又見一年春。

襲人才要再擲，有人叫門來接黛玉，原來已是子夜時刻，黛玉也掌不住，並且還要吃藥呢！襲人等送了諸位來客，一直到沁芳亭河邊才回來。關起門，繼續行令作樂，一直鬧到四更時候。

芳官兩腮染滿了胭脂的醉紅，眼角眉梢都是酒醉的迷態風情，身子掙扎不得，就睡在襲人身上了：「姊姊，我心跳得很。」其他人睡的睡，醉的醉；只是晴雯還在叫。寶玉一歪身，枕了紅香枕就睡著了。襲人見芳官醉得很，恐怕吐酒，只好輕身起來，扶她到寶玉之側，由她睡了，自己在對面榻上倒下，大家都醉入黑甜的夢鄉，人事不知。

天色晶明，襲人先睜眼，已經遲了，再看對面，芳官頭枕炕沿上，睡猶未醒，連忙喊她，寶玉已翻身醒了，看天色知道時間已晚，又推芳官起來，芳官揉著眼發獃，一副孩子的憨態，襲人用手刮臉羞她——「喝醉了，也不換地方就胡亂躺下。」芳官這才意識到和寶玉同榻，羞得連忙下地，自怨著：「我怎麼——」說不下去了，寶玉笑了，一片磊落光明：「我竟也不知了。若知道，給妳臉上抹些墨！」

・花・

兩盆雪白的海棠，揭起詩社第一次的帘幕，詠物、抒情，就成了詩社的慣例；而大觀園本是百草千花，四時紅香不斷，於是花朵的生命，因為詩歌的吟詠，就更加豐繁美麗了。海棠以後是菊花，秋的天是這樣高，秋的氣是這樣爽，在晴而乾的空氣裡，傳來甜甜蜜蜜的桂花香；而螃蟹上市，肥腴鮮美，於是賞桂花、吃螃蟹、詠菊花，就成為秋季裡詩社的一大盛事。菊花是性情高潔的隱士，不能稍稍輕慢的，要按部就班，一細步一細步地來。

先是「憶菊」，憶之不得；因而「訪菊」；訪之既得，便要「種菊」；種既盛開，故相對「賞菊」；相對而興有餘，故折來「供菊」玩賞；既供而不吟，也覺花無光彩，所以便要「詠菊」；既入詞章，不可以不供筆墨「畫菊」一番；既然畫菊，若是默默無言，究竟不知妙處，不禁有所「問菊」；花能解語，使人狂喜難持，便越要親近地「簪菊」；如此人事盡了，但是還可就「菊影」、「菊夢」吟詠，最後以「殘菊」總收，三秋的妙景妙事，全都囊括了。

湘雲取了詩題，用針鈎在牆上。黛玉取了一個繡墩，倚欄坐著，手裡擎著釣竿，一絲銀線，悄然垂入藕香榭的池水裡。寶釵把翫（ㄨㄢˋ wàn）著一枝桂花，俯在窗檻上，掐了桂蕊，扔在水面，引得游魚用嘴吞食，一片唼水的唼喋（ㄕㄚˋ ㄓㄚˊ shà zhá）。探春、李紈在柳蔭深處閒看雪白的鷗鷺。迎春獨坐花的陰影裡，細細穿針串起玲瓏的茉莉花，寶玉無事忙地瞎闖，看一會黛玉釣魚，又俯在寶釵旁邊說笑話，又看襲人吃螃蟹，順便陪喝兩口，襲人剝了殼肉給他吃。

在所有垂釣、穿花、看鳥的表面背後，其實真正的心思是懸在菊花的吟詠上，要怎麼樣才能說出菊花的好呢？要怎麼才能說出因為菊花而孳生的情懷呢？

因為黛玉特殊敏慧的詩才，更因為黛玉特殊飄零的身世、孤高的情操、少女的矜持，於是黛玉真的走入菊花的清香裡，輕輕問起菊花的心事：

欲訊秋情眾莫知，
喃喃負手扣東籬！
孤標傲世偕誰隱？

一樣開花為底遲？
圃露庭霜何寂寞？
雁歸蛩病可相思？
莫言舉世無談者，
解語何嘗話片時！

雪花翩飛的嚴冬，一片琉璃的瑩白耀眼，卻倏地開出最為豔色的紅梅花，像胭脂一般的色澤，撲鼻而來的卻是一股寒香。櫳翠庵裡的十數枝紅梅花，一片冰心的妙玉看似冷漠孤僻，沒想到園裡會開出如此炙熱的花朵，誰知道呢？誰知女主人的心園裡，是否也怒放這些熱烈的情懷呢？

據說：年年歲歲的花是相似的，據說：年年歲歲有所不同與更易的是人，人世的變遷，從海棠啟詩社，歲月流逝，星斗移轉，有的長輩過去了，東府主人賈敬，晚年追求神仙煉丹的夢境，果真世事不理，不肯住在家裡，只在都中城外元貞觀和道士們一塊，連生日也不回家。一個晚上，在守庚申時，悄悄服一包丹砂，面皮嘴唇燒得紫絳皺裂，腹中堅硬如鐵，從此就長逝了。有兩名可憐的姊妹花，尤氏的一對妹子，因為這件喪事入了賈府，識得賈璉和寶玉的好友柳湘蓮，原以為終身有靠，最後雙雙落空，剛烈的妹妹刎劍而亡，柔順的姊姊吞金死去，賈璉哭得傷心，柳湘蓮看破塵緣，剃髮遠去……一些瑣屑的悲哀，一些瑣屑的俗事……人被羈絆著，好像日子就要無詩也無夢了，有好一陣子，大夥忘了花香，忘了詩歌的清芬。還是林黛玉在初春桃花盛開時，不免又興起了一份詩情，遂寫了長長一闕〈桃花行〉。

桃花原是武陵最絢爛的風光，武陵是人間的樂土，桃之夭夭，灼灼其華，是何等繽紛熱鬧的嫁女時節，偏偏黛玉不作此想，黛玉歷經離喪，一片繁華只有喚起她心底深處的哀音罷了。霧裡煙塵，封鎖一萬株桃紅的豔色，烘照樓壁是模糊的紅光，當侍女送來妝梳的清水與胭脂，黛玉唯感那是花的顏色和人的淚水——

若將人淚比桃花，
淚自長流花自媚。
淚眼觀花淚易乾，
淚乾春盡花憔悴。
憔悴花遮憔悴人，

花飛人倦易黃昏。
一聲杜宇春歸盡，
寂寞簾櫳空月痕。

別人或者要以為黛玉過分傷情了，只有寶玉深深了解她心底的孤寒，他輕拭淚水，想到世上也唯有黛玉才會如此傷悼。

桃花的季節，楊柳也飄絮，因為這〈桃花行〉，久久荒廢的「海棠詩社」就重新易名「桃花社」，並且湘雲偶一動念的〈柳絮詞〉，大夥兒乾脆起社填詞了。

晚春時節，柳絮飄零如雪，少不得大夥都以惜別、韶光去的哀情來寫柳絮，唯有寶釵，寶釵想這些都過於喪敗，而柳絮本也是輕薄無根無絆的，偏要把它說好，才不落俗套，於是柳絮飛入寶釵洞解人事的世故心靈時，就變作：

白玉堂前春解舞，東風捲得均勻。
蜂團蝶陣亂紛紛，幾曾隨逝水？豈必委芳塵？
萬縷千絲終不改，任他隨聚隨分。

韶華休笑本無根，好風頻借力，送我上青雲。

何必苦求人生的長相絢爛與長相廝守呢？寶釵似乎看淡了這些——任他隨聚隨分，而且最後還要借助好風，一直送到青雲之上呢！

看來未必一定要悲歎花朵，花原也可以帶給人快樂與希望的。誰說不是呢！像花名製成花籤，花籤來行酒令，不就是歡快愉悅的嗎？當然，壽星的寶玉本是花主，那些掣著花籤的女孩不也是各自不同的一朵花嗎？寶釵是牡丹，任是無情也動人的牡丹，雖然寶玉對她的情感始終不及黛玉，但寶玉不能不被這位寶姊姊動人手采吸引。

有一次，為了貪看寶姊姊雪白手臂上串著的紅麝串子，竟然失了神，只恨這樣雪白的一截嫩藕要生在寶姊姊身上，不敢親近，如果是生在林妹妹身上，或者還有緣去撫膩一番。想得失神間，也忘了接過寶釵褪下的串子，惹得在一旁旁觀的黛玉咬著手絹直笑。寶釵被看羞了，箭頭轉向風裡的黛玉，要她小心不要被風涼住了，黛玉只是笑說本在屋內，只因天上一聲叫喚，站到門口一看，原來是個獃雁；寶釵也要看獃雁，黛玉一扔絹子，甩向寶玉身上，說獃雁已經忒兒一聲飛了。

除了花籤行酒令外，錦心繡口的女娃們還喜歡在花草地上，玩一個鬥草的遊戲。

有一回，香菱就和一群女孩芳官等等玩耍著。一個說，我有「觀音柳」；另一個就要對答，我有「羅漢松」。一個說，我有「君子竹」，另一個要答「美人蕉」。於是「星星翠」對「月月紅」；《牡丹亭》的「牡丹花」，對上《琵琶記》裡的「枇杷果」。等說到「姊妹花」時，香菱對上了「夫妻蕙」，她振振有詞說，上下結花是兄弟蕙，並頭結花當為「夫妻蕙」……惹得別人羞香菱，說她是在想自己的丈夫。香菱哪裡饒得下這種話，幾個女孩滾在草地上，斯文地撲打起來，香菱一條裙子弄濕了，滴滴答答流下泥水來，大夥一哄而散，留下香菱半懊惱著，正好寶玉來，看見這光景，直可惜這條石榴紅的新裙，又替香菱憂心才是寶琴帶來送給寶釵和香菱的，此刻就弄髒了，真說不過去。後來靈機一動，想到襲人才有一件一模一樣的，而且襲人最近母喪穿孝，不能著紅色……香菱也只好這樣，襲人慨然給了香菱，寶玉萬分疼惜愛憐看著香菱，心裡歎息這樣乖巧的女孩，竟想不起兒時的事，連父母也不知……香菱要離去前，寶玉卻蹲下來，將剛才遊戲的並蒂菱、夫妻蕙給掩埋安葬。

香菱這才領悟平日聽來寶玉的一些荒誕行徑，忙拉他起身洗手，兩人已走數步，香菱又轉身來叫住寶玉，寶玉扎著兩隻泥手，嘻嘻問香菱什麼事，一對眼睛望著她眉心的那粒紅痣，香菱遲疑著，最後才說——「裙子的事，可別和你薛蟠哥哥說呀！」說完轉身就走，寶玉也大笑道，若果真這樣，豈不瘋了？哪有自己往虎口送的傻子呢？

花朵的姿態有千萬，花朵的香氣也有千萬，而花朵的意義，尤其對大觀園的女孩來說，更具有非常的意義。

以探春持家的觀念來看，就應該好好利用園中圃，請幾個懂得這事的老媽媽們專人管理收拾，一來花也有人照料，二來一個破荷葉、一根枯草根子原來都是值錢的，這些或可入藥，或可下廚，有養生食補的經濟利用價值呢！

當然植物花朵也是具有無限神靈的，所以芒種要誠心餞花神，所以巧姐病了，原是觸犯了花神的緣故，花竟是不可冒犯的神明，具有信仰崇拜的意義呢！

花朵也是趣味的、好玩的，簪一朵花在鬢邊，憑添了嫵媚；摘下各色花草，用花名草名玩鬥草的遊戲，像香菱那樣，也挺有趣。或者花名花籤行酒令，這些都是生活裡的閒閒情味。

最重要的，女孩的本身就是花朵呵！不僅同為她們的姿容顏色，也是同為她們的情性，以及易逝的年華。

難怪黛玉要寫下〈葬花詞〉，她不就是從垂花門下踏入賈府的嗎？為什麼她悠悠忽忽總覺和花靈彷彿呢？

黛玉的生命原是花朵的生命呵！這其中還糾葛種種神祕的命運呢！

寒塘冷月

一更時分，朗月與清風，灑得會芳園上上下下，一片銀白。叢綠堂裡，賈珍帶領著妻子姬妾，先飯後酒，開懷賞月作樂。這是中秋的前夕，因為寧國府賈敬過世，孝家十五是不得過節的，所以先一天晚上應個景。其實悲戚並沒有真正染上寧國府。天黑夜晚之際，兩邊石獅總停有四五輛大車，廄裡也圈著好多馬匹——都是來聚賭的人。

賈珍嫌居喪無聊，只得變花樣來玩，於是在天香樓下箭道內立了鵠子，每日早飯後就有人馬來射，輸了要履罰約，賭個利物……如此一來，就逐漸演成——夜夜飯局，宰豬割羊。賈赦、賈政不知詳情，反說這是習武事的正理，賈珍志不在此，漸漸就以休養臂力為由，晚間或抹抹骨牌，賭個酒東，到後來就變做賭錢……三四個月下來，公然放頭開局，夜賭起來。

這裡邊有薛蟠，和邢夫人的胞弟邢德全，最是遊手好閒的「獃大爺」、「傻大舅」，除了賭外，另外弄了服侍的小廝，十五上下的小男孩，其中兩個，打扮粉妝玉琢，就是供男性大爺玩弄狎戲的孌（ㄌㄨㄢˇ luǎn）童。小小年紀已會作出各種撩人媚態來悅取有錢的爺們，那光景，著實不堪入目。

就這麼樣的背景下，寧國府十四之夜賞月，月色如洗，人心卻渾沌得厲害，猜枚划拳，倒也歡快，酒興之下，還有簫聲清曲，更添氣氛了。三更時分，正添衣飲茶，換盞更酌呢，忽然一陣長長歎息的聲音，分明從那邊牆下而來，這麼月白風清，大家反而悚然疑畏起來。

賈珍厲聲叱喝：「誰在那裡？」一連幾聲質問，都是悄然無人回覆，尤氏想或是牆外人家，但這牆四面從無人家屋宇呵！而牆那端緊靠祖宗的祠堂，何方來的人聲呢？

正在狐疑，又是一陣風聲，過牆而去。恍惚聽見祠堂內槅扇開闔的聲音，只覺風氣森森，夜更加涼颯了，而月色突然顯得慘淡起來，大夥毛髮倒豎，再無雅興。賈珍酒已醒了一半，只是比別人強自撐持些。第二天是十五，照例要開祠堂行朔望之禮，細看一遍，並沒有什麼怪異之跡呵！賈珍遂以為是醉後自怪，也不再提此事。

或許夜間的長歎，真是酒後聽覺的失誤。或者，或者是祠堂祖宗的深深哀歎呢——這樣不肖的子孫呵！

八月十五的榮國府，又是怎樣的光景呢？

賈母向來對節日的興致最高。盈月冉冉上升，大觀園的正門下，懸著羊角大燈，嘉

蔭堂前的月台前，焚著斗香，秉著風燭，陳獻著瓜餅和各色果品，賈母盥手上香，恭敬禮拜，然後其他人也一一拜過。

在賈母看來，賞月在山上最好。一隊人行到了凸碧山莊。敞廳內，桌椅皆作圓形，原是取團圓的美意，是的，所謂吉慶佳節，對一個老年人而言，最大的期許不過是骨肉團圓，天倫歡聚。然而一群人坐定，只坐了半壁，還有半壁餘空，特別顯得這個冷清事實的殘酷，原來李紈、鳳姐都病了。薛氏母女回家了——越是如此，才偏要過個歡鬧的節，賈母向來有著驚人的生活情致。

於是擊鼓傳花，鼓聲止，桂花在誰手中，就得飲酒一杯罰說笑話，但是席間有了賈政、賈赦在，方正的賈政，長久以來被讀書和官場的習染所拘，好像已經喪失品味生活情趣的一種自然能力了；而賈赦，雖然素來就是縱情享樂，可以不顧惜禮教與名譽，更糟的是同情心的喪失，為了要討賈母身邊的鴛鴦作妾，未能得逞後，心裡一直不能開懷。這兩個長者在，小輩都被拘束了，賈母看清這一點，就早早打發他倆帶領男士們散去。

剩下的女眷也不多，少了寶釵、寶琴、李紈、鳳姐，要冷清許多，這個時候，就分外想起鳳姐的好處來，有她一個人說說笑笑，可以抵得十個人的空呢！

賈母長歎世事難全的遺憾，卻是要拿大杯斟熱酒，因為畢竟賈府一家團圓呀！大夥不

忍掃興，但夜畢竟深了，身子也倦乏，不能勝酒，多少是勉強的。

盈月升上了中天，更顯晶彩可愛，如此月色，不能不聞笛，於是又命遠遠吹笛。

賈赦回去時被石頭絆了，邢夫人聽如此說，不得不告退離席，賞月的人數又減去了。

桂花蔭裡，嗚嗚咽咽，悠悠揚出清越的笛聲，在皎潔的月色下，是一種淒清的況味。兩盞茶後，笛聲方歇，自然贏得讚歎無數。

鴛鴦拿了軟巾兜與大斗篷來，婉聲說夜深，露水下來，風吹了頭，要加添這些，並勸早點歇息。賈母是不服的，執意要賞個痛快，索性戴頭巾、披斗篷，再斟酒來，繼續賞下去。

又是悠悠笛音，穿過桂香夜風而來，那聲音訴說無限淒涼與悲怨，賈母在酒中聞笛，竟然襟上灑下老淚來，但只一瞬間，又扮出笑臉，再命暖酒；尤氏為助興，熱心要說笑話，才說一半，賈母已朦朧雙眼，似有睡去之態。尤氏止聲，賈母睜眼笑道只不過閉閉養神，她正聽著呢！

王夫人這才正經告知已然四更時分，須得安歇了，還有明晚的十六月色呢！賈母不信已是四更，再細一看，那些小輩的孫女們都已熬不住，各自散去睡了，只有探春還在，賈母原本頑強無比的興致，這才稍稍軟化，畢竟夜深、露涼、人倦，是不可抗拒的事實呀！

「也罷！你們熬不慣，況且弱的弱、病的病，去了倒省心。只是三丫頭可憐，還等著，

妳也去吧。我們散了。」

凸碧山莊的賞月終於落幕，在蒼老無奈裡結束最後的笛音與清輝。當山上人聚，瞻仰明月時，水邊卻有一對人影，俯視那波影晶瑩的幻象。

黛玉一向孤伶伶慣了，凸碧山莊那麼多人圍坐，賈母還要歎人少，她不免一番感懷，俯著欄杆，就垂下淚來，寶玉因為近來晴雯病重，諸事無心，先行回房。探春也因家事纏繞，閒情缺缺。寶釵姊妹自己和母兄過節了，剩下迎、惜二人，素來談得不甚熱絡，最後只有湘雲寬慰她。

湘雲和黛玉一樣，也是父母俱失的孤苦人兒，但湘雲明朗得不見苦難傷害的痕跡。她的爽邁、她的率真，每每成為趣味與笑話的泉源，最不忸怩作態，喜歡男孩子的打扮，不耐煩裙呀釵呀，偏偏她這樣男孩子的梳扮，還更顯俏麗呢！有時笑著笑著，忘了形就要把椅子坐翻了……看見黛玉淚漣漣的，她少不得昂揚起精神打氣；要黛玉不要自苦，她們倆情形一樣，她就從來不這麼想不開。本來說好中秋要聯句的，沒想到寶釵姊妹竟棄她們而去，好，她們去她們的——「她們不作，咱們倆就聯起句來，明天好好羞羞她們！」

黛玉拭了淚，再不忍辜負這一番豪興，只覺山上廳內人聲嘈雜，於是兩人悄悄結伴來到山坡下池沿的凹晶溪館。凸碧山莊與凹晶溪館，一山一水，原是為玩月而設，愛山高月小的，儘管上山；愛皓月清波，儘管來水邊，而凹晶溪館的命名還是出於當年黛玉的意思呢！竹欄銜接著竹欄，沿水一直通向藕香榭的路徑上。

天上一輪皓月，池中一輪水月。偶爾，微微一陣夜風，平滑的一池碧綢起了細碎的縐摺，連那輪圓影也碎成細細的砂金。湘雲恨不得能一葉扁舟浮槎而去，在舟楫的欸（ㄞˇ ǎi）乃裡，飲酒賞月；黛玉倒覺得不必如此強求徹底的歡愉，就這樣夠好了……說著說著，竟談到人生的遂意稱心上去，湘雲怕這話題又要勾惹傷感，忙岔住要聯詩。

悠悠揚起笛韻的清越，黛玉嫣然一笑，這麼好聽的清韻，正可助詩興，就作五言排律吧！

用什麼韻呢？

「咱們數這個欄杆的直棍，這頭到那頭止，是第幾根，就用第幾韻！」黛玉的想法好新鮮好別致哪！

輕盈的女影，沿著竹墩而行，兩雙纖纖素手，遙遙指點欄杆，月光傾潑無限的銀白，池水上恍惚凌波而來的洛水女神——一、二、三——十、十一、十二、十三——

「偏又是『十三元』了，這個韻少，作排律只怕牽強不能押韻呢，少不得妳也起一句吧！」湘雲要黛玉開始——

「三五中秋夕，」

「清遊擬上元。撒天箕斗燦，」

……

從應景的現成俗套開始，由喧鬧而漸冷清：

「空剩雪霜痕。階露團朝菌，」

「庭煙斂夕棔。秋湍瀉石髓，」

由人事的冷清，漸漸要進入神話仙境的典故：

「乘槎待帝孫。盈虛輪莫定，」

「晦朔魄空存。壺漏聲將涸，」

湘雲正要聯下去，黛玉指點池中一個黑影要湘雲留神看：

「妳看那河裡怎麼像個人的黑影？敢情是個鬼？」湘雲一陣爽朗的大笑：

「可真是活見鬼了！我是不怕鬼的，等我打他一下。」俯身就拾起一枚石子，擲向池中黑影。一聲水響，一個大圓圈，將月影蕩散開來又闔聚起來。嘎的一聲，黑影飛起一隻白鶴來，直往藕香榭去，黛玉笑了——

「原來是牠！猛然想不到，反嚇了一跳。」

「這個鶴有趣，倒助我一臂之力。」於是湘雲接著聯句下去：

「窗燈焰已昏。寒塘渡鶴影，」

「哎呀，了不得！不得了！這鶴真幫了大忙。真是好，要我對什麼才好呢？『影』只能對『魂』，況且『寒塘渡鶴』，何等自然，何等現成，何等有景，而且又新鮮，我竟要擱筆了。」又是跺足，又是叫好，黛玉由衷讚歎著。

「大家細想就有了，不然，就放著明天再聯好了。」

黛玉只管看天，也不理會湘雲，突然開口了：

「妳也不必撈嘴了，我也有了，妳聽聽！」

「冷月葬花魂。」

「好好好！果然好，再無第二選了，好個『葬花魂』！詩是新奇，但太頹喪了，妳現病著，不應該作這麼淒清奇譎的句子呵！」湘雲又拍手，又要搖頭。

「不這麼著，怎麼壓倒妳？下句還沒想出了，全部心思都同在這一句了。」黛玉的笑聲裡，流露著藝術功成的欣喜。

話未完，欄外山石轉出人來，邊笑邊說：

「好詩！好詩！果然太悲涼了，不必再往下聯。若再這樣下去，反不顯這兩句了，倒覺堆砌牽強。」

二人不防，倒嚇了一大跳，細看才知是妙玉；她一人閒步而來，正聽見二人月下聯句，就此止步傾聽起來，覺得到了「冷月葬花魂」，就非得出來止住不可，詩是好，但是如此頹敗，如此淒楚，詩未始不關乎人的氣數呢！

三人月下行，三顆孤女的心靈，在冷冷月光下竟孳長一份溫情與笑語，三雙足履邁向

櫳翠庵，妙玉要請她們喝茶呢！

龕上青色的燄火幽幽亮著，爐上焚香還是裊裊一縷，幾個小丫鬟正在蒲團上打瞌睡，從淒冷的月色又回到人間的煙火裡，而隱隱的酣聲更顯親切與溫暖。

妙玉取了紙硯筆墨，要她們重新念起聯句，她有意續完，因為警句已出——寒塘渡鶴影，冷月葬花魂；所以不必再搜奇揀怪，反丟了真情真事，務必要回歸到日常生活的樸貌才好。

果真最後以「徹旦休云倦，烹茶更細論。」作結，這就是「中秋夜大觀園即景聯句三十五韻」的作品了。

紫鵑等人早已來叩門要人了，湘雲就隨黛玉回到瀟湘館。紫鵑放下綃帳，移燈拴門出去，湘雲早有擇床的毛病，換了個地方，只有眼睜睜不能睡。黛玉本是心血不足，一年之中，睡不好十夜的，今日錯過了睏頭，自然也睡不著，兩個人翻來覆去，輾轉難眠。

寒塘渡鶴影。

明朗樂觀的湘雲，總是展開鶴般的雙翼，飛越寒凜如塘水的人生，瀟灑而自在。

冷月葬花魂。

淒冷的月光，悄然埋葬了花朵的魂魄。

妙玉掛心的，乃是這樣的詩境，似乎隱隱牽扯黛玉如春花的悲運呢！聰明的妙玉豈能知道：不止黛玉，滿園的花靈終將葬於日光月陰的無情年歲裡，這裡面還包括她自己呢！

花凋

一陣疾風更兼迅雷，大觀園是劫後的焦土，花零草亂，寶玉撲倒在床上，傷心、駭異到了極點。

誰會想到發生這樣的變卦呢？

先是突如其來的抄檢，鳳姐奉命領著黑壓壓一群管家的，來到大觀園，逐間搜去。然後就是趕人走路，差不多平時活潑伶俐點，長得稍微好些的，都不見容於怡紅院裡。

追溯起來，其實早在當年寶玉被父親痛打之時，襲人就意識到寶玉確實應該被管教一番！她眼見主人和女孩子們成天廝混，不僅正經的書沒好好讀，而且沒大沒小，把丫鬟也慣得不知天高地厚的輕狂了，長久下去，怡紅院裡不知會鬧出什麼醜聞來了，於是襲人悄悄把心裡的隱憂稟告了王夫人。

她說得委婉而含蓄，當然警覺如她，已經意識到寶玉的心逐漸偏向黛玉，在一次無意間，她就親耳聽見寶玉的心曲，說是為思念林妹妹，日夜不得好睡……如果將來怡紅院有

了女主人，而女主人又是黛玉……襲人還不必想那麼遠，就眼前金釧的投井，夠了……總之，這一切都不對勁，不對勁到她必須主動去稟告長輩，不對勁到她必須小心在暗裡布置防範。

王夫人豈會不由衷欣慰呢？沒有想到襲人這樣心思細密，又這樣善體長輩之心。王夫人為了襲人這席話，就完完全全放心把寶玉交託給襲人了。

從小小孩兒只要脂粉釵環的玩物，到了稍大，只愛女孩如水的清靈，甚至愛輕啄女孩唇頰的胭脂，寶玉只有一天比一天更陷於這樣香紅的迷陣裡，幾乎成為每一個女孩的好朋友，有時甚至替她們在雞毛蒜皮瑣屑過犯中，曲意遮隱。

怡紅院裡，襲人當然是照顧寶玉最周全的妥當之人，寶玉也知她的好處，一種理性的知解，但出於直覺吧！寶玉總覺心靈好像不能完全開向於襲人，寶玉最感親密的，可以毫無顧忌的一個好朋友，乃是晴雯，對晴雯，似乎無涉理性，就單純感情上，他就能完全賞愛晴雯的種種，包括她火烈的性子，鋒芒的口角，不肯屈就的高傲，毫不掩飾的真情，完全的忠誠無二，單純明快的作風，以及驚人的美豔與任性……

而現在呢？晴雯被攆出大觀園，寶玉不能想像病中的晴雯，是如何飽受這樣的凌辱與羞恥。也是一個無父無母的孤苦女孩，要回到表哥表嫂的家裡……寶玉心裡一陣抽痛，他

不敢想像那不堪的景象。

襲人來勸他別哭，哭也沒用，晴雯回家倒可淨養，等過兩天王夫人氣消了，寶玉再求賈母，或者晴雯還是可以回來的，寶玉只是哭喊不知晴雯犯了怎樣的滔天大罪。襲人款款回答就因晴雯生得太好，太太嫌她不安分，還是像襲人這麼粗粗笨笨的好。

寶玉深感納悶的是，為什麼平時和這些被逐出去女孩如四兒、芳官等的私話也被母親知道了。而且人人都有錯，就是挑不出襲人，以及襲人最親的麝月、秋紋等人的錯處呢？襲人低著頭竟答不出話來了。

大觀園的抄檢，在王夫人的意思是徹底肅清這園子，凡是在她看來不夠端莊、安靜的人，適足以敗壞風氣，擾亂人心的角色，一律趕盡殺絕。當然，這是王夫人一向的信念，她只相信禮教、道德、倫常，而抄檢直接的事由，倒是起於一只小小的香囊。

一位在賈母跟前做粗活的大丫鬟、傻大姐，乃因她體肥面闊，兩隻大腳，做粗活很爽利簡捷，而心性愚頑，一無知識，倒引人發笑；這傻大姐無意間在園裡拾起一個五彩繡囊，非常精緻的一個玩藝，但她原看不懂為什麼會有兩個人赤裸相擁，還以為是兩個妖精在打架，一路看，一路嘻嘻傻笑，正好邢夫人過來，就遞送過去——於是一場雷雨就倏地降於大觀園裡。

大觀園是女兒國，是清淨純潔的女兒國，而繡香囊的發現，無異宣告女兒國已經籠罩了罪惡的陰影，女孩子的純潔已經受到了鄭重的懷疑……邢、王夫人，不勝焦慮，和鳳姐商量結果，決定平心靜氣，暗暗查訪，順便也把平日惹是生非的丫頭們一一裁革，逐出去嫁掉，這麼一來，一方面肅清邪佞，一方面也為經濟越來越形艱難的大家庭省些用度。

意念既出，即刻付諸行動，為壯聲勢，並便於行事，各房陪房的管事都一一隨從，其中周瑞家的是王夫人當年陪嫁過來的，王善保家的又是邢夫人陪嫁過來的。這些人物，當初過來時，也曾有過絢爛的風光，就像現在的平兒一樣。雖然丫頭的地位，也有某種橫潑的風情，因此對曾經的輝煌，有深深的依戀。而現在的丫頭們不大理睬奉承她們，她們心裡多少是不自在的，自己回憶中最美好的，常常要下意識表現於現實，又要受到無情的戳破，所以對園裡的丫鬟，妒嫉加上恨，加上自己對往日的懷念，今天逮著個抄檢的機會，豈不大快人心？

周瑞家的唯恐不徹底，雞毛蒜皮找起碴來，這其中，晴雯是首當其衝的一個——一張巧嘴，天天病西施的打扮，一句話不投機，就立刻瞪起兩隻媚眼來罵人。這倒是勾起王夫人的往事，她是記得這麼一個輕狂的人物，所以還沒抄檢，就先喚晴雯過來。晴雯當時正不舒服，根本沒有什麼妝扮就來了，就只這樣，還是不能免於王夫人的生氣，指著晴雯，就是冷笑厲罵，晴雯只有裝著傻呼呼，百事不知，心裡卻恨得咬牙。好不容易被叱喝回屋，她只是拿帕子捣著臉，哭走回園。

當天晚上關園門的時節，這一隊搜查的人馬，悄然突襲大觀園。這裡邊最起勁的當然莫過於王善保家的，鳳姐因王夫人的盛怒，再加這管家是自己婆婆的陪房，只得表面敷衍，一齊入了大觀園。

從怡紅院到瀟湘館，在那些丫頭們的地方著實沒有搜出什麼可疑的東西，等到了秋爽齋探春處，探春豈能容小人猖狂至此，她首先擺出主人的架式，要搜下人，不如先搜主子，就嘩的開了自己的箱奩。鳳姐當然知趣，看都不要看，本來也只是要查下人的嘛！王善保家的卻不知好歹與分寸，想著探春年輕好欺，尤其是個庶出的，故意掀起探春的衣襟——「連姑娘身上我都翻了，果然沒什麼。」啪——一記巴掌，就揮向一張嬉笑不知趣的老臉上。

在惜春屋裡的入畫那兒，搜到了一大包銀錁子，一副玉帶版子，男人的靴鞋……鳳姐也嚇黃了臉，入畫跪哭解釋是她哥哥的東西，銀錁是賈珍賞給哥哥的……鳳姐雖答應再查下去，惜春已經一口不要她了。

再到迎春屋裡，也無所獲，輪到了司棋，司棋就是王善保的外孫女，王善保家的才

要關箱說沒有什麼，然而周瑞家的眼尖，伸手掣出一雙男用錦帶襪和緞靴，又有一個小包袱，裡面同心如意和一信封，原來司棋和表兄弟潘又安從小青梅竹馬，長大後更添新情。不久前兩人在園裡私自約會，還無意間被鴛鴦闖見，好在是交情不惡，再加上叩頭不迭，苦求不已，總算沒有聲張。怎麼也沒有想到，王善保家的一心要抓別人的錯，到最後就只抓住了親外孫女，只好自掌嘴巴，自罵一番。

抄檢的結果，繡香囊乃是司棋表兄妹私自訂情之物。至於入畫的銀物，她所說倒俱屬事實，本來是光明正大的，只因為賈珍私自傳遞給入畫的哥哥，倒弄得不明不白了，但惜春執意不再留下入畫，入畫就跪哭求看幼時一段情分，但也沒有辦法打動惜春冷介孤僻的心性。至於處理方式，司棋被攆回家，入畫送入寧國府。兩個丫鬟的主子，一個彆扭，一個懦弱，都不能留住自幼相陪之人，一場風波好像平息了，然而王夫人肅清的心願未了。

於是迅雷不及掩耳，就吩咐把晴雯架走回兄嫂家，另外四兒也由家人領出去配人，因為芳官還伶牙俐齒企圖狡辯，就索性規定所有梨香院出來的女孩，一概不許留園，由乾娘帶出，自行聘嫁。

等到寶玉回了怡紅院，風雨雖然稍稍收勢，但是災情已然不能挽回，寶玉只有眼睜睜地流淚。

一盆才抽出嫩箭的蘭花，卻要送到穢臭湫隘的豬圈裡去。晴雯的兄嫂，寶玉是素知其人不堪的，醉泥鰍不省人事的吳貴，一天到晚不能安分的嫂子……寶玉哭著想起今春階下好好一株海棠平白死了半邊，他就知道禍事要應驗在晴雯身上。

海棠花凋，花影搖晃處，彷彿逝去的日子又回到了眼前，然而汗涔涔、淚潸潸，這一切總不像真的。

晴雯是個死心眼，寶玉交代的，必要親自去做才放心。小時候，還沒有大觀園的時候，寶玉執筆，晴雯研墨，他大筆揮寫「絳芸軒」，晴雯親自爬高梯，貼在門斗上。夜晚寶玉回來，晴雯還一心傻等，那時是雪花飄的季節，寶玉握著她冰冷的手，替她搗暖……

有一回，寶玉心情正不好，晴雯失手跌壞了扇子，寶玉稍稍說重了幾句，晴雯就鬥起嘴來，一賭氣連打發的話都說出口，寶玉渾身亂戰，就要當真打發她回去，一場哭鬧，最後襲人下跪求情，才勸住了寶玉。

那一晚，寶玉等氣頭過去，好好將晴雯拉到身邊，要她隨便撕扇子要撕多少就撕多少，扇子誠然貴重但再貴重的物到底是抵不過人的心腸，如果撕扇果真能夠給鬱悶的心帶來舒暢，那麼就不必強求扇子是非得為搧涼而用的，然而為求快樂而撕扇是可以的，如為洩憤而毀扇則不好了。

嗤——嗤——嗤，晴雯果真笑著撕去一把又一把的扇子，千金難買一笑，扇子豈又足惜？晴雯素來任性慣了，最不耐煩婆婆媽媽、蠍蠍螫螫的；她這麼樣的心性，最不知如何保護自己，那年襲人母喪回家，晴雯淘氣，仗著身子好，要嚇出去散步的麝月，回來後，果真兩腮火紅，手卻冰涼。屋裡屋外，一冷一暖，「阿啾」連打幾個噴嚏，畢竟還是傷風了。

怡紅院裡，一片當歸、陳皮、白芍藥熬煉的香氣，藥爐嘟嘟冒著汽，窗外雪花翩飛著，炕上晴雯燒得飛紅的一張臉，偏偏晴雯底下的一個叫墜兒的偷了平兒的蝦鬚手鐲，本來是瞞著晴雯，結果還是給晴雯知道了，身子燒病著，心裡更氣——

寶玉一心要晴雯快好起來，取出外國進口的鼻煙來——一個金鑲雙扣金星玻璃的扁盒，裡面西洋琺瑯的金髮赤身兩肸一對翅膀的天使圖繪。用指甲挑出一些裡面的東西，晴雯就又「阿啾」、「阿啾」的噴嚏不止，霎時眼淚鼻涕都出來了，晴雯又忙著擤鼻子。寶玉還獻出西洋貼頭疼的膏子，鉸了兩塊指尖大小的攤上紅緞圓塊，烤軟的貼在兩邊太陽穴上，病中蓬頭鬼，貼了這個，更顯俏皮了。

忍不住寶玉又想笑了，他想到晴雯那副天不怕地不怕的樣子，凍病一場的種種，心裡又溫暖又淒楚起來。

晴雯一手絕好的針線，雖然她平常懶得很，但也在那場病中，晴雯著實咬牙抱病替寶玉縫補孔雀金裘衣裳呀！

寶玉心裡又是一陣扯痛——賈母賞給寶玉一件「雀金呢」，是俄羅斯孔雀毛拈線織的，就只此一件，賈母再三叮嚀要好生保管，沒想到才是第一天，就被手爐的火星在後襟子燒了指頭大的眼洞，而且第二天還要穿的。大夥唉聲歎氣，也不管夜多晚，就悄悄拿到外邊，請織匠去快補，然而這是外國的貨色，沒有人認得其中的針法，竟不敢動，晴雯忍不住翻身而起，移燈細看，要用孔雀金線界線似地密密界好，然而這界線的針法，也只有晴雯才會……

晴雯勉強坐起，隨意挽挽頭髮，只覺頭重腳輕，滿眼金星，實在撐不住，又怕寶玉著急，少不得狠命咬牙捱著，麝月幫忙拈線。晴雯先將裡子拆開，用一個竹弓，茶杯口的大小，釘牢在背後，破口用金刀刮得散鬆鬆的，再用針紉了兩條，分出經緯，先劃出地子，再依本衣之紋，來回織補，一如平日界線的針法。

頭暈眩得厲害，眼睛發黑，不停喘著氣，身子好虛……寶玉又不忍，又心急，一時要她歇，一時替她披衣，一時拿枕靠，一時要送水，急得晴雯要他快睡。

噹——噹——噹——噹，自鳴鐘已敲了四下，晴雯才大功告成，一邊還拿小牙刷細細剔出茸毛。晴雯忍不住咳嗽起來，還沒說完話，已經哎喲倒下了。

又是大串大串的淚水，寶玉痛心疾首，他一定要設法溜出去看晴雯的……

寶玉掀了草簾，一眼看見蘆蓆土炕上的晴雯，他含淚輕輕拉起晴雯的手，晴雯睜開眼，手立刻緊緊攥住了寶玉，哽咽了半日，才迸出「我以為看不見你了」，接著又一陣咳嗽喘息，寶玉說不出話，只能哽咽抽搐著，晴雯想喝水，寶玉順著爐台找去——不像茶壺的黑沙吊子，一個大碗，很粗糙，一股油羶的腥氣，寶玉三番二回的沖洗，才提起沙壺斟了半碗，絳紅的顏色，不像茶。晴雯只是扶枕喊著快，這就是茶了，這是她的家，不能比怡紅院的，寶玉不放心，還要嘗，只是一味苦澀，沒有半點茶香……晴雯卻一氣灌下，如飲甘露一般。

晴雯含著淚，無限的委屈。她是不平的，她再也難服平白擔當了狐狸精的惡名，她原是最清白、最純潔的好女兒，有誰能解釋在她驚人美豔的背後，原是處子童女的貞潔呢？

寶玉拉著她的手，枯瘠得不感覺一點血肉的溫暖豐澤，枯柴腕口還戴著四個銀鐲，寶玉溫柔替她卸下，要她病好再戴。又輕輕撫著左手蔥管的長指甲，晴雯拭了淚，伸手取了剪刀，鉸下指甲，又伸手向被內悄悄脫下貼身一件綾襖，指甲和溫暖的舊時紅色貼身衣裳，一併交給寶玉，又要寶玉脫下襖兒讓她穿上：

「這個你收了，以後就如見我這個人一般，快把你的褻兒脫下來我穿，將來我一個人在棺材躺著，也像還在怡紅院裡一樣……回去她們問起，你就明說是我的，反正我正擔當了虛名，索性如此，再怎麼樣，也不過這樣了。」

正淚眼相對，笑嘻嘻掀簾進來了晴雯的嫂子，一副抓到什麼不可告人祕密似的狂笑著，一邊就把寶玉摟在懷裡，一雙醉眼乜斜著，寶玉急得又羞又怕，奮力掙脫，再三告饒，又不放心晴雯。

晴雯一生好強之人，心比天高，卻身為下賤，這個病痛折磨的時刻，還要生生見她嫂嫂調戲寶玉，人生最大的凌辱呀……頭蒙在被裡，暈眩流淚不已……

回到怡紅院，寶玉總惦念晴雯。長吁短歎，輾轉難眠，才像睡去，又在喊晴雯，原來夢中口渴，要茶水喝，這一向都是晴雯睡在寶玉床外，因她睡臥驚醒，舉動輕便，夜晚茶水起坐呼喚之事都由她負責。

襲人來送茶，寶玉才清楚意識到晴雯是真的離他而去，再也不在怡紅院裡了，往事悠悠，心裡一陣悽愴。

五更天，寶玉才睡去，突然看見晴雯進來，一如往昔，笑著來和寶玉道別，說完，翻身便走。寶玉叫「晴雯死了」，馬上就要差人去打聽消息，偏偏傳來他父親要他賞桂花作詩去。

寶玉勉強打起精神和父親及長輩們周旋了大半日，才回到怡紅院，就迫不及待想知道晴雯究竟如何，遣開了麝月、秋紋，悄悄和兩個聽消息的小丫頭到山石後，細細盤問。襲人一早聽寶玉的話，令宋嬤嬤打聽消息。

「宋嬤嬤說晴雯姐姐直著脖子叫了一夜，今兒早起閉了眼，住了口，世事不知，也沒聲，只有倒氣的份了。」

「一夜叫的是誰？」

「宋嬤嬤說叫的是娘！」

寶玉拭淚再問：「還叫誰？」

「沒聽說叫別人了！」

「妳糊塗，一定沒聽清楚傳話，」

寶玉就是不信晴雯只會喊娘，他的心意被另一個小丫頭看出了，連忙插嘴上來：

「二爺，是她糊塗呢！還是讓我說，我親自去晴雯姐姐那兒了。」

「我想晴雯姐姐和別人不同，待我們極好，如今她受了委屈，我們沒別的法子救她，只有去看看她的病，算是沒有讓她白白疼我們一場，就是別人知道，回了太太，打我們一

頓，也是情願，我呵，拚著一頓打，偷偷去看姐姐——」

「姐姐是個聰明人，那些俗人，能說什麼，所以就儘管閉眼養神，一直等看到我，才睜眼問我：『寶玉哪裡去了？』我告訴她實情，她歎一口氣，說不能再見了……」

小丫頭一字一句，繪聲繪影說給含淚的寶玉聽。

她說晴雯告訴她，此去不是去死，是去玉皇大帝那兒做管花的花神，因為是上任公事，不得一刻耽擱，她未正二刻到任司花，寶玉三刻才到家……這些時間果真和寶玉的回家相合，寶玉原本傷心，聽到晴雯原來做花神去，倒是逐漸平靜了，又問做的是什麼花神呢？總管許多花？還是專司某一種？

小丫頭本是安慰寶玉的胡謅，這個時候不知如何接下去，突然看見園裡池邊正是八月芙蓉花開，就悄聲告訴寶玉這天大的祕密——晴雯去任芙蓉花神了。

寶玉的種種傷悲沉慟突然得到了解脫，他一直在苦海裡翻騰著，為著晴雯的死，苦苦悲哀，現在人間的晴雯到了天上做花神，那麼晴雯是脫離苦海了，晴雯的心性、才智，原該有出頭的日子，寶玉毋寧是高興起來。

夜色下，花影幢幢，寶玉看見池邊嫵媚睡去的芙蓉，悲哀裡又有喜悅，為什麼不在月光下，芙蓉前，向晴雯的亡魂致意呢？

他舉筆撰寫了一篇長長祭文，恭楷謄抄在一幅冰鮫縠上，這冰鮫縠原是晴雯最愛的東西之一，祭文懸在芙蓉枝上，又準備了晴雯愛的楓露茶，沁芳泉水，群花之蕊……就在月夜下虔誠獻上自己真摯哀情。

裊裊燄火中，祭文化成輕煙，茶水輕灑花前。寶玉遲遲離開了芙蓉花，一邊還回頭癡望，突然一個翩翩女影就從芙蓉花裡出來了，嚇得小丫頭真以為晴雯顯靈了。

婷婷走出的原來是黛玉，她由衷讚美這祭文的好，不過對於其中的「紅綃帳裡，公子多情，黃土壟中，女兒薄命」有一些建議。「紅綃帳裡」太熟濫了，不如改為「茜紗窗下」。寶玉聽了也極好，說是如果再更動一下，就可以換作黛玉悼祭晴雯的句子了──「茜紗窗下，小姐多情，黃土壟中，丫鬟薄命。」黛玉說晴雯不是她的丫鬟，不必作此語，而且直呼丫鬟小姐，入於詩文，極為不雅，寶玉又是一轉，想到更好的──「茜紗窗下，我本無緣；黃土壟中，卿何命薄。」

這麼一改，好是好了，但敏感的黛玉卻驚覺到這句子太像是自己的寫照，她原是多心的，多心自己的孱弱，多心她和寶玉的結局，又放不開別人所說金玉良緣的話，以前總要疑心寶釵的金鎖，湘雲的金麟麒……究竟和寶玉情緣有多少？

黛玉勉強讚好，夜風裡，心倒是涼冷了下來。

晴雯死了。另外，芳官哭死哭活要去水月庵做姑子，根本就是玩心極重的一個孩子，怎麼能耐古案青燈枯窘無聊呢？一朵亮麗生動的花，終究會枯槁而死吧！

薛蟠娶了飛揚跋扈的嬌縱富家女子夏金桂，她帶來一個更加刁蠻的丫鬟寶蟾，這兩人一進來，就以風雷的脾氣，颳向溫馴的香菱，逼著香菱改名為秋菱。這一朵幽幽水裡開放的水菱花兒，開始了另一種充滿火藥暴雷的生活，她的幽香，她的柔蕊，似乎要逐漸枯竭了。

迎春要出嫁了，嫁給世交的孫家，迎春搬出大觀園，在家裡等待過門，並且四個丫頭要陪嫁過去。

又是風起的秋天，蓼花葦葉，翠荇香菱，紛紛搖墜著，寶玉日日到紫菱洲，面對空蕩蕩的院宇嗟歎，這世上從此又要少去一個清潔的女兒。寶玉真是極憂傷，聽說這孫家並不是什麼詩書知禮之家，當年不得已才結交的……軒窗寂寂，秋風吹起簾幕來，寶玉一陣意興闌珊，回到怡紅院就病了。

夏金桂為了要分香菱的寵，不惜把寶蟾納在薛蟠屋裡，而寶蟾一點不輸女主人的霸氣，鬧得一團糟，可憐的香菱，平白被捲入了風暴，還被薛蟠抓起門閂，劈頭劈臉渾身打起來。香菱再不肯和這一群人在一起，苦苦哭求和寶釵一處去住。一個笑吟吟甜蜜蜜的鮮活

人兒，像離了水的魚，雖然免了丈夫與金桂、寶蟾荼毒，整個人卻再也不能放香，再也不能明媚，再也不能快活起來了，漸漸那血色像被吮淨，乃至於飲食乏味，坐臥不寧。

而迎春呢？娘家歸寧，只是啼哭夫婿的好色、好賭、好酗酒，好不好，就一頓打……

一年三百六十日，
風刀霜劍嚴相逼。
明媚鮮妍能幾時？
一朝漂泊難尋覓。

什麼時候，一朵朵的芳香已經逐漸殘傷凋零了呢？什麼時候大觀園已經奏起哀哀悲音的旋律了？

當第一片花瓣開始辭枝飄落，春天的姿容就已然減卻了——一片花飛減卻春呀！

那麼當無數落花紛紛墜落時，又要怎樣難堪老去的年華呀——風飄萬點更愁人的無可奈何呀！

那麼，是不是，大觀園畢竟要在花凋香斷裡消失、逝去呢？

續篇

因果名冊

簡述後四十回

因果名冊

曾經在沉沉午夢裡，恍惚步入石坊的牌樓，然後展開神祕的因果名冊，一一翻閱。那是許久以前一個梅花飄香的日午，寶玉在夢裡晤見了警幻仙姑，在夢裡聽取了〈紅樓〉的仙曲。當那個時節，茫昧的寶玉一無所知，只覺一片美麗與哀愁，只覺後來溫柔鄉裡的可卿難忘。他全然不解，因果名冊的畫面與題詞和他家鄉的女子有何干係，全然不解

夢裡柔情的教誨何在。

夢中驚醒，迷津濁浪的嗚嗚咆哮已經遠去，警幻仙姑的殷切叮嚀「早日回頭」已經消失。寶玉只是惦記甜美中的甜美，他擁著俯身而來的襲人，繼續夢裡的香甜纏綿……

梅香以後的春暖，春暖以後的盛夏……日子一天一天流逝過去，大觀園在元宵夜輝煌的燈火裡冉冉升起，玲瓏剔透的女孩們在爛漫春光裡搬進了樂土的女兒國……在這樣一座人間的園林裡，開始上演一齣又一齣哀樂冷暖的故事來……漸漸昔日的夢境開始在現實裡展開，許多恍恍惚惚的不能解，都明明白白確確實實是真實生活裡的一個項目了。原來生活歲月是遵循太虛幻境的因果名冊演繹下去的，當戲上演，當戲落幕；當有人登場，當有人下台，再回顧當年展讀時的迷濛，心智終於逐漸清醒過來了。

晴雯・襲人・香菱

當日寶玉首先翻尋名冊中「又副冊」的首頁！

滿紙烏雲濁霧——

霽月難逢，彩雲易散。心比天高，身為下賤。風流靈巧招人怒，壽夭多因誹謗生，

多情公子空牽念。

是哪一朵早早消散的流雲呢？不曾長享明月與光風的晴朗。天高的用心，卻是下賤的出身。這裡的題詞，早已揭出晴雯悲慘的結局。是的，她背負最最不潔的羞辱，含恨而死。但她畢竟是「又副冊」裡的首頁，在寶玉的心目中，她永遠是怡紅院裡的第一位。

一簇鮮花，一床破蓆——

枉自溫柔和順，空云似桂如蘭。堪羨優伶有福，誰知公子無緣？

襲人貼身一條松綠的汗巾子，讓寶玉糊裡糊塗送給了優伶的琪官，也就是蔣玉函，襲人當然不曾預料到，有一天她這個人也要屬於蔣玉函了。襲人處心積慮，一意想成為寶玉的侍妾，她的努力，她的辛苦，似乎也露出美景的曙光，因為畢竟是寶釵嫁給了寶玉，這原是她的心願呵！然而病中被矇的寶玉，自從婚後，了斷塵緣的心意就越來越真切堅定，終於剃度出家，襲人的第一個念頭只求一死。

多年來，想要終身仰望寶玉的夢，終究是落空了，她的溫柔和順，似桂如蘭，對無緣的怡紅公子只有徒然使人覺得虛妄荒謬罷了。襲人聽到出家的噩耗，心裡一疼，頭上一暈便栽倒了，她的心疼固然是往日情懷不能自已，但另一層原因也是因為模糊聽見說寶玉若不回家，便要被打發走，她毋寧是為著自己的處境而焦慮，若要死守，而名分卻未定，不免惹人笑話；若是出去，念及寶玉情分，實在不忍。兩難之下，唯有一死。然而對於死於何地，她也一再遲疑，死在賈府不好，死在兄嫂家不好。

最後都入了洞房了，她還是一步一步走入家人為她安排的人世姻緣裡，雖然心裡一直堅持著死念，而行動卻是矛盾的，花燭之夜，她哭著，不肯俯就；而新郎官蔣玉函卻極其柔

情曲意的承順，最後大紅松綠汗巾子的兩相照映，這才知兩人早已被姻緣的紅線綰繫住了。

在因果名冊的「副冊」的首頁是：

一株桂花，一池的水涸泥乾，蓮枯藕敗——

根並荷花一莖香，平生遭際實堪傷。自從兩地生孤木，致使香魂返故鄉。

香菱的悲劇，是飽受命運播弄的一型，三歲以前，渾然安享獨生女兒的承平閒適的歲月，父親甄士隱是當地望族，稟性恬淡的神仙人物，母親賢淑知禮，自己則是粉妝玉琢、乖覺可善；然而元宵月夜，看花燈之際被拐子拐走，父母因此思女成疾，家宅失火，最後甄士隱跟著一位瘋跛道士出家而去。

這個甄家小女兒英蓮，從此改名為香菱，長大惹出人命官司，嫁到薛家作妾，被夏金桂百般折磨，漸漸釀成乾血之症，夏金桂還以為不足，又下砒霜於湯中想毒死她，然而鬼使神差，香菱倖免大難，害人者卻被自己害死了。薛蟠也漸收斂劣跡，本分做人，把她扶了正，納為繼室。她正是可以享受一點真正家庭安適的幸福時日，卻又在血汗汗流的產床，掙扎而死，留下了薛家的骨血，延續了這家族的香火命脈。

黛玉．寶釵

正冊的首頁，是懸有一圍玉帶的兩株枯木，以及埋有金簪的白雪一堆——

可歎停機德，堪憐詠絮才。
玉帶林中掛，金簪雪裡埋。

從薛寶釵也進入賈府以後，黛玉和寶釵就一直隱隱以一種對峙局面彼此相持著，黛玉、寶釵、寶玉的三邊關係說明了「木石前盟」和「金玉良緣」的一種衝突。黛玉屬於仙境前世的仙草，而寶釵屬於人間今生最尊貴的金鎖，這樣兩名極端世界的女子，在因果名冊裡卻是共同隸屬在第一頁裡，具有相同分量。

本來黛玉對寶釵是懷著相當的敵意，直到寶釵以一個姊姊的雍容大度，真誠開導，又溫暖照顧這個病弱孤苦的表妹，黛玉才算化解心中芥蒂，也真心拿寶釵當姊姊，劍拔弩張

的緊張雖然化解，但是在寶玉婚姻的事上，依然是一道難解的三角習題。

而黛玉在幽幽綠意的瀟湘館裡，不是做夢就是做詩，不是流淚，就是在愛情的憂傷和甜美之中，一顆詩心未曾著眼於大家族紛紜的人事關係裡。漸漸的，漸漸的，她越來越成為孤獨的一個人，幾乎所有的長輩們、當家管事的，對於她，尤其是和賢慧懂事的寶釵相比的她，失去了愛戴和擁護的熱情。她的身體是這樣虛弱，她的口齒是這樣鋒利，她的心眼是這樣窄小不能容人……

瑟瑟一陣秋風，嗶喇喇從園西穿過樹枝，直透東邊過去，簷下風鈴叮叮不住在風裡琤琮，黛玉覺得冷，打開毡包取衣時，看見了兩方舊手帕，帕上題著詩詞，剪破的香囊扇帶，和通靈美玉上的穗子……黛玉癡看著，眼眶已是淚水微泛，感懷不能已，只有撫琴消遣愁緒——

風蕭蕭兮秋氣深……望故鄉兮何處……山迢迢兮水長……感夙因兮不可惙，素心何如天上月……

突然琴韻變作裂帛金石，磞的一聲琴弦斷了，在外一旁傾聽的妙玉只覺一陣不祥。

成長是多麼艱辛，在青澀萌長的年歲裡，黛玉和寶玉還是一片赤子的肝膽相照，等兩人長大成人，心裡雖然親，形像上卻反而彼此矜持著，有時只能用浮言虛禮致意。黛玉更加疑惑了，她又篤信自己的疑惑，以為寶玉終究是要娶寶釵了，所以彼此疏遠了，黛玉絕望，不肯吃藥，只求速死。

其實，這完全是誤會呀，根本是黛玉杯弓蛇影地自尋煩惱，然而，可憐的一顆心呵！又怎樣日日夜夜飽受失喪的焦慮恐懼呢！寶玉來探視黛玉，他丈六金身，卻必得藉黛玉一莖所化，任憑弱水三千，他只取一瓢飲。

怡紅院已經枯萎的海棠花，突然含起花苞，而且竟然在十一月裡不按花序節令地怒放起來，賈母一高興就吩咐大夥賞花。寶玉想起那年海棠花死，晴雯也跟著去了，現在海棠花再度榮顯，而晴雯終究是不能回來了，本來歡喜的心又沉重起來……看一回、賞一回、歎一回、愛一回，無數的悲喜離合都弄到海棠花上了……

當時匆匆穿換了幾回衣服，沒有將通靈寶玉掛上，襲人看見他脖子空盪盪，再去詢問，再去尋覓時，玉卻不見了……

這是寶玉的命根子哪！全家上下，一片慌亂，能夠想的所有法子皆已用盡，都不得要領，最後還請妙玉扶乩，沙盤上，仙乩留下的一行字痕是：

噫，來無跡，去無蹤，青埂峰下倚古松。
欲追尋，山萬重，入我門來一笑逢。

究竟什麼意思呢？連妙玉也不能解。

黛玉又想起金玉的事，這玉丟了，表示這話也無稽了。她最初心頭一寬鬆，但繼之一想玉本是寶玉胎裡帶來的，心裡又一陣傷慟，又想起海棠花開的喜氣，心裡就被這麼一喜一悲，再三攪擾著，而寶玉失玉以後，怔怔的不言不語，沒心沒緒。

正在失玉之際，宮裡又傳來元妃病逝的噩耗……愁雲濃密密壓著大觀園，花木失了顏色，人們失了心情，曾經是姹紫嫣紅開遍，竟然開始有了斷井頹垣肅殺的哀哀音息了。

寶玉一天呆似一天，也不發燒，也不疼痛，吃不像吃，睡不像睡，說話時一無頭緒。

全城之人都知賈府高價懸賞失落的一塊美玉，卻沒有人真正拾得真正的寶玉。

怎麼辦呢？

癡癡獃獃，寶玉病著。意外又意外，賈政陞了江西糧道，將要遠行。

臨行前，賈母含淚問賈政同意不同意「沖喜」，算命的說，寶玉要娶金命的人幫扶，

如此或可有轉機。賈政看見寶玉更消瘦了，兩眼沒有一點神采，整個人傻傻的，而自己外放，不知多久才能回來一趟，而妻子和自己都是六十歲的人了，母親已過八十了，白髮下憂傷的幾張臉，憂傷的幾雙眼都噙著淚，賈政想這樣慘澹的光景，也唯有沖喜一途了。

新娘當然是寶釵。襲人聞訊，正合了自己的心意，但轉念一想，寶玉心裡明明只有一個林妹妹。不得已她悄悄到王夫人處，哭跪著把寶玉這些年來和黛玉刻骨銘心的情景說出來。萬一寶玉知道新娘不是黛玉，喜事沒辦妥，倒是生生傷害了三個人。

再三商量，終於熙鳳想出了「掉包」之計，也就是誆騙寶玉說要娶林妹妹進門，但實際的新娘是寶釵，為了怕黛玉知道，這樁喜事必須嚴守祕密，不能透露一點風聲。

婚事悄悄進行著，黛玉渾然不知大觀園已經漫天徹地布置起一張致人死命的羅網。出了瀟湘館，閒閒散步，一為向賈母請安，二為消遣悒悶，正在沁芳橋等紫鵑去拿手帕，卻聽山石背後嗚嗚哭泣聲音，聲音來自濃眉大眼的胖大丫鬟傻大姐，就是上回撿起繡香囊的那位。黛玉偏偏多事問了個究竟，卻是平地起了一個焦雷，遭到電殛般，動彈不得。

傻大姐因為說錯話被打，說了什麼錯話？就因嚷著寶二爺娶了寶姑娘以後，應該怎樣稱呼呢？又是寶姑娘，又是寶二奶奶……

原來寶玉要娶寶釵沖喜，原來這樁喜事完後，就輪到替黛玉找婆家了。

兩隻腳踹在棉花上，身子有千斤重。一張臉慘白如雪，眼睛直直的，步履悠悠晃晃。紫鵑拿了絹子來，看女主人這模樣，驚疑不定。只聽黛玉說要去問寶玉，她不敢違逆，只得攙黛玉進去賈母屋裡，臥病的寶玉是在祖母處歇養著。

不知哪裡又來了力氣，黛玉腳也不軟了，自己竟能掀著簾進去。賈母正歇中覺，黛玉也不理會襲人，逕自到寶玉床前，只管瞅著寶玉傻笑，寶玉也只管瞅著黛玉傻笑。

「寶玉，你為什麼病了？」好半天才聽見這麼一句問話。

「我為林姑娘病了。」

依舊是無言的沉默，嘻嘻的傻笑。

紫鵑來扶黛玉，黛玉順服地站起：

「可不是嗎？這就是我回去的時候了。」

回身笑著出來，不用任何人的攙扶，走得卻是飛快，儘管笑著，一直到了瀟湘館前，嘩的一聲，吐出血來。

咳嗽，吐血，喘氣……黛玉病勢沉重不起，榻前，唯有紫鵑陪著垂淚，日夜守候，天天三四趟去見賈母；然而大家的心都在婚事上，有誰真正憐惜瀟湘館裡奄奄一息的一株苦命花呢！

她喘著氣，只能抽絲般吩咐取來詩稿——還有，她抖擻著雙唇，沒有血色的唇，向紫鵑要絹子，那塊題詩的絹子。掙扎著伸出枯瘠的手，迸盡了生命與力量，狠狠要撕絹子，只是手儘管顫顫巍巍，再也沒有一絲力氣了，又閉目喘著，要籠上盆火挪到炕上。

火燄奔竄著，紅光映著慘白，流竄著猙獰，一甩手，帕子、詩稿滋——滋就著燄火燃燒起來。黛玉眼一閉，往後仰去，幾乎不曾將紫鵑壓倒。

紫鵑咬著牙，心裡好恨哪！恨寶玉這樣殘酷冰冷的心腸，當年曾為她一句玩笑的試探，鬧得地覆又天翻，現在，可以沒事人一樣娶寶釵。

十二對宮燈排開，細樂迎出，紫鵑堅持不肯披紅，去扶假冒黛玉的新娘，大家沒辦法，只好請雪雁了。

儐相贊禮，新人一拜天地，再拜高堂，送入洞房……賈寶玉一顆心迷迷糊糊喜躍著，那紅紗下就是長久相思刻苦的林妹妹呢！

一片哀哭，紫鵑悲不能禁，黛玉如要走，也不能走得這麼委屈無人理呵，所有的人都去參觀婚禮，除了孀居的李紈，紫鵑請了黛玉這位寡嫂過來，守在榻前，隨時等候那最後的揮別。

寶玉成婚了，掀開蓋頭，盛妝豔服，豐滿柔軟的女身，一朵帶露的粉荷，還是煙雨潤澤的杏花？這是寶姊姊呀！身旁雪雁不見了，是鶯兒呢，他直了眼，沒了主意。悄聲問襲人自己在哪兒，是不是做夢？床邊的美人是誰？

新二奶奶是寶姊姊。

那林姑娘呢？寶玉糊塗得更厲害了，口口聲聲只要找林妹妹。屋裡捻起寧神鎮魂的安息香，煙火裊裊，悄悄無聲，寶玉昏昏沉沉，睡倒下去。

黛玉心頭口中，一絲微氣不斷，似明似暗，好像又有了起色，李紈知道這是返照的回光，應當還有一天半日的遷延，就暫回稻香村辦事去。

黛玉攥起紫鵑的手，使勁用力，她喘著氣，說自己已不中用了，原來指望可以和紫鵑長久相伴……紫鵑不敢稍稍移動，只是含淚聽著——

「我的身子是乾淨的，你好歹叫他們送我回去。」質本潔來還潔去，苦戀的一朵花，哀情的一株草，卻是始終的純摯潔白……眼閉上，沒有言語。手突然又緊了，喘成一處，紫鵑慌了，要叫人請李紈，正好探春來了。等探春再看時，黛玉的手已冰冷，目光也散了。正哭著叫人端水給黛玉擦洗，突然聽見直聲的慘叫：

「寶玉！寶玉！你好——」

渾身冷汗，再也不出聲了，汗出了，身子卻冷了，兩眼一翻，還淚而來，淚盡而

去……遠遠一陣喜樂之聲，再一細聽，又沒有了，瀟湘竹林，嗚嗚在風裡低泣，冷月移上了牆頭，埋葬一縷花魂的芬芳。

寶釵柔順地接受了母親長輩們的命令，以黛玉的名義，嫁給病中瘋癲不省人事的寶玉。她含著淚，幾乎是忍著羞辱的一名新婦，雖然金鎖、寶玉畢竟成就了姻緣，所謂「不離不棄，芳齡永繼」、「莫失莫忘，仙壽恆昌」，好像老早以前，他們就合該是人間姻緣裡的一對新人，然而守著病榻夫婿的一個新婚妻子，心卻不免離棄之苦呵。

新郎倌揭蓋而起的那一刹那，眼裡的明燈突然熄了；口口聲聲喊的是另一個名字。寶釵心裡當是抽痛著，而臉上卻仍須持守素來的莊淑。

一朵冷靜的芳香，從解事來，她努力履踐婦德，她原也淘氣過，愛讀閒雜的才子佳人、戲曲小說，但終於醒悟人生不過是典範道德的忠誠執守，循著軌跡，小心翼翼走上該走的路，對於生命不必激情，不必狂熱，無須任性，無須叛逆掙扎……

她是蘅蕪院的女主人，那些香草，越冷越蒼翠，她服的是冷香丸，四季雪白的花瓣，千錘百鍊而成，冷靜而芬芳，她的一生是鐫雕在潔白冰涼石碑上的功德，是鏨在貴重金鎖上的一行吉祥之語。

寶玉失玉的時期，她委曲求全，曲意承歡，竟然維持了相敬如賓的婚姻生活。和尚送

回了玉，寶玉也越見清明穩重，竟然也上京考試。只是去之前，所言所語竟像無限深意，寶玉不再像以前口吐驚世駭俗之言，也不再似以前興興頭頭的小孩模樣，好像什麼都淡了、透了，寶釵以所有的理性智慧來和他辯解，但是寶釵心裡沉冷，隱隱感覺什麼事會發生似的。

京城一去，再也不見寶玉回來，考中的功名又有什麼意義呢？寶釵身上懷著寶玉的骨血，這一生，她將像李紈一樣，青春白髮心，在槁木死灰裡好好教養無父的孩子。

黛玉一世絕頂的才華，寶釵終身的賢德美慧，在因果名冊裡，不過是可歎可憐的林中玉帶、雪裡金簪罷了。

元春・探春・湘雲

正冊的次頁是一張弓，弓上一個香櫞（ㄩㄢˊ yuán，佛手）。所謂「槐花開處照宮闈」，所謂「三春爭及初春景」，畫面與題詞隱隱指示元春的生平，她是四姊妹之長，享有人世間女子的最高尊榮，雖然回到娘家時，不忍淚漣漣哭訴宮廷歲月的不見天日。賈府因她的封妃益發錦上添花，也因為她，才會建起大觀園，更因她的一念之起，大觀園才成為眾香群芳的女兒國，然而春天畢竟要逝去，大觀園逐漸荒蕪，等她病逝後，廟堂官場的翻雲覆雨，竟然會使得賈府遭到查封的厄運。元春，早春的消息，卻捎來權貴幻滅的虛無。

接下來的一片大海，一隻大船，兩人在放風箏，船上一個女子掩面泣涕——

才自精明志自高，生於末世運偏消。清明涕送江邊望，千里東風一夢遙。

黛玉初進賈府時，就對探春的眼神氣質留下深刻的印象，後來又聽她和寶玉的對話，

就知道這是怎樣清楚條理的一個聰明女孩。遷進大觀園，秋爽齋的軒敞朗潤，巨幅的煙雨江山，厚重的真卿墨寶，是女主人寬闊心地的流露，一度與李紈、寶釵共處家務，探春的表現也是果敢有為，殺伐決斷，一副泱泱政治家的風範。

然而探春這樣才志魄力的一個女兒，卻唯獨在自己親生母親面前屢屢閃失了風度，她這樣好強求好的個性，無事不可以坦坦蕩蕩，光明磊落，只是她錯生是趙姨娘的女兒，她儘管口裡不承認這個帶給她莫大羞辱的生身母親，但是她畢竟不能改變這個事實。

生為人子，她無能去選擇自己的母親，偏偏趙姨娘呢，生性顢頇糊塗，行事猥瑣不正，是人格品德有著嚴重缺陷的卑微人物，而自己同母的兄弟賈環更是燎毛凍貓的惹人嫌惡；這兩個骨血相繫的人物，都是她一心上進的最大阻力，因之再是怎樣的磊落，一旦遇見母親、兄弟，探春就淪為情緒的歇斯底里，讓人跌足歎息。

女子有行，遠父母兄弟，探春真是遠嫁了，遠嫁海疆之濱，夫婿極好，只是此去千里，歸寧之期，終是難得。大家都不免難過，尤其是寶玉，只有趙姨娘反倒歡喜，一面想一面就跑去道喜，又嚕嚕嗦嗦扯了一大堆似是而非的鬼話，探春只管低頭作活，又氣、又笑、又傷心，也不過自己掉淚而已。

等到再回娘家時，母親已得暴病，散髮流血鬼嚎般地死去，而家裡的人事全非，雖然

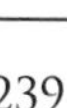

她的婚姻幸福，然而志大才高，在那個世代，先是耿耿於侍妾出身的母親，後來雖在溫柔的幸福裡，做一個嬌寵的妻，但這畢竟不是探春真正的意願吧！

幾縷飛雲，一彎逝水——

富貴又何為？襁褓之間父母違。展眼吊斜輝，湘江水逝楚雲飛。

展翅而飛的一隻白鶴，史湘雲以她的爽朗愉快的個性，超越了人間的苦厄。她一來，空氣就生動了，冰融雪化，很少人能抗拒她的琅聲大笑，很少人不莞爾於她的可掬憨態。然而她的婚姻，卻不是歡笑，丈夫固然才貌雙全，性情也好，只不過才是新婚，便患癆病死了。

鶴影飛過寒塘去，究竟要含茹多少辛苦，才能度過悠悠不盡東逝的流水人生呢？

妙玉・迎春・惜春

一塊美玉，落在泥汙之中——

欲潔何曾潔，云空未必空。可憐金玉質，終陷淖泥中。

成化窯燒的上好一只瓷質茶盅，只因劉姥姥的嘴沾過便再也不要了。櫳翠庵的妙玉，終身忠實履踐，熱烈追求的就是「乾淨」、「孤潔」罷了，庵院裡珍藏她各種極寶貴的好東西，稀有的珍玩，梅花上的雪水……不是她所看重的人或事，她從不輕易出關離開庵院的王國。

而空茫白雪裡，突然燃起胭脂的紅梅，櫳翠庵竟然怒放如此鮮烈的花朵，難道是女主人心園裡的祕密麼？

她癡癡問著寶玉「你從何處來？」紅暈染上了臉頰，寶玉生日時，曾經特別以「檻外

人」具名，送來一紙芳箋……一生只愛「縱有千年鐵門檻，終須一個土饅頭」的詩……

屏息垂簾，跏趺坐下，她一心斷除妄想，靜靜打坐。骨碌碌一片屋上的瓦響，兩隻貓一遞一聲廝叫，妙玉突然想起寶玉，一陣心跳臉熱……千軍萬馬奔騰而來；禪床晃蕩著，身子已不在庵中，許多王孫公子要來娶她，扯扯拽拽，媒婆們要她上車；拿刀執棍，強盜逼勒著，她哭喊求救，兩手撒開，口中流沫……最後抱起一個女尼，嗚嗚咽咽哭泣起來：

「妳是我的媽呀！妳不救我，我好不了啦！」

這一場走火入邪魔的可怕經驗，竟然二度降臨，只是這第二次，不再只是腦海的幻象。真的有一群強盜在打劫之際，窺見燈下蒲團打坐的妙玉……五更的天氣，更寒顫起來。一陣香氣透入腦門，手足麻木不能動彈，一個人拿著明晃晃的刀進來，那人把刀插在背後，騰出手，將妙玉輕輕抱起，任意輕薄一番，然後出室跨牆而去。

一個極潔極淨的女兒，落入一群強徒之手。欲潔何曾潔，這樣的結局，真是冷酷的嘲諷呀！

一頭惡狼，追撲一美女，就要吞噬的模樣——

子係中山狼，得志便猖狂。金閨花柳質，一載赴黃粱。

文靜的迎春，柔順的迎春，文靜柔順到完全聽命於任何的安排，然而嫁為孫家婦後，連這樣的性子也忍不住歸寧時痛哭了，寶玉為她和王夫人求情，他又動了孩子氣的傻念頭，要把出嫁的姊姊接回家來，還住在紫菱洲，仍舊做他的姊姊，像往日一樣，一塊吃，一塊玩，再也別受那混帳孫紹祖的氣，也永遠不要再去那個地獄般的夫家……但是，嫁出去的女兒，潑出去的一盆水，再也收不回來了，沒人理會寶玉的傻念，寶玉只有到瀟湘館哭給黛玉聽。

迎春哪堪這樣的磨折呢？在病中終於給折騰死了，被惡狼吞噬的柔弱美女，婚姻害慘了她。

古廟裡，獨坐看經的一個美人——

勘破三春景不長，緇衣頓改昔年妝。可憐繡戶侯門女，獨臥青燈古佛旁。

元、迎、探、惜四春的姊妹花，彷彿春天裡的嬌客，實際上不過是「原應歎息」的春夢。元、迎、探，各人有各人的風格、命運與歸結，是品德也罷，是才華也罷，在端淑、

柔弱、敏慧的最後，終不免是哀歎，那麼這最小的惜春呢？天性的孤僻，使她從小就喜歡和尼庵裡的人物在一塊，外面那個紛紜熱鬧的世界，她向來只是角落的一個影子，輕悄地移入，又輕悄地滑出，膽子出奇小，也唯恐是非惹上身。因為這樣的稚氣膽小，自然談不上什麼敏銳智慧的見識，所以她毋寧是一個輕重未分的糊塗人，偏偏性情來得斬釘截鐵，固執頑強到了極點。一群姊妹之中，似乎把天下的才華都占盡了，就獨留下了繪畫丹青給了她，她極認真完成了大觀園全景圖。

這樣的作風習慣，大觀園裡也只有櫳翠庵是她最感親切的地方，她喜歡和妙玉在一塊，彼此最相投。在人世種種的變遷裡，離別哀老與死亡越來越頻繁，逐漸取代早期的歡聚、青春與生命的蓬勃成長。這個靜默的影子，冷冷觀望人世的種種幻滅，終於當賈母溘然長辭，妙玉被劫，本來就不迷戀塵世，此刻更心涼如水，務必要鉸髮出家，說時遲、那時快，剪子已將剪向青絲，等到丫鬟來拾，頭髮已經一半落地了。

家人終是拗不過她，唯有成全她在櫳翠庵中靜修。而紫鵑，始終是耿耿忠心，苦守著女主人的紫鵑，也始終不能原諒寶玉，後來撥到寶玉、寶釵那兒去，也冰涼涼一張臉，從不給男主人一點好臉色。

寶玉想和她解釋什麼，也只敢在屋外癡站，紫鵑以冷言相對——「已經慪（ㄡˋ òu）

死一個，還要再慪一個麼？」……然而兩人僵著，畢竟還是傷心地哭了，其實紫鵑終於也明白寶玉是被矇騙、被愚弄，原來他對黛玉始終一片真心，並且舊情不忘，只恨女主人無福消受。突然之間，紫鵑真正悟出人生緣分本定，而世人癡心妄想，終不免幻滅之苦，倒不如草木石頭，無知無覺，心中乾淨。如此一想，一片酸熱皆化做冰涼，終於紫鵑也走入了虛無之中，和小小惜春一樣，在櫳翠庵裡，以青燈古案做為她們安身立命的最終結局。

鳳姐．巧姐．李紈

一隻雌鳳停在冰山之上。

這是「鳳鳥偏從末世來，都知愛慕此生才」的鳳姐。

一個美麗而危險的人物，因為一念之貪，她陷入了銀錢的枷鎖之中，一再暗中斂財，更因為過分強烈的獨占私欲，生生用計害死了賈璉的情婦、溫柔無比的尤二姐，心機太重，明裡暗裡，不知殺傷謀害多少的生命。

然而「機關算盡太聰明，反送了卿卿性命」，鳳姐畢竟支撐不住紛至沓來的人世變遷，人病倒了，而賈府在此時又被朝廷下旨抄查家產，鳳姐歷年來剋扣、盤剝所得的私蓄，也一併給沒收了去。接著賈母逝世，大觀園遭盜劫，趙姨娘暴卒，賈府一敗塗地。鳳姐又是憂急，又是羞慚，病勢更重。賈璉忙得六神無主，自己妻子病了，竟不像與他相干。王、邢夫人心緒更壞，都無暇來看鳳姐。

當年鳳姐簇擁著賈母，烘托自己一身的光彩，銀鈴的脆笑，種種的俏皮，種種的玲

瓏，一個水晶心肝的玻璃人兒，輾轉病床之時，竟無人來惜，除了平兒在跟前。眼見一個骨更瘦、膚更黃的凋萎生命，平兒只有焦急與悲苦。好勝的鳳姐，卻並未替賈家生得一個兒子，這也是她的痛處，而彌留之際，女兒的婚事未定……鳳姐之去，真是心有未甘呵！

荒村野店一個紡績的美人——

勢敗休云貴，家亡莫論親。偶因濟村婦，巧得遇恩人。

鳳姐也許貪婪，鳳姐也許毒辣，鳳姐也許刻薄，但鳳姐一生之中，偶然和村野來的劉姥姥在笑談間，剖露了她真情溫暖的心懷；也就這樣偶爾一次的善緣，卻帶給她枯窘困境裡一絲長青的希望，彌留之際，劉姥姥正好來訪，鳳姐是含著淚把巧姐託孤給劉姥姥，當年這女孩的名字還是劉姥姥起的呢！

鳳姐不甘而逝，生前所結之怨，此刻都指向巧姐，幾個賈府遊手好閒的子弟賈芸、賈薔和鳳姐自己的親弟弟，竟然想矇騙設計，把巧姐賞給藩王作妾，連邢夫人都已答應，只有平兒焦急如螞蟻在熱鍋掙扎，兩個弱女子只能相對痛哭，賈璉又不在家，眼看藩王就要來要人了。

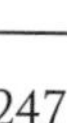

無巧不巧呢，劉姥姥來了，田畝的使者，帶著大地的堅實溫暖，帶著禾苗的青綠。聖賢經書離她很遠，詩詞文章離她很遠，但是田莊鄉野有野台戲呀，有說唱彈詞的娛樂呵！

劉姥姥的智慧原來自真實血汗的人生，她想起鼓兒詞裡的妙計，把巧姐妝扮成自己的女兒青兒，一走了之，另一方面又要平兒、王夫人假裝要人，向那些設計的人要巧姐，再呢，暗暗託人捎信給賈璉……這麼一來危機化解，侯門的千金暫駐農家，樸實的鄉人哪一個不是剖心剖肝相處？青兒陪著，鄰人善意的瞻仰景慕，送果的、送野味的，其中一位富農，良田千頃，只有一子，文雅清秀，還中了秀才，見了巧姐，上門請親……巧姐，賈府的千金，竟在遙遠的莊野尋得終身的歸宿。她的母親死於金枷玉鎖，卻不曾料到唯一骨血會在長青的大地得到了綿延的生機。

一位鳳冠霞帔的美人，旁邊一盆茂蘭——

桃李春風結子完，到頭誰似一盆蘭？如冰水好空相妒，枉與他人作笑談。

是體恤孀居撫孤的艱辛嗎？是回報於槁木死灰的代價嗎？李紈最大的欣慰是她生有一個成器的兒子——賈蘭，似乎所有儒家規範下的美德，這少年都具備了，孝順，沉潛好學，有所不為。最後和寶玉叔侄倆結伴進京考試，中了第一百三十名的舉人。

如果「耕」、「讀」是儒家的一個夢境，如果當年秦氏託夢鳳姐的遺言誠然不虛，那麼前者是由巧姐圓了這個夢境，來自鐘鼎，歸向田園；而後者則在賈蘭身上完成了一個真正學者的形象，雖然賈蘭的這份尊榮，都是他母親終身的寂寞與心死所換取來的呀！

寶玉

通靈寶玉原來自青埂峰下的一塊頑石，頑石未能如願補天，只有哀歎於長青的谷中，而一個入世的癡念，他竟然放棄遊於廣漠之野，無何有之鄉，自適其適的逍遙生涯，自投入憂患勞苦的世界。他自以為是來經歷紅塵的溫柔富貴，也好像當真置身於溫柔富貴中，然而就因為啣著欲望的寶玉而來，這些溫柔富貴，終於變成了痛苦憂患。

寶玉當然不能明察鑑識這些。在警幻的夢裡，他絲毫聽不出仙曲裡的生命與情愛、欲望的虛無。

在人世裡，他是富貴閒人的怡紅公子，第一次開始思想到情感的前因後果，不過是一片落空時，是寶釵生日聽戲得罪了湘雲和黛玉的痛心疾首。他突然感覺到一種束縛，一種苦痛，對於情感這事，竟然逐漸懷疑否定起來，然而才寫完「無可云證，是立足境」，就被黛玉、寶釵一席話說得啞口無言，禪理對黛、釵是一種知識，一種學問；對寶玉呢？寶玉毋寧是以生命來體驗，以痛苦來覺悟；雖然寶玉在這次談辯之中居於下風，然而，他已經具備跳脫出來、觀察生命的能力了。

世俗的價值，永遠是寶玉真誠懷疑的對象，他不能做為父親孝順的兒子，不能忍受襲人、寶釵、湘雲的大道理，唯獨對黛玉引為知己，是因為黛玉了解他的心懷意念。

寶玉不能明白執守名節的真實意義，像那些非要「視死如歸」的人物，他們不過囿於個人一己的名節裡，而並未正視真正家國君臣更偉大的生命，所以他要和襲人爭辯，他不要為這些名節的虛妄而死，他要一些真實的、熱切的、溫暖的東西，因此他所嚮往的死，是死後得盡天下女孩的眼淚，讓淚水流成河流，漂浮起他的肉身，直到無人之境，隨風而逝。少年的他，認為只有真誠傷心的熱淚是真實又美麗的東西，其他的，都是虛假的。

他才立了這樣的心願，第二天閒步到梨香院去，因為慕名齡官的才藝，想央她唱一曲《牡丹亭》裡的〈裊晴絲〉。然而齡官背對著他，正眼也不瞧，就以嗓子啞了一口回絕，寶玉心裡感覺抽痛，因為這個女孩拒絕了他的友善。這個女孩，寶玉心裡一驚，就是前幾天，炎炎日午下，在薔薇花下，嬌怯單薄的她，只管蹲著，用手裡的簪子在地上畫寫「薔」字，寫了一個又一個，寫了好幾十個，連午後一陣急雨落下，淋濕了衣裳都渾然不覺。寶玉先恨不認識她，後來又要為她舉動驚異，心裡真想為她擔待那不可告人的痛苦，寶玉及時喊住她，怕她被雨淋病了，沒有想到他自己也淋濕了。

寶玉好奇而關懷，心裡著實焦躁，奔回怡紅院，因為襲人遲來應門，不由分說就踢了一記呢！

就是這個女孩，這樣頑強而冷漠拒絕了寶玉，寶玉好難堪。突然賈薔提了鳥籠興興頭頭進來，寶玉眼看賈薔逗玩鳥雀要討齡官的開心，別的女孩都笑了，唯獨齡官不僅不笑，還要冷冷用話刺賈薔，說賈薔存心用鳥來譏笑她們這些伶人，語氣尖利之極，還說自己吐了血他也不管，急得賈薔一頓腳就把籠子毀了，轉身就又要回去請大夫，齡官又是厲聲一喝，說他故意要賭氣氣她，所以冒著大毒日頭去請大夫來。他這樣賭氣，她也不領情，大夫來了，她也不理，逼得賈薔站不是、走不是；答應不是、不答應也不是。寶玉眼濕心熱，深深悸動，再也看不下去，抽身走了。

明明是憐惜自己的情人，不忍心他在大毒日頭底下的曝晒之苦，卻偏偏要化做辛辣的語言表現最深摯的柔情，寶玉想她薔薇花下畫薔的苦情……這樣一個深情的女孩，這樣一個好女孩，她珍貴的眼淚竟然不灑向自己，寶玉突然領悟到，各人原有各人的眼淚可灑可得，為什麼要苦苦遍灑或得盡天下所有的眼淚呢？在痛苦之中，他徹悟到：「從此後，只好各人得各人的淚了。」

寶玉就是這麼一個肩負起全人類痛苦的十字架人物，他每每要關心愛憐每一個女孩，然而一次又一次，有甜蜜，也有憂傷，終究是憂傷多於甜蜜地發現這種用情太深的痛苦。

和黛玉賭氣時每每說她死了，自己就去做和尚。

迎春娛嫁了中山狼，寶玉要傷心歡聚的日子不能再來。

去看寶釵，寶釵因為家裡事煩，態度冷淡，寶玉滿腹猜疑，又想起自己妄生天地之間，其實是平白多餘的。

探春遠嫁，「啊呀」一聲，就哭倒炕上，那時元春、黛玉已死，人去的去、走的走、散的散，……這樣的人生真是好沒意思。

自從賞花歸來失玉以後，寶玉的神志也一起喪失了。他渾渾沌沌被安排和寶釵成婚，婚後竟然無夢也無歌，甚至他連誠心祈願黛玉的魂魄入夢，竟也落空。

賈母、鳳姐都去了，賈府被抄了，大觀園早是一片鬼域的荒涼，而失去的玉還是沒有下落。

來了一個和尚，口嚷要一萬錢來換手裡的美玉了。和尚逕自入房，不顧阻擋，就來到寶玉炕前，手拿著玉，一陣大笑，在病人耳旁大叫。

「寶玉！寶玉！你的寶玉追回來了。」

玉遞至手裡，寶玉緊握著，再鬆開一看，哎一聲就道：「久違了。」

和尚只管要銀子，大人們設法先留住和尚再籌錢，這裡寶玉嚷餓了，喝了一碗粥還要吃飯，神情果然好轉，突然霹月一句「幸虧當初沒砸它」，寶玉又暈死過去，他的魂魄趕到前廳，跟了和尚行到一處荒野，看見一座牌樓。好眼熟的一座牌樓呵！

來了一個女子，是舊時的相識，刎劍而亡的尤三姐，又看見懸梁殉主的鴛鴦在招手，但她們一晃而逝，再也看不見。又到了「引覺情癡」的大殿，對聯是「喜笑悲哀都是假，貪求思慕總因癡」，寶玉推門，又看見當年因果名冊的大櫥，再細細翻閱，這次好像一一都能領略了。

是鴛鴦的聲氣，說林妹妹有請，但回頭不見人，寶玉又看見鴛鴦揮手，他跟了去，只是趕不上……走呀走……白石花欄圍著一株青草，上面略有紅色，在微風裡柔柔款擺，寶玉心悸，只管癡看。有仙女叱喝他偷看「絳珠仙草」，寶玉再問仙草來歷，才知原在靈河岸三生石畔，因為虧欠神瑛侍者雨露之恩，下世還淚，現在又返歸真境。

寶玉又問此處掌管芙蓉花神是誰，答說不知，要問她的主人才知，主人是「瀟湘妃子」，寶玉告知妃子就是他表妹呢，卻引來「胡說」的回話，如再鬧下去，就要力士打他。寶玉才退，又聽有請神瑛侍者，寶玉以為是別人，倉皇而逃，前面有人擋住，是尤三姐，後來又見晴雯……走呀走，殿裡一個花冠女孩，明明是黛玉，才喊「妹妹在這裡，叫

我好想」，卻又被趕走……

所有平生相親的女子都見到了，後來連鳳姐、秦可卿、迎春也都出現，都不是一飄即逝，就是相應不理，甚至否認原來的身分，寶玉感覺自己變成了一個陌生的人。

在一個陌生古怪的地方，見到都是荒謬不解之事，正迷惑著，後面力士來追趕，他急亂地瞎跑，忽然平生所有的相親女子，一個個變成惡鬼形象也來追撲。

寶玉情急心慌，只見送玉的和尚手裡拿著一面鏡子一照，登時鬼怪全無，仍是一片荒郊。寶玉拉著和尚的手，急切向他請教夢裡的事，和尚告訴他世上情緣都是魔障，再狠命一推他，寶玉站不住腳，「哎喲」一聲倒是醒了過來。

夢醒之後，幽光照見心靈，寶玉突然完全清楚了。看見身邊的惜春、襲人，又想到名冊上的句子，不免悄悄流淚。

和尚又來要銀子了，一頭癩瘡，渾身襤褸。寶玉問他是從太虛幻境來，和尚回說「不過是來處來、去處去罷了」，又反問他，他的玉從哪裡來，寶玉此刻已經勘透紅塵，只是還想詳知自己底細，一聽說那玉，當頭一個棒喝，就要還玉給和尚。他進屋去取，襲人、紫鵑知道了，抵死也要護玉。寶玉一聲歎息！「為一塊玉，這樣死命不放，若是我一個人走了呢？」紫鵑、襲人一陣嚎啕，大哭起來。

寶玉說她們這些人重玉不重人，也不理那玉，撒手就走，並且央求讓和尚帶他走，無奈和尚要玉不要人，爭著爭著兩人就笑了，什麼「大荒山」、「青埂峰」都出來了。寶玉笑嘻嘻再進來，說和尚原是舊時相識，並不要銀子的。

通靈寶玉找回以後，寶玉果真是清醒了，但什麼都看得很淡，連惜春要做尼姑，他也不攔阻，只是喃喃念著名冊裡看來「勘破三春景不長」的句子。

展讀〈秋水〉，寶玉細細玩味著，寶釵只是擔心他儘管讀這些出世離群之書，終是不好的，於是溫婉坐下，柔聲以天倫忠孝的赤子之心相勸。寶釵以為不能離群索居，必要入世救世濟民，故要修煉人品根柢，重視人倫禮法。寶玉卻以為要從無窮苦痛解脫出來，必須以真如本性的清淨圓明為主，天倫禮法反而不是太初第一步了。

一場辯論，不了了之，寶釵憑著她的敏感，卻越來越感不祥。

寶玉把幾部向來最得意的道書都搬了出來，他要一把火燒個乾淨，寶釵正高興，等到聽寶玉喃喃著「內典語中無佛性，金丹法外有仙丹」，又狐疑起來。

寶玉不僅要去除貪嗔、情愛等我執，甚至用以引證真理的文字、智識等法執也要捨棄。不但要引渡彼岸，上岸之後，還要把引渡的工具——木筏捨棄。

長長跪在地上，一、二、三，三聲沉重的叩拜，寶玉只是落淚不起，深深向母親生他的一世恩情敬致人子的感恩，然而此生無所回報，只求考場中寫好文章，中個舉人，母親心裡歡喜，自己也算了卻心事，王夫人要拉他起來，他總不肯。

旁邊賈蘭也和寡母李紈依依辭別，李紈不忍這樣的局面，也不安寶玉這樣的痛哭別離，故作輕鬆歡快的話想支開這陰霾，寶玉又到寶釵跟前，深深作揖——「我要走了。」寶釵心裡納悶，眼淚直流，口裡只催他上路——「妳倒催得我緊，我自己也知道該走了。」

他瘋言瘋語，一一向眾人作別，不見惜春、紫鵑，只好央人代轉致意——「橫豎再見就完了。」王夫人、寶釵說不出為什麼，淚流如泉湧，倒像生離死別，幾乎失聲，而寶玉呢？嘻天笑地，跨離賈府大門，是一種「赤條條來去無牽掛」的姿態呢！

五更天，幾個小丫頭亂跑，嚷著報喜，原來寶玉中了第七名的舉人，賈蘭中了一百三十名，但是自那日交卷以後，龍門一擠，賈蘭就再也不見和他結伴而來的寶二叔，這個喜訊不是也很突然嗎？喜訊的本人已經不見了。

賈政扶母親靈柩，賈蓉送秦氏、鳳姐、鴛鴦的棺木，到了金陵安葬，旅途上，賈政獲家書，知道了家中考中的喜事，以及寶玉不見的消息，一喜一惱。後來又聞得皇上恩赦的旨意，再獲家書，也知復了官職，又歡喜起來，連夜要趕回家去。

這一季第一場初雪已降，極安靜、極清淨的一個渡邊，賈政的客舟暫泊於此，他一個人在艙內寫家書，寫到寶玉的事，擲筆而歎，心裡緊緊一抽，疼痛與憐惜呵！鵝毛飛捲在船頭，茫茫雪地裡微微晃動一個人影，光著頭、赤著腳，身上披著一領大紅猩猩氈的斗篷，靜靜地，不作一聲，就地便向賈政倒身，長長揖拜，深深叩頭。

賈政恍惚著，出了艙，人影已經四拜完畢，站起身來，賈政才要還禮，濛濛雪光裡，剃髮的一個光頭，那不是寶玉嗎？賈家的一張臉，自己的兒子哪！沒有喜也沒有悲，但是臨去的眼神裡好像一份人子無言的——無言的什麼呢？——賈政一驚，深深的悸動與疑惑，卻還沒得到寶玉任何一字的回答，已經上來一僧一道，挾走了寶玉——「塵緣已盡，還不快走？」

賈政不顧路滑，邁開腿就一路跟去，揮開撲上眼簾的鵝毛，茫茫雪地，看不見任何的人影，鵝毛紛紛墜落，匆匆埋葬了雪地的履痕。他只管碎步跑著，喘著氣，白色的水蒸氣從微張的嘴裡輕輕呵出；雪倒是在不知不覺中停了下來。

前面茫茫渺渺，無邊的瑩白，無限的空曠，無涯的荒涼。

寂天寞地的一片乾淨，靜到極致，倒像迴盪起隱隱的歌吟：

我所居兮，
青埂之峰；
我所遊兮，
濛鴻太空。
誰與我遊兮，
吾誰與從，
渺渺茫茫兮，
歸彼大荒。

雪霽天晴的盡處，好像幽光微微的照見，好像微微一點孤峰的影子，好像亮起一抹不滅的青綠，溫柔而固執。

後記

生之熱情

後記——生之熱情

兩百多年前，一個石頭，在古典中國的文學世界裡，蹦躍而出。兩百多年來，石頭的震撼，依舊感動廣大中國讀者的心靈，甚至，越山渡水，延伸到了異域他鄉。這石頭，原誕生於本土，卻也逐漸屬於更遼闊的四海之地；這石頭，原煥發古典的光輝，我們多麼希望：它不至於沉埋於現代的喧囂煙塵裡。

一般相信：清代雍、乾年間的曹雪芹寫下了《石頭記》這部書，但只寫了八十回，還沒有真正完成全稿，就因病長辭了人間。因為沒有完稿，又因為沒有完成的部分已經是這樣的生動迷人，所以這個石頭，不僅是令人癡醉與沉迷，更是要令人生起無數的迷惑與猜測。從曹雪芹生前，《石頭記》的故事就傳抄開來，而到了他逝世兩百多年後的今天，讀

者所熟知的已不止是最初的八十回《石頭記》了，而是一百二十回的《紅樓夢》。

去探索去追查這些問題，這些問題包括了：種種不同的版本、本子上的注批因為版本不同而引起詮釋上的出入：前八十回和後四十回是否出於統一的寫作意願與構想？作者（或續作者）是怎樣的人物？究竟這麼一部鉅作的流傳，在作者，是要表達什麼？在讀者，又能得到哪些？……

這種種的問題便形成蔚為可觀的一門學問。時至今日，「紅學」已是眾所皆知的一個專有詞彙了。而紅學裡種種繁複的課題，久久爭執不下，莫衷一是，不得定論。

從一名國小學童的讀者，一直到今天，以《紅樓夢》為教本，執教於中文系的古典小說課堂上，《紅樓夢》對我個人最真切、最深刻的領受與啟示，還是在於這部書是這樣真誠而嚴肅地探討了生命選擇的問題。因為這個緣故，當我受命以現代的語言，重新講述這個古老故事時，也就希望能夠把我這麼一點微末，卻是極誠摯的體驗，分享給讀者。

首先，我保留了原書神話的緣起，不僅如此，還以個人的了解，用更多的筆墨去發揮青埂峰下的頑石。因為石頭強烈而固執的自我意願，所以後來寶玉的降世人間，才不至於只是一個莫名其妙的偶然，也因為紅塵只是一次短暫的客旅，所以賈寶玉最後的出家，不致淪為一種不負責任、一走了之的舉動，那是因為他的日子到了，必須再回到所來之處的

青埂峰。

面對現代入世心靈的讀者，最常遇到的一個質疑便是：《紅樓夢》的一片風花雪月，不能讓飽受現實困擾的迷羊，因此得到親切的認同或可行的方向。

而我個人的看法，也就是我改寫的「在人間的大地」部分想要表達的——的確，風花雪月，兒女情長，占了原書極大的篇幅。但是，這一片風花雪月，依我讀來，是起於對生命本身一分極新鮮、極濃厚的興趣，對於生活本身的一種極細緻、極珍重的品味，用更簡單的話來概括，就是一份「生之熱情」吧！所以，這風花雪月不致成為感官的麻痺，或者慾望的粗俗與沉淪，至少當我讀到這些詩酒花月時，總不免要撫卷笑歎，又欣然嚮往；而不是像讀《金瓶梅》，或者觀看某些刻劃紙醉金迷電影時所感受的一種難堪——無盡的追歡，卻是一種極度的疲憊與倦怠呢！

當然，大觀園裡的少年似乎沒有出路的壓力，像現代的莘莘學子，要憂愁聯考、志願、就業、出國等等問題。在《紅樓夢》的時代，表面上，誠然沒有這些問題，但我們若從本質上去體察，就不難了解，書中每一位人物，何嘗不是在尋找生命的出路。怡紅院裡的晴雯和襲人，一個剛烈不馴，一個委婉妥協；又像少婦輩的李紈，恬靜寡淡，而鳳姐卻靈活熱衷，這些態度，就是一種抉擇的流露。……

寶玉呢？更是無時無刻不在尋找可行的答案與依歸。他強烈反對「文死諫，武死戰」，不是他的探討與反省之一嗎？而在世上可以作為追尋的諸般對象裡，《紅樓夢》的作者又特別喜歡以「愛情」作為人性實驗的試紙，企圖由紙張的種種反應，去測量人心的同與不同。難道「愛情」不足以為代表嗎？

賈寶玉經歷種種感情幻滅的痛苦，逐漸醒悟到解脫之道，在於徹底絕滅欲望我執的虛妄。當然，也在這中間，他了解自己不過是下凡歷劫的石頭，就快要回去了，在他臨去前，他還是履踐世間人子的一份責任，愛他的妻子家人，為他們留下子嗣骨血，並且順服地參加考試，盡力而為，考中功名。骨肉倫常，經國濟民，一個正統儒者的生命意義。

然而，在，《紅樓夢》裡，我們隱隱感覺這個古老社會欲墜的搖搖。因為每當思及更嚴肅更終極的安身立命問題時，那空氣總是苦悶的，那答案總是悲哀的。在男性裡，長輩的賈敬，選擇道家的末流，一味求仙煉丹，卻是自取滅亡的愚昧。賈赦呢？縱情聲色，卻昏聵渾噩，沒有清明的理性，與人性的高貴尊嚴。而賈政，說是粹然純儒，他的方正，常是可笑的迂腐，他的自律似乎剝奪了原始童真的生命喜悅；我們但見他宦海浮沉，卻不能看到真正憂以天下，樂以天下，擁抱生民的情懷與作為。

至於女性，就連最最敏慧幹練而有氣魄的探春，也要說出：「我但凡是個男人，可以出得去，我必早走了，立一番事業，那時我自有一番道理；偏我是女孩兒家，一句多話也沒有我亂說的。」難怪一百年後，這個老大的帝國終於被推翻了。當我們享有更多的選擇時，是否更能體會到書裡那個時代沉重的脈搏呢？

如果把《紅樓夢》放在古典戲曲小說的傳統裡，我以為在觀念上，至少它流露了寶貴的兩點。第一，是功名色彩的淡薄，它幾乎完全擺脫了千年來仕子文人不能忘懷的古老憧憬。作者的擺脫絕不是故作清高的矯情，吃不到葡萄的滿口酸冷，心實熱望，因為沒有這層束縛，於是創作時就得到更為寬廣的活動能力。這或者和曹雪芹本人生平有關吧！在我們所能掌握的資料中，曹雪芹四十餘年生涯，似不曾涉足官場，雖然貧病而死，卻是出身一度顯赫的家族。或者正因這點貴族末裔的血緣，使他無須苦苦以功名來肯定什麼吧！

第二，是這部小說中對少年情懷的看重。雖然為情為愛而生而死，本來就只屬於少年時節，然而好像唯有《紅樓夢》才用這麼多的筆墨去刻劃青春的喜悅、歡樂，以及歡樂喜悅裡的煩惱、苦悶與憂傷。這一點心靈的觸及，使得書中人物的境界提升，不再只是才子佳人僵冷、扁平的樣板。

因為篇幅，更因為能力，也因為一點偏見，原著作中屬於風土文物的部分，卻大量割捨了。對於不能忘情於京片子的呱拉鬆脆，或是貴族之家的服飾、陳設、建築……對這樣的讀者，忝為改寫的作者，我要深致歉意。

另外，關於原書中的滿、漢意識，當我閱讀時，就不曾特殊感受，現在改寫，因為基於更寬、更廣、全民五族的一份心願，所以就更要置之不顧了，這一點，也是要懇求鑒察的。

在形式上，前八十回，是以分段小說方式處理，後四十回則是夾敘、夾議、夾演。所以如此，也還是尊重大多數紅學學者的看法，以為前八十回是正宗真傳，但後四十回流傳久矣，自有極寶貴的意義。至於版本的參考，前者主要是依據戚蓼生序本，後者是程甲本，當然在處理上有相當大的彈性。

日光月陰倏忽流逝，繁華萎落；而人心多變，愚昧與欲念，竟然不能容忍一寸淨土的保留，於是姹紫嫣紅要淪為斷垣殘壁，群芳蕪穢，大觀園終將失去。

黛玉死了，寶玉出家了。然而僅僅因為曹雪芹曾經真摯的一字一淚，一行一血，於是在他筆下，失去的大觀園留下一個不朽的春天，於是，有永遠的石頭，恆留於文學的世界裡。

附錄

原典精選

第五回　遊幻境指迷十二釵　飲仙醪曲演紅樓夢（摘錄）

說畢，回頭命小鬟取了《紅樓夢》原稿來，遞與寶玉。寶玉揭起，一面目視其文，一面耳聆其歌曰：

〔第一支紅樓夢引子〕開闢鴻濛，誰為情種。都只為風月情濃。趁著這奈何天、傷懷日、寂寥時，試遣愚衷。因此上演出這懷金悼玉的《紅樓夢》。

〔第二支終身誤〕都道是金玉良姻，俺只念木石前盟。空對著山中高士晶瑩雪，終不忘世外仙姝寂寞林。歎人間美中不足今方信。縱然是齊眉舉案，到底意難平。

〔第三支枉凝眉〕一個是閬苑仙葩，一個是美玉無瑕。若說沒奇緣，今生偏又遇著

他；若說有奇緣，如何心事終虛化。一個枉自嗟呀，一個空勞牽掛。一個是水中月，一個是鏡中花。想眼中能有多少淚珠兒，怎經得秋流到冬盡，春流到夏。

寶玉聽了此曲，散漫無稽，不見得好處；但其聲韵悽惋，竟能銷魂醉魄。因此也不察其原委，問其來歷，就暫以此釋悶而已。因又聽下面唱道：

〔第四支恨無常〕喜榮華正好，恨無常又到。眼睜睜把萬事全拋，蕩悠悠芳魂消耗，望家鄉路遠山高，故向爹娘夢裡相尋告：兒今命已入黃泉，天倫呵，須要退步抽身早。

〔第五支分骨肉〕一帆風雨路三千，把骨肉家園齊來拋閃。恐哭損殘年，告爹娘，休把兒懸念。自古窮通皆有定，離合豈無緣。從今分兩地，各自保平安。奴去也，莫牽連。

〔第六支樂中悲〕襁褓中父母歎雙亡，縱居那綺羅叢，誰知嬌養。幸生來英豪闊大寬宏量，從未將兒女私情略縈心上，好一似霽月光風耀玉堂。廝配得才貌仙郎，博得個地久天長，準折得幼年時坎坷形狀。終久是雲散高唐，水涸湘江。這是塵寰中

消長數應當，何必枉悲傷。

〔第七支世難容〕氣質美如蘭，才華復比仙，天生成孤癖人皆罕。你道是啖肉食腥羶，視綺羅俗厭，卻不知太高人愈妒，過潔世同嫌。可歎這青燈古殿人將老，辜負了紅粉朱樓春色闌，到頭來依舊是風塵骯髒違心願，好一似無瑕白玉遭泥陷，又何須王孫公子歎無緣。

〔第八支喜冤家〕中山狼，無情獸，全不念當日根由。一味的驕奢淫蕩貪頑，覷著那侯門豔質同蒲柳，作踐的公府千金似下流。歎芳魂豔魄，一載蕩悠悠。

〔第九支虛花悟〕將那三春看破，桃紅柳綠待如何？把這韶華打滅，覓那清淡天和。說甚麼天上天桃盛，雲中杏蕊多，到頭來誰見把秋捱過？則看那白楊村裡人嗚咽，青楓林下鬼吟哦，更兼著連天衰草遮墳墓。這的是昨貧今富人勞碌，春榮秋謝花折磨。似這般生關死劫誰能躲。聞說道西方寶樹喚婆娑，上結著長生果。

〔第十支聰明累〕機關算盡太聰明，反送了卿卿性命。生前心已碎，死後性空靈。家富人寧，終有個家亡人散各奔騰。枉費了意懸懸半世心，好一似蕩悠悠三更夢，忽喇喇如大廈傾，昏慘慘似燈將盡。呀！一場歡喜忽悲辛，歎人世終難定。

〔第十一支留餘慶〕留餘慶，留餘慶，忽遇恩人。幸娘親，幸娘親，積得陰功。勸人生濟困扶窮，休似俺那愛銀錢、忘骨肉的狠舅奸兄。正是乘除加減，上有蒼穹。

〔第十二支晚韶華〕鏡裡恩情，更那堪夢裡功名。那美韶華去之何迅，再休提繡帳鴛衾。只這戴珠冠，披鳳襖，也抵不了無常性命。雖說是人生莫受老來貧，也須要陰隲積兒孫。氣昂昂戴簪纓，簪纓；光燦燦胸懸金印；威赫赫爵祿高登，高登；昏慘慘黃泉路近。問古來將相可還存，也只是虛名兒與後人欽敬。

〔第十三支好事終〕畫梁春盡落香塵。擅風情，秉月貌，便是敗家的根本。箕裘頹墮皆從敬，家事消亡首罪寧。宿孽總因情。

〔第十四支飛鳥各投林〕為官的家業凋零，富貴的金銀散盡。有恩的死裡逃生，無情的分明報應。欠命的命已還，欠淚的淚已盡。冤冤相報實非輕，分離聚合皆前定。欲知命短問前生，老來富貴也真僥倖。看破的遁入空門，癡迷的枉送了性命。好一似食盡鳥投林，落了片白茫茫大地真乾淨。

歌畢，還要歌副曲。警幻見寶玉甚無趣味，因歎：「癡兒竟尚未悟！」那寶玉忙止歌姬不必再唱，自覺朦朧恍惚，告醉求臥。

警幻便命撤去殘席，送寶玉至一香閨繡閣之中。其間鋪陳之盛乃素所未見之物，更可駭者，早有一女子在內，其鮮妍嫵媚有似寶釵，其嫋娜風流則又如黛玉，正不知何意。

忽警幻道：「塵世中多少富貴之家，那些綠窗風月，繡閣煙霞，皆被淫汙紈袴與那些流蕩女子悉皆玷辱。更可恨者，自古來多少輕薄浪子，皆以好色不淫為飾，又以情而不淫作案，此皆飾非掩醜之語也。好色即淫，知情更淫。是以巫山之會，雲雨之歡，皆由既悅其色，復戀其情之所致也。吾所愛汝者，乃天下古今第一淫人也。」

寶玉聽了，唬得忙答道：「仙姑差矣。我因懶於讀書，家父母尚每垂訓飭，豈敢再冒『淫』字。況且年紀尚小，不知『淫』字為何物。」

警幻道：「非也。淫雖一理，意則有別。如世之好淫者，不過悅容貌，喜歌舞，調笑無厭，雲雨無時，恨不能盡天下之美女供我片時之趣興，此皆皮膚濫淫之蠢物耳。如爾，則天分中生成一段癡情，吾輩推之為『意淫』。『意淫』二字，惟心會而不可口傳，可神通而不可語達。汝今獨得此二字，在閨閣中固可為良友，然於世道中未免迂闊怪詭，百口嘲謗，萬目睚眦。今既遇令祖寧榮二公，剖腹深囑，吾不忍君獨為我閨閣增光，見棄於世道，故特引前來，醉以靈酒，沁以仙茗，警以妙曲，再將吾妹一人，乳名兼美，字可卿者，許配與汝。今夕良時，即可成姻。不過令汝領略此仙閨幻境之風光尚然如此，何況塵境之情哉！而今以後，萬萬解釋，改悟前情，留意於孔孟之間，委身于經濟之道。」

說畢，便秘授以雲雨之事。於是推寶玉入房，將門掩上自去。那寶玉恍恍惚惚，依警幻所囑之言，未免有兒女之事，難以盡述。

至次日便柔情繾綣，軟語溫存，與可卿難解難分。二人因攜手出去遊玩，忽至一個所在，但見荊榛遍地，狼虎同群，迎面一道黑溪阻路，並無橋梁可通。

正在猶豫之間，忽見警幻從後追來，告道：「快休前進，作速回頭要緊。」

寶玉忙止步問道：「此係何處？」

警幻道：「此即迷津也。深有萬丈，遙亙千里，中無舟楫可通。只有一個木筏，乃木居士掌柁，灰侍者撐篙，不受金銀之謝，但遇有緣者渡之。爾今偶遊至此，設如墮落其中，則深負我從前諄諄警戒之語矣。」話猶未了，只聽迷津內水響如雷，竟有許多夜叉海鬼將寶玉拖將下去。

嚇得寶玉汗下如雨，一面失聲喊叫：「可卿救我！」

嚇得襲人輩眾丫鬟忙上來摟住，叫：「寶玉別怕，我們在這裡。」

卻說秦氏正在房外，囑咐小丫頭們好生看著貓兒狗兒打架，忽聽寶玉在夢中喚他的小名，因納悶道：「我的小名這裡從無人知道，他如何知道得，在夢裡叫將出來？」

正是：

一場幽夢同誰近？千古情人獨我癡。

第二十七回

滴翠亭楊妃戲彩蝶　埋香塚飛燕泣殘紅（摘錄）

寶玉因不見了林黛玉，便知他躲了別處去了。想了一想，索性遲兩日，等他的氣消一消再去也罷了。因低頭看見許多鳳仙、石榴等各色落花錦重重的落了一地，因歎道：「這是他心裡生了氣，也不收拾這花兒來了。待我送了去，明兒再問著他。」說著，只見寶釵約著他們往外頭去。

寶玉道：「我就來。」說畢，等他二人去遠了，便把那花兒兜了起來，登山渡水，過樹穿花，一直奔了那日同林黛玉葬桃花的去處來。

將已到了花塚，猶未轉過山坡，只聽山坡那邊有嗚咽之聲，一行數落著，哭的好不傷感。

寶玉心下想道：「這不知是那房裡的丫頭受了委屈，跑到這個地方來哭。」一面想，一面煞住腳步，聽他哭道是：

花謝花飛飛滿天，紅消香斷有誰憐。遊絲軟繫飄春榭，落絮輕沾撲繡簾。
閨中女兒惜春暮，愁緒滿懷無釋處。手把花鋤出繡簾，忍踏落花來復去。
柳絲榆莢自芳菲，不管桃飄與李飛。桃李明年能再發，明年閨中知有誰？
三月香巢已壘成，梁間燕子太無情。明年花發雖可啄，卻不道人去梁空巢也傾。
一年三百六十日，風刀霜劍嚴相逼。明媚鮮妍能幾時？一朝漂泊難尋覓。
花開易見落難尋，階前悶殺葬花人。獨把花鋤淚暗灑，灑上空枝見血痕。
杜鵑無語正黃昏，荷鋤歸去掩重門。青燈照壁人初睡，冷雨敲窗被未溫。
怪奴底事倍傷神，半為憐春半惱春。憐春忽至惱忽去，至又無言去不聞。
昨宵庭外悲歌發，知是花魂與鳥魂？花魂鳥魂總難留，鳥自無言花自羞。
願奴脅下生雙翼，隨花飛到天盡頭。天盡頭，何處有香丘？
未若錦囊收豔骨，一抔淨土掩風流。質本潔來還潔去，強於汙淖陷渠溝。
爾今死去儂收葬，未卜儂身何日喪。儂今葬花人笑癡，他年葬儂知是誰？

試看春殘花漸落，便是紅顏老死時。一朝春盡紅顏老，花落人亡兩不知。

寶玉聽了，不覺癡倒。要知端詳，且聽下回分解。

第三十八回　林瀟湘魁奪菊花詩　薛蘅蕪諷和螃蟹詠

話說寶釵、湘雲二人計議已妥，一宿無話。湘雲次日便請賈母等賞桂花。賈母等都說：「倒是他有興頭，須要擾他這雅興。」至午，果然賈母帶了王夫人、鳳姐，兼請薛姨媽等進園來。

賈母因問：「那一處好？」

王夫人道：「憑老太太愛在那一處，就在那一處。」

鳳姐道：「藕香榭已經擺下了。那山坡下兩棵桂花開的又好，河裡水又碧清，坐在河當中亭子上，豈不敞亮。看著水，眼也清亮。」

賈母聽了，說：「這話很是。」說著，引了眾人往藕香榭來。原來這藕香榭蓋在池

中，四面有窗，左右有曲廊可通，亦是跨水接岸，後面又有曲折竹橋暗接。眾人上了竹橋，鳳姐忙上來攙著賈母，口裡說：「老祖宗只管邁大步走，不相干的，這竹子橋規矩是咯吱咯喳的。」一時，進榭入中，只見欄杆外另放著兩張竹案，一個上面設著杯筯酒具，一個上頭設著茶筅（ㄒㄧㄢˇ xiǎn）茶盂各色茶具。那邊有兩三個丫頭扇風爐煮茶；這一邊另外幾個丫頭也扇風爐燙酒呢！

賈母喜的忙問：「這茶想的到，且是地方東西都乾淨。」湘雲笑道：「這是寶姊姊幫著我預備的。」賈母道：「我說這個孩子細緻，凡事想的妥當。」一面說，一面又看見柱上掛的黑漆嵌蚌的對子，命人念。湘雲念道：

芙蓉影破歸蘭槳，菱藕香深寫竹橋。

賈母聽了，又抬頭看匾，因回頭向薛姨媽道：「我先小時，家裡也有這麼一個亭子，叫做什麼『枕霞閣』。我那時也像他們這麼大年紀，同姊妹們天天頑去。那日誰知我失了腳掉下去，幾乎沒淹死，好容易救了上來，到底被那木釘把頭碰破了。如今這鬢角上那指頭頂大一塊窩兒就是那破殘了。眾人都怕經了水，又怕冒了風，都說活不得了，誰知竟好了。」

鳳姐不等人說，先笑道：「那時要活不得，如今這麼大福可叫誰享呢！可知老祖宗從小兒的福壽就不小，神差鬼使，碰出那個窩兒來，好盛福壽的。壽星老兒頭上原是一個窩兒，因為萬福萬壽盛滿了，所以倒凸高出些來了。」未及說完，賈母與眾人都笑軟了。

賈母笑道：「這猴兒慣的了不得了，只管拿我取笑起來。恨的我撕你那油嘴。」

鳳姐笑道：「回來吃螃蟹，恐積了冷在心裡，討老祖宗笑一笑，開開心。一高興，多吃兩個就無妨了。」

賈母笑道：「明兒叫你日夜跟著我，我倒常笑笑，覺的開心。不許回家去。」王夫人笑道：「老太太因為喜歡他，纔慣的他這樣。還這樣說，他明兒越發無理了。」

賈母笑道：「我喜歡他這樣。況且他又不是那不知高低的孩子。家常沒人，娘兒們原該這樣。橫豎禮體不錯就罷了，沒的倒叫他從神兒似的作什麼。」說著，一齊進入亭子，獻過茶。鳳姐忙著搭桌子，要杯筯。上面一桌：賈母、薛姨媽、寶釵、黛玉、寶玉。東邊一桌：史湘雲、王夫人、迎、探、惜。西邊靠門一小桌：李紈和鳳姐的。——虛設坐位，二人皆不敢坐，只在賈母、王夫人兩桌上伺候。

鳳姐吩咐：「螃蟹不可多拿來，仍舊放在蒸籠裡。拿十個來，吃了再拿。」一面又要水洗了手，站在賈母跟前剝蟹肉。

頭次讓薛姨媽，薛姨媽道：「我自己掰著吃香甜，不用人讓。」

鳳姐便奉賈母，二次的便與寶玉。又說：「把酒燙的滾熱的拿來。」又命小丫頭們去取菊花葉兒、桂花蕊薰的菉豆麵子來，預備洗手。史湘雲陪著吃了一個，就下坐來讓人。又出至外頭，命人盛兩盤子與趙姨娘、周姨娘送去。

又見鳳姐走來道：「你不慣張羅，你吃你的去。我先替你張羅，等散了，我再吃。」湘雲不肯。又命在那邊廊上擺了兩桌，讓鴛鴦、琥珀、彩霞、彩雲、平兒去坐。

鴛鴦因向鳳姐笑道：「二奶奶在這裡伺候，我們可吃去了。」

鳳姐兒笑道：「你們只管去，都交給我就是了。」說著，史湘雲仍入了席。鳳姐和李紈也胡亂應個景兒。鳳姐仍是下來張羅。

一時，出至廊上，鴛鴦等正吃的高興，見他來了，鴛鴦等站起來道：「奶奶又出來作什麼？讓我們也受用一會子。」

鳳姐笑道：「鴛鴦小蹄子越發壞了。我替你當差，倒不領情，還抱怨我。還不快斟一鍾酒來我喝呢！」鴛鴦笑著，忙斟了一杯酒，送至鳳姐唇邊，鳳姐一揚脖子吃了。琥珀、

彩霞二人也斟上一杯，送到鳳姐唇邊，鳳姐也吃了。平兒早剔了一殼黃子送來。

鳳姐道：「多倒些薑醋。」一面也吃了。笑道：「你們坐著吃罷，我可去了。」

鴛鴦笑道：「好沒臉，吃我們的東西。」

鳳姐兒笑道：「你和我少作怪。你知道，你璉二爺愛上了你，要和老太太討了你作小老婆呢！」

鴛鴦道：「啐，這也是作奶奶說出來的話！我不拿腥手抹你一臉算不得。」說著，趕來就要抹。

鳳姐兒央道：「好姐姐，饒我這一遭兒罷。」

琥珀笑道：「鴛丫頭要去了，平丫頭還饒他。你們看看他，沒有吃了兩個螃蟹，倒喝了一碟子醋，他也算不會攬酸了！」

平兒手裡正掰了個滿黃的螃蟹，聽如此奚落他，便拿著螃蟹照著琥珀臉上抹來，口內笑罵：「我把你這嚼舌根的小蹄子！」琥珀也笑著，往旁邊一躲。平兒使空了，往前一撞，正恰恰的抹在鳳姐兒腮上。鳳姐正和鴛鴦嘲笑，不防嚇了一跳，哎喲了一聲。眾人掌不住都哈哈的大笑起來。

鳳姐也禁不住笑罵道：「死娼婦，吃離了眼了！混抹你娘的。」平兒忙趕過來替他擦

了，親自去端水。

鴛鴦道：「阿彌陀佛！這是個報應。」賈母那邊聽見，一疊連聲問：「見了什麼，這樣樂？告訴我們也笑笑。」鴛鴦等忙高聲笑回道：「二奶奶來搶螃蟹吃，平兒惱了，抹了他主子一臉的螃蟹黃子，主子、奴才打架呢！」賈母和王夫人等聽了，也笑起來。

賈母笑道：「你們看他可憐見的，把那小腿子臍子給他點子吃也就完了。」

鴛鴦等笑著答應了，高聲又說道：「這滿桌子的腿子，二奶奶只管吃就是了。」鳳姐洗了臉走來，又伏侍賈母等吃了一回。黛玉獨不敢多吃，只吃了一點夾子肉就下來了。賈母一時不吃了，大家方散。都洗了手，也有看花的，也有弄水看魚的，遊玩了一回。

王夫人因回賈母說：「這裡風大，纔又吃了螃蟹，老太太還是回房去歇歇罷了。若高興，明日再來逛逛。」

賈母聽了，笑道：「正是呢！我怕你們高興，我走了，又怕掃了你們的興。既這麼說，咱們就都去罷。」

回頭又囑咐湘雲：「別讓你寶哥哥、林姐姐多吃了。」湘雲答應著。又囑咐湘雲、寶釵二人說：「你兩個也別多吃。那東西雖好吃，不是什麼好的，吃多了肚子疼。」二人忙應著，送出園外，仍舊回來，命將殘席收拾了另擺。

寶玉道：「也不用擺，咱們且作詩。把那大團圓桌子放在當中，酒菜都放著，也不必拘定坐位，有愛吃的去吃，大家散坐，豈不便宜。」

寶釵道：「這話極是。」湘雲道：「雖如此說，還有別人。」因又命另擺一桌，揀了熱螃蟹來，請襲人、紫鵑、司棋、侍書、入畫、鶯兒、翠墨等一處共坐。山坡桂樹底下鋪下兩條花毡，命答應的婆子並小丫頭等也都坐了，只管隨意吃喝，等使喚再來。

湘雲便取了詩題，用針綰在牆上。眾人看了，都說：「新奇固新奇，只怕作不出來。」湘雲又把不限韻的緣故說了一番。

寶玉道：「這纔是正理。我也最不喜限韻。」林黛玉因不大吃酒，又不吃螃蟹，自命人掇了一個繡墩，倚欄坐著，拿了釣竿釣魚。寶釵手裡拿著一枝桂花，玩了一回，俯在窗檻上，掐了桂蕊擲向水面，引的游魚浮上來唼喋。湘雲出一回神，又讓一回襲人等，又招呼山坡下的眾人，只管放量吃。探春和李紈、惜春立在垂柳陰中看鷗鷺。迎春又獨在花陰下，拿著花針穿茉莉花。寶玉又看了一回黛玉釣魚；一會又俯在寶釵旁邊說笑兩句；一回又看襲人等吃螃蟹，自己也陪他飲兩口酒，襲人又剝一殼肉給他吃。黛玉放下釣竿，走至座間，拿起那烏銀梅花自斟壺來，揀了一個小小的海棠凍石蕉葉杯。丫鬟看見，知他要飲酒，忙著走上來斟。

黛玉道：「你們只管吃去，讓我自己斟，纔有趣兒。」說著，便斟了半盞，看時卻是黃酒，因說道：「我吃了一點子螃蟹，覺得心口微微的疼，須得熱熱的吃口燒酒。」寶玉忙道：「有燒酒。」便命將那合歡花浸的酒燙一壺來。黛玉也只吃了一口，便放下了。寶釵也走過來，另拿一隻杯來，也飲了一口放下，便蘸筆至牆上把頭一個「憶菊」勾了，底下又贅了一個「蘅」字。

寶玉忙道：「好姐姐，第二個我已經有了四句了，你讓我作罷。」

寶釵笑道：「我好容易有了一首，你就忙的這樣。」黛玉也不說話，接過筆來，把第八個「問菊」勾了，接著把第十一個「菊夢」也勾了，也贅一個「瀟」字。寶玉也拿起筆來，將第二個「訪菊」也勾了，也贅上一個「絳」字。

探春走來看看道：「竟沒人作『簪菊』，讓我作這『簪菊』。」又指著寶玉笑道：「纔宣過，總不許帶出閨閣字樣來，你可要留神。」說著，只見湘雲走來，將第四、第五「對菊」、「供菊」一連兩個都勾了，也贅上一個「湘」字。

探春道：「你也該起個號。」

湘雲笑道：「我們家如今雖有幾個軒館，我又不住著，借了來也沒趣。」

寶釵笑道：「方纔老太太說你們家也有這個水亭，叫枕霞閣，難道不是你的？如今雖

沒了，你到底是舊主人。」眾人都道有理。寶玉不待湘雲動手，便代將「湘」字抹了，改了一個「霞」字。又有頓飯工夫，十二題已全，各自謄出來，都交與迎春；另拿了一張雪浪箋過來，一并謄錄出來，某人作的底下寫明某人的號。李紈等從頭看道：

憶菊　蘅蕪君

悵望西風抱悶思，蓼紅葦白斷腸時。空籬舊圃秋無跡，瘦月清霜夢有知。
念念心隨歸雁遠，寥寥坐聽晚砧癡。誰憐我為黃花病，慰語重陽會有期。

訪菊　怡紅公子

閒趁霜晴試一遊，酒杯藥盞莫淹留。霜前月下誰家種，檻外籬邊何處秋？
蠟屐遠來情得得，冷吟不盡興悠悠。黃花若解憐詩客，休負今朝掛杖頭。

種菊　怡紅公子

攜鋤秋圃自移來，籬畔庭前處處栽。昨夜不期經雨活，今朝猶喜帶霜開。
冷吟秋色詩千首，醉酹寒香酒一杯。泉溉泥封勤護惜，好知井逕絕塵埃。

對菊　枕霞舊友

別圃移來貴比金，一叢淺淡一叢深。蕭疏籬畔科頭坐，清冷香中抱膝吟。
數去更無君傲世，看來惟有我知音。秋光荏苒休辜負，相對原宜惜寸陰。

供菊　枕霞舊友

彈琴酌酒喜堪儔，几案婷婷點綴幽。隔坐香分三徑露，拋書人對一枝秋。
霜清紙帳來新夢，圃冷斜陽憶舊遊。傲世也因同氣味，春風桃李未淹留。

詠菊　瀟湘妃子

無賴詩魔昏曉侵，遶籬欹石自沉音。毫端運秀臨霜寫，口齒噙香對月吟。
滿紙自憐題素怨，片言誰解訴秋心。一從陶令平章後，千古高風說到今。

畫菊　蘅蕪君

詩餘戲筆不知狂，豈是丹青費較量。聚葉潑成千點墨，攢花染出幾痕霜。

淡濃神會風前影，跳脫秋生腕底香。莫認東籬閒採掇，粘屏聊以慰重陽。

問菊　瀟湘妃子

欲訊秋情眾莫知，喃喃負手叩東籬。孤標傲世偕誰隱？一樣花開為底遲？圃露庭霜何寂寞？鴻歸蛩病可相思？休言舉世無談者，解語何妨話片時。

簪菊　蕉下客

瓶供籬栽日日忙，折來休認鏡中妝。長安公子因花癖，彭澤先生是酒狂。短鬢冷沾三徑露，葛巾香染九秋霜。高情不入時人眼，拍手憑他笑路旁。

菊影　枕霞舊友

秋光疊疊復重重，潛渡偷移三徑中。窗隔疏燈描遠近，籬篩破月鎖玲瓏。寒芳留照魂應駐，霜印傳神夢也空。珍重暗香休踏碎，憑誰醉眼認朦朧。

菊夢　瀟湘妃子

籬畔秋酣一覺清，和雲伴月不分明。登仙非慕莊生蝶，憶舊還尋陶令盟。
睡去依依隨雁斷，驚迴故故惱蛩鳴。醒時幽怨同誰訴？衰草寒煙無限情。

殘菊　蕉下客

露凝霜重漸傾欹，宴賞纔過小雪時。蒂有餘香金淡泊，枝無全葉翠離披。
半床落葉蛩聲病，萬里寒雲雁陣遲。明歲秋風知再會，暫時分手莫相思。

眾人看一首，贊一首，彼此稱揚不絕。

李紈笑道：「等我從公評來。通篇看來，各有各人的警句。今日公評：〈詠菊〉第一，〈問菊〉第二，〈菊夢〉第三，題目新，詩也新，立意更新，惱不得要推瀟湘妃子為魁了；然後〈簪菊〉、〈對菊〉、〈供菊〉、〈畫菊〉、〈憶菊〉次之。」

寶玉聽說，喜的拍手叫：「極是，極公道。」

黛玉道：「我那首也不好，到底傷於纖巧些。」

李紈道：「巧的卻好，不露堆砌生硬。」

黛玉道：「據我看來，頭一句好的是『圃冷斜陽憶舊遊』，這句背面傅粉。『拋書人對一枝秋』已經妙絕，將供菊說完，沒處再說，故翻回來想到未折未供之先，意思深透。」

李紈笑道：「固如此說，你的『口齒噙香』一句也敵得過了。」

探春又道：「到底要算蘅蕪君沉著，『秋無跡』、『夢有知』，把個『憶』字竟烘染出來了。」寶釵笑道：「你的『短鬢冷沾』、『葛巾香染』，也就把簪菊形容的一個縫兒也沒了。」

湘雲笑道：「『偕誰隱』、『為底遲』，真個把個菊花問的無言可對。」

李紈笑道：「你的『科頭坐』、『抱膝吟』，竟一時也捨不得別開，菊花有知，也必膩煩了。」說的大家都笑了。

寶玉笑道：「我又落第。難道『誰家種』、『何處秋』、『蠟屐遠來』、『冷吟不盡』都不是訪，『昨夜雨』、『今朝霜』都不是種不成？但恨敵不上『口齒噙香對月吟』、『清冷香中抱膝吟』、『短鬢』、『葛巾』、『金淡泊』、『翠離披』、『秋無跡』、『夢有知』，這幾句罷了。」又道：「明日閒了，我一個人作出十二首來。」

李紈道：「你的也好，只是不及這幾句新巧就是了。」大家又評了一回，復又要了熱蟹來，就在大圓桌子上吃了一回。

寶玉笑道：「今日持螯賞桂，亦不可無詩。我已吟成，誰還敢作呢？」說著，便忙洗了手，提筆寫出。眾人看道：

持螯更喜桂陰涼，潑醋擂薑興欲狂。饕餮王孫應有酒，橫行公子卻無腸。
臍間積冷饞忘忌，指上沾腥洗尚香。原為世人美口腹，坡仙曾笑一生忙。

黛玉笑道：「這樣的詩，要一百首也有。」

寶玉笑道：「你這會子才力已盡，不說不能作了，還貶人家。」黛玉聽了，並不答言，也不思索，提起筆來，一揮已有了一首。眾人看道：

鐵甲長戈死未忘，堆盤色相喜先嘗。螯封嫩玉雙雙滿，殼凸紅脂塊塊香。
多肉更憐卿八足，助情誰勸我千觴？對斟佳品酬佳節，桂拂清風菊帶霜。

寶玉看了正喝彩，黛玉便一把撕了，命人燒去，因笑道：「我的不及你的，我燒了吧。你那個很好，比方纔的菊花詩還好，你留著他給人看。」

寶釵接著笑道：「我也勉強了一首，未必好，寫出來取笑兒罷。」說著，也寫了出來。大家看時，寫道是：

桂靄桐陰坐舉觴，長安涎口盼重陽。眼前道路無經緯，皮裡春秋空黑黃。

看到這裡，眾人不禁叫絕。寶玉道：「寫得痛快，我的詩也該燒了。」又看底下道：

酒未敵腥還用菊，性防積冷定須薑。於今落釜成何益，月浦空餘禾黍香。

眾人看畢，都說：「這是食螃蟹絕唱。這些小題目原要寓大意，纔算是大才。只是諷刺世人太毒了些。」說著，只見平兒復進園來。不知作什麼，且聽下回分解。

中國歷代經典寶庫⑬

紅樓夢——失去的大觀園

編撰者——康來新
編　輯——康逸藍
責任企劃——洪小偉、楊齡媛
校　對——吳美滿
總編輯——余宜芳
董事長——趙政岷
出版者——時報文化出版企業股份有限公司
108019台北市和平西路三段二四〇號三樓
發行專線——（〇二）二三〇六—六八四二
讀者服務專線——〇八〇〇—二三一—七〇五
（〇二）二三〇四—七一〇三
讀者服務傳真——（〇二）二三〇四—六八五八
郵撥——一九三四四七二四時報文化出版公司
信箱——一〇八九九臺北華江橋郵局第九九信箱
時報悅讀網——http://www.readingtimes.com.tw
法律顧問——理律法律事務所　陳長文律師、李念祖律師
印　刷——紘億印刷有限公司
五版一刷——二〇一二年四月十三日
五版六刷——二〇二三年七月二十四日
定　價——新台幣二百五十元
（缺頁或破損的書，請寄回更換）

時報文化出版公司成立於一九七五年，
並於一九九九年股票上櫃公開發行，於二〇〇八年脫離中時集團非屬旺中，
以「尊重智慧與創意的文化事業」為信念。

紅樓夢：失去的大觀園 / 康來新編撰. -- 五版. -- 臺北市：時報文化，
2012.04
面；　公分. --（中國歷代經典寶庫；13）

ISBN 978-957-13-5525-2（平裝）

857.49　　101002725

ISBN 978-957-13-5525-2
Printed in Taiwan